중학생 독후감 필독선 36

중학생이 보는 맹자

MAENGJA MAENGJA

성낙수(한국교원대 교수) 편역
유의종(신일중 교사) · 조현숙(제천여중 교사) · 전용근(한국교원대 부속중 교사) 엮음

좋은 책 좋은 독자를 만드는 —
㈜신원문화사

책 머리에

더 이상 언급할 필요도 없지만 요즘은 독서의 중요성이 더욱 강조되는 시대입니다. 첨단과학으로 이루어진 대중매체 덕분에 눈으로 읽는 것보다는 말초신경을 자극하는 동영상 쪽으로 관심이 모아지는 데 대한 우려 때문일 것입니다. 꿈과 희망을 가지고 자라나는 학생들에게는 올바른 사고력과 분별력을 키워주어야 합니다. 그런 점에서 다른 사람들의 생각과 철학, 인생관과 세계관이 들어 있는 명작들을 많이 읽는 것이야말로 바람직한 학습 효과를 거둘 수 있는 지름길이라 생각합니다.

명작은 오랜 세월에 걸쳐 많은 사람들이 읽고 크게 감동을 받은 인정된 작품들로서, 청소년들의 삶에 지침이 되어 주고 인생관에 변화를 주게 될 것입니다.

이번에 중학생들에게 꼭 읽히고 싶은 명작들을 선정하여, 작품을 바르게 감상하고 독후감을 쓰는 데 도움을 주고자 이 시리즈를 기획하게 되었습니다. 작품들은 동서고금에 걸쳐 객관적으로 인정받은, 훌륭한 대상만을 선정하였습니다. 그리고 책의 구성을 다음과 같이 하여, 읽고 쓰는 데 도움이 되도록 하였습니다.

하나, 삶에 대한 지혜와 용기를 주고 중학생이라면 꼭 읽어야 할 명작만을 골랐습니다.

둘, 명작을 읽고 난 후의 솔직한 느낌을 논리적 · 체계적으로 쓸 수 있도록 중학생들의 독후감 작성에 따르는 부담을 덜어 주도록 구성하였습니다.

셋, 작품 알고 들어가기, 내용 훑어보기, 작품 분석하기, 등장인물 알기를 통해 작품을 분석하는 힘을 기를 수 있도록 하였습니다.

넷, 작가 들여다보기, 시대와 연관짓기, 작품 토론하기 등을 통해 작가의 일생을 알고 시대의 흐름을 파악하여 상상력과 창의력을 키워 주도록 하였습니다.

다섯, 독후감 예시하기와 독후감 제대로 쓰기에서는 책을 읽는 방법과 독후감 모범답안 실례를 제시함으로써 문장력을 길러주는 한편 독후감 쓰기의 충실한 길라잡이가 되도록 했습니다.

아무쪼록 이 책들이 중학생들의 학습 능력 향상에 큰 도움이 되길 빌어 마지 않습니다.

편역자 성 낙 수

차 례

중학생이 보는

MAENGJA MAENGJA

맹　자

작품 알고 들어가기

여러분은 '맹모삼천지교(孟母三遷之敎)' 라는 말을 들어 보았을 겁니다. 맹자의 어머니가 맹자의 교육을 위해 세 번이나 이사를 했다는 그 유명한 고사의 주인공이 바로 맹자이지요. 어진 어머니 밑에서 자란 맹자는 중국의 전국 시대에 배출된 제자 백가(諸子百家)의 한 사람으로, 제자란 모든 선생이란 뜻이고 백가란 수많은 파벌을 의미합니다.

사마천(司馬遷)의 《사기(史記)》에는 맹자가 그의 세자인 만장, 공손추 등과 함께 《맹자》 7편을 지었다고 쓰여 있지만, 조기나 도신 등 많은 학자들에 의하면 《맹자》는 그의 사후 제자들이 쓴 것이라고 하는데 후자의 견해가 지배적입니다.

《맹자》는 전국 시대의 여러 나라 혹은 각계각층의 사람들과 교류하며 서로 문답한 말을 기록으로 남긴 책으로, 그 유명한 《논어》와 맥락을 같이 합니다.

우리는 흔히 맹자가 공자의 문하생인 줄로 알고 있지만 맹자는 공자보다 약 100여 년 후의 사람으로, 공자의 직접적인 제자는 아니었습니다. 하지만 맹자는 역대 여느 성인보다도 공자를 높이 평가했으며, 《맹자》 곳곳에서 공자의 말이 인용되어 있음을 볼 수 있습니다.

맹자는 공자의 유교 사상을 공자의 손자인 자사(子思)의 문하생에게서 배웠습니다. 그의 삶은 흡사 공자의 삶을 보는 듯합니다. 공자가 14년 간 여러 나라를 돌아다니며 자신의 뜻을 펼쳤듯이, 맹자 또한 15년 동안 각국을 유세하며 돌아다녔습니다. 뿐만 아니라 공자가 좌절된 꿈을 안고 고향으로 돌아와 제자 양성에 힘을 쏟았듯, 맹자 또한 자기의 뜻이 채택되지 않자 고향에 은거하며 제자들 교육에만 힘썼습니다.

맹자는 사람은 누구나 선하게 태어나지만 그 선함이 후천적인 환경에 의해 악하게 된다는 이른바 '성선설'을 주장했습니다. 따라서 사람이 악하게 되지 않으려면 욕심을 버리고 본래부터 타고난 네 가지 마음을 길러야 한다고 주장했습니다. 이 네 가지 마음을 사단(四端)이라고 하는데 그 인(仁)·의(義)·예(禮)·지(智)에 대해서는 본문에서 언급될 것입니다.

아무튼 《논어》·《대학》·《중용》과 더불어 '사서(四書)'의 하나인 《맹자》는 유교의 중요한 경전으로, 여러분의 호연지기(浩然之氣)를 기르는 데 많은 도움이 될 것으로 믿습니다.

아울러 이 책은 《맹자》 7편의 260장 중 160장만을 발췌하였음을 밝혀 둡니다.

자, 그러면 동양의 빛나는 고전 《맹자》의 세계로 한번 들어가 볼까요?

양혜왕 상(梁惠王 上)

1

맹자께서 양혜왕을 찾아뵈시니, 양혜왕이 말했다.

"천리를 멀다 않고 이렇게 와 주셨으니, 장차 이 나라를 이롭게 하시려 함이오?"

맹자께서 말씀하셨다.

"임금께서는 왜 하필 이익만을 말씀하십니까? 오직 인(仁)과 의(義)가 있을 뿐입니다. 임금께서 나라의 이익만을 생각하시면 대부들 역시 자기 집의 이익만을 생각하며, 선비와 서인들 또한 자기 몸의 이익만을 생각하게 됩니다. 이처럼 윗사람이나 아랫사람 모두가 서로의 이익만을 취한다면 나라는 위태로워질 것입니다. 만승의 나라에서 그 임금을 죽이는 자는 반드시 천승의 집이요, 천승의 나라에서 그 임금을 죽이는 자는 반드시 백승의 집이니, 만(萬)에서 천(千)을 취하고, 천(千)에서 백(百)을 취하는 것은 결코 적은 것이 아닙니다. 진실로 의를 뒤로 하고 이익만을 앞세우면 빼앗지 않고는 만족할 수 없는 법입니다. 어질면서 그 부모를 버리는 사람이 없고, 의로우면서 그 임금을 뒤로 하는 사람은 없으니 임금께서는 오직 인과 의만을 말씀하셔야 합니다. 그런데 어찌하여 이익만을 말씀하십니까?"

양혜왕은 위나라 제후 앵을 말한다. 승(乘)이란 수레의 숫자로서, 만승의 나라란 사방 천리에 수레를 만 대나 낼 수 있는 천자(중국의 황제)의 나라를 뜻하고, 천승의 나라란 사방 천리에 수레 만 대를 낼 수 있는 제후의 나라를 뜻하며, 백승의 집이란 제후 밑에 있는 대부를 뜻한다. 인과 의는 사람의 본심이고 이(利)는 사람의 욕심이다. 사람이 이(利)를 좇음은 구해도 얻지 못하는 것이니 오직 인의(仁義)만이 있을 따름이라는 뜻이다.

2

양혜왕이 맹자께 말했다.

"과인은 마음을 다하여 나라를 다스리고 있소. 하내 지방에 흉년이 들면 그곳 백성들을 하동 지방으로 옮기고 곡식을 하내로 실어 보낸다오. 하동 지방에 흉년이 들 때도 역시 그렇게 하는데, 이웃나라의 정사를 살펴보건대 과히 나만큼 마음을 쓰는 자는 없소이다. 그런데도 이웃나라의 백성의 수가 줄지 아니하고, 과인의 백성이 늘지 아니함은 무슨 까닭이오?"

이에 맹자께서 말씀하셨다.

"임금께선 싸움을 좋아하시니 싸움에 비유하여 말씀드리겠습니다. 둥둥둥 북이 울리고 병기를 가지고 싸우다가 갑옷을 버리고 병기만을 가지고 달아나는 군사가 생겼다고 합시다. 이때 어떤 군사는 백 보 달아나서 멈추고, 또 어떤 군사는 오십 보 달아나다 멈추어, 그때 오십 보 달아난 군사가 백 보 달아난 군사를 보고 비웃었다면 그것에 대해 어떻게 생각하십니까?"

양혜왕이 말했다.

"그야 말이 안 되지요. 백 보 달아나거나 오십 보 달아나거나 모두 달아나기는 마찬가지 아니겠소."

맹자께서 말씀하셨다.

"임금께서 만일 그것을 아신다면 백성이 이웃나라보다 많기를 바랄 수는 없는 일이옵니다. 제때 농사를 짓는다면 곡식은 먹고도 남을 만큼 될 것이요, 촘촘히 짜인 그물을 물에 던진다면 고기와 자라를 먹고도 남을 것이요, 제때에 숲에 들어가 나무를 베면 재목은 다 쓰고도 남을 것입니다. 이렇게 되면 백성들은 살아가는 데 있어서 편안하고 죽은 사람을 장사 지내는 데 있어 아무런 유감도 없게 될 것이니, 이것이 바로 왕도 정치(王道政治)의 시작이라 할 수 있습니다. 오 묘의 택지에 뽕나무를 심으면 쉰 살 먹은 자가 비단옷을 입을 것이며, 닭 돼지 개 등의 가축을 기르는 데 있어서 그 시기를 놓치지 않으면 일흔 된 노인이 고기 반찬을 먹을 것입니다. 백 묘의 밭에 때를 놓치지 않으면 여러 명의 식구가 배고플 리 없고, 교육을 철저히 하여 부모에게 효도하고 형제끼리 우애 있기를 가르친다면 반백의 노인이 길에서 등짐을 지거나 머리에 이고 다닐 일도 없을 것입니다. 노인이 비단옷에 고기반찬을 먹고, 백성들이 굶주리지 않고 추위에 떨지 않는데 임금노릇 못할 자가 어디 있겠습니까? 개와 돼지가 사람이 먹을 것을 먹어도 이를 제지하지 않고, 길가에 굶어 죽은 시체가 즐비해도 창고의 곡식을 풀지 아니하며, 백성들이 굶어 죽어도 '내 책임이 아니라 흉년 때문이다.' 라고 한다면 이는 사람을 찔러 죽이고도 '내가 죽인 것이 아니라 칼이 그런 것이다.' 라고 하는 것과 무엇이 다르겠습니까? 임금께서 이 풍년과 흉년을 탓하지 않으신다면 천하의 백성들이 다 모여들 것입니다."

위에서 말한 것이 바로 맹자의 왕도 정치로서, 임금이 그 도를 다 행하기를 권한 것이다.

고사성어: '五十步百步,오십보백보' — 오십 보 도망친 사람이 백 보 도망친 사람을 보고 겁쟁이라고 비웃는다는 비유에서, 좀 낫고 못한 차이는 있으나 서로 어슷비슷함.

3

양혜왕이 말했다.

"우리 진(晉)나라가 천하의 최강이었음은 선생께서도 아시는 바요. 그런데 과인의 대에 이르러 동으로는 제나라에 패하여 태자가 죽고, 서로는 진(秦)나라에 패하여 영토 칠백 리를 빼앗겼으며, 남으로는 초나라로부터 욕을 입었으니 부끄럽기 그지없소. 죽은 사람을 위해서라도 한번 설욕을 하고 싶은데 어찌하면 좋겠소?"

맹자께서 말씀하셨다.

"영토가 사방 백 리밖에 되지 않아도 임금 노릇을 할 수 있습니다. 임금께서 어진 정치를 펴시어 백성들을 편케 하고, 형벌을 줄이며, 세금을 적게 하신다면 어느 백성인들 밭을 갈지 않겠습니까. 또한 건장한 사람에겐 일 없는 날에 효제충신을 가르친다면 그들이 집에 들어가 그 부모와 형제를 섬길 것이며 밖에서는 어른과 임금을 섬길 것이니 그렇게 되면 백성들은 몽둥이만으로도 진나라와 초나라의 굳은 갑옷과 예리한 무기를 능히 물리칠 수 있을 것입니다. 밭 갈고 김매야 하는 백성들의 시간을 빼앗아 부모를 봉양치 못하게 한다면 그 부모가 추위에 떨고 배고픔에 굶주리며, 형제와 처자가 각각 흩어질 것이니, 만약 적국에서 그 백성들을 곤경에 빠뜨리거든 임금께서 가시어 그것을 바로잡으면 어느 누가 임금께 대적하겠습니까? 그런 연유로 '어진 사람은 적이 없다.' 고 하였으니, 임금께서는 제 말을 의심치 마십시오."

양혜왕은 칼로써 그 원한을 갚고자 하였으나 맹자는 왕도를 지키면 자연 적국을 물리칠 수 있다고 권면(勸勉, 알아듣도록 타이름)한 것이다.

고사성어: '仁者無敵, 인자무적' — 어진 사람은 적이 없다.

4

맹자께서 위나라 양혜왕을 만나 보시고는 나와서 사람들에게 말씀하셨다.

"멀리서 보아도 임금 같지 않고, 가까이서 보아도 두려워할 점이 보이지 않았다. 그런데 혜왕이 '천하는 어떻게 되겠소?' 하고 갑자기 묻기에, 내가 '하나로 통일될 것입니다.' 라고 대답하였다. 혜왕이 다시 '누가 하나로 통일하겠소?' 하고 묻기에, 내가 '사람 죽이는 것을 좋아하지 않는 자가 통일할 것입니다.' 라고 대답하였다. 또 혜왕이 '누가 그를 따르겠소?' 하기에, 내가 '천하에 따르지 않을 사람이 없을 것입니다. 임금께선 저 싹을 아십니까? 칠팔월에 가물면 싹은 마릅니다. 그러나 하늘에 뭉게뭉게 구름이 일어나고 억수같이 비가 내리면 마른 싹은 다시 싱싱하게 돋아날 것입니다. 이와 같이 되는 것을 누가 막을 수 있겠습니까? 오늘날 천하의 임금들 치고 사람 죽이는 것을 좋아하지 않는 사람이 없으니, 만일 사람 죽이는 것을 좋아하지 않는 사람이 있다면 천하의 백성들은 모두 다 그를 우러러볼 것입니다. 정말 이와 같이 된다면 물이 아래로 흐르듯 백성들이 모여들 것입니다. 그러한 세력을 누가 막을 수 있겠습니까?' 라고 대답하였다."

당시 전국 시대는 여러 나라로 나뉘어 각 나라마다 패권을 쥐기 위한 전쟁으로 혈안이 되어 있었다. 그런 까닭에 전쟁으로 내몰린 백성들이 아무런 죄 없이 죽어 갔다. 전쟁과 배고픔에 지친 백성들은 누군가 통일 국가를 이루어 전쟁 없는 날이 오기를 손꼽아 기다렸다.

5

제선왕이 맹자께 물었다.

"제환공과 진문공에 관한 일을 들려주시겠소?"

맹자께서 말씀하셨다.

"중니(공자를 말함)의 제자들 중에는 환공과 문공의 업적에 대해 말한 사람이 없습니다. 그래서 후세에 전해진 것이 없으니 저도 듣지를 못하였습니다. 그래도 마다않고 들으시겠다면 왕도(王道)에 대하여 말씀드리겠습니다."

"그럼 과인 같은 사람도 백성을 보호할 수가 있겠소?"

"가능합니다."

"무슨 이유로 가능하다 하시오?"

"호흘에게서 들으니, 임금께서는 이 당상에 앉아 계시다가 소(牛)를 몰고 당하로 지나는 자를 보시고는 '그 소를 어디로 끌고 가는 것이냐?' 하고 물으시니, 그 사람이 '피를 내어 제사 지내려고 하옵니다.' 라고 했다지요? 그래, 임금께서는 '놔주어라. 그 소가 부들부들 떨며 죄없이 사지(死地)로 끌려가는 것을 내 차마 볼 수가 없구나.' 하시자, 신하가 '그러면 종(鍾)을 메우는 제사를 그만두오리까?' 하니, 임금께서 말씀하시길 '어찌 그만둘 수야 있겠느냐? 대신에 양(羊)으로 바꾸어라.' 하고 말씀하셨다 들었습니다. 잘은 모르겠습니다만 그런 일이 있으셨습니까?"

"있었소이다."

"그러한 마음이면 족히 임금 노릇을 하시고도 남습니다. 백성들은 임금께서 소가 아까워 인색하게 군 것이라고 말하지만, 저는 진실로 임금께서 그 소를 불쌍히 여겨 그러신 것임을 알고 있습니다."

"그렇소. 그렇게 말하는 백성들이 있지만 아무리 제나라가 작다 한들 내 어찌 한 마리의 소를 아끼겠소? 과인은 그저 부들부들 떨며 죄없이 사지로 가는 소를 차마 볼 수 없어 양과 바꾸라고 한 것이오."

"백성들이 임금께 인색하다는 말을 했다고 해서 이상히 여기지는 마십시오. 작은 것으로 큰 것과 바꾸었으니 그들이 어찌 그 속마음을 알겠습니까? 하지만 죄없이 사지로 끌려감은 소나 양이나 매한가지니 정말로 그것이 측은하였다면 어찌하여 소나 양을 가리십니까? 그러니 백성들이 그러는 것입니다."

왕이 웃으며 말했다.

"하, 내가 무슨 마음에서 그랬는지. 나는 정말 소가 아까워서 그런 것이 아니지만 백성들이 나더러 인색하다고 한 것도 이해가 가는군요."

"언짢아하실 거 없습니다. 이것이 어진 것을 행하는 좋은 방법입니다. 소는 직접 보았고 양은 보지 못하였기 때문입니다. 군자는 새와 짐승을 대함에 있어 그 살아 있는 것은 볼 수 있으나 죽는 꼴은 차마 보지 못하며, 또한 그 죽는 소리를 듣고는 차마 그

고기를 먹지 못하니, 군자가 푸줏간을 멀리하는 이유가 바로 거기에 있습니다."

왕이 이 말을 듣고 기뻐하며 말했다.

"《시경》에 이르기를 '다른 사람의 마음을 내가 비추어 알 수 있노라.' 고 하였으니, 바로 선생 같은 분을 두고 하는 말인가 보오. 내가 행하고도 돌이켜 생각해 보면 납득이 가질 않았는데 선생께서 이렇게 일러주시니 내 마음에 어떤 불쌍하고 딱한 생각이 떠오르는군요. 이러한 마음이 임금 노릇 하는 데 적절하다 하심은 무슨 까닭이오?"

"어떤 사람이 임금께 이르기를 '나는 족히 삼천 근을 들 수 있는 힘이 있으나 새의 깃털 하나는 들지 못하며, 가느다란 털끝 하나는 볼 수 있으나 수레에 가득 실은 장작은 보지 못합니다.' 라고 한다면, 임금께서는 이 말을 믿으시겠습니까?"

"믿을 리가 있겠소?"

"이제 은혜가 새와 짐승에게까지 미치는데도 그 공이 백성에게 이르지 못함은 무슨 까닭이겠습니까? 다시 말해 깃털 하나를 들지 못하는 것은 힘을 쓰려 하지 않음이요, 수레의 장작을 보지 못하는 것은 보려 하지 않음이요, 백성을 잘 지키지 못하는 것은 은혜를 베풀지 않음이니, 임금이 임금 노릇을 하지 못하는 것은 하지 않으려 하는 것이지 할 수 없어서 그러는 것이 아닙니다."

"하지 않는 것과 할 수 없는 것이 어떻게 다르오?"

"사람들에게 '나는 태산을 끼고 북해를 건너뛰는 것은 할 수 없다.' 라고 말한다면 이는 정말 할 수 없는 것이지만, 사람들에게 '나는 어른을 위해 나뭇가지를 꺾는 것을 할 수 없다.' 라고 말한다면, 이는 하지 않는 것이지 할 수 없는 것이 아닙니다. 임금께서 임금 노릇을 하지 못하는 것은 태산을 끼고 북해를 건너뛰는 그런 종류가 아니고, 어른을 위해 나뭇가지를 꺾는 그런 종류입니다. 자기 부모님을 존경하는 마음으로 남의 어버이를 존경하고, 자기 자식을 사랑하는 마음으로 남의 자식을 사랑한다면 천하를 손에 쥐고 호령할 수 있는 것이니, 《시경》에 이르기를 '아내에게 법도를 세워 형제에게까지 이르게 하면 집과 나라를 잘 다스릴 수 있다.' 고 하였습니다. 이런 마음을 가져다가 백성들에게 더해 쓰라는 뜻입니다. 그러므로 은혜를 넓혀 나간다면 족히 천하를 보전할 것이고, 은혜를 넓혀 나가지 않으면 처자조차도 제대로 지킬 수 없을 것입니다. 옛날 사람이 지금 사람보다 나음은 다름이아니라 그 마음을 잘 넓혀 나갔기 때문입니다. 이제 임금님의 은혜가 금수에게까지 미쳤으나 그 공이 백성에게 이르지 못한 것은 무엇 때문이겠습니까? 저울질을 한 후에야 그 무게를 알 수 있고, 자로 재어 본 후에야 그 길이를 알 수 있는 법입니다. 모든 것이 다 이러하거늘 하물며 사람의 마음이야 더욱더 알 수가 없지요. 임금께서는 이 점을 깊이 생각하십시오. 그런데 임금께서는 전쟁을 일으켜 병사와 신하를 위태롭게 하고, 이웃나라의 제후들과 원한을 맺어야 마음이 통쾌하시겠습니까?"

"아니오. 내 어찌 그런 것에 통쾌해할 수 있겠소? 다만 앞으로

내가 크게 하고자 하는 것이 있는데 바로 그것을 구하려 함이오."

"크게 하고자 하시는 것이 무엇인지 한번 들려주시겠습니까?"

왕이 웃으며 말하지 않자 맹자께서 다시 물으셨다.

"살진 것과 달콤한 것이 입에 만족스럽지 못하십니까? 가볍고 따뜻한 옷이 몸에 만족스럽지 못하십니까? 아니면 눈에 보이는 채색이 부족하십니까? 귀에 들리는 풍악 소리가 부족하십니까? 일을 부리는 데 쓸 사람이 모자라십니까? 그런 것들은 신하들이 모두 다 충분히 보살펴 드릴 터인데 설마 그런 것들 때문에 그러하십니까?"

"아니오. 그런 것을 가지고 그러지는 않소."

"그러면 임금께서 말씀하신 '크게 하고자 하시는 것'이란 바로 영토를 넓히고, 진나라와 초나라를 조회에 참석케 하며, 온 중국에 군림하여 사방 오랑캐를 깨우치고자 하시는 것이라고밖에는 이해되지 않습니다. 이러한 행위로 욕망을 이루고자 하심은 나무에 올라가 물고기를 구하려는 것과 같습니다."

"내가 하고자 하는 것이 그렇게 바보스러운 짓이오?"

"더 심한 것이 있으니, 나무에 올라가 물고기를 구하려 하는 것은 비록 고기를 얻지 못하는 것일 뿐 재앙은 따르지 않습니다. 하지만 이러한 방법으로 욕망을 채우려 한다면 아무리 온 마음과 온 힘을 다한다 하더라도 반드시 재앙이 오고 말 것입니다."

"그 이유를 들려주시겠소?"

"작은 추나라 사람이 큰 초나라 사람과 싸운다면 누가 이기겠습니까?"

"그야 물론 초나라 사람이 이기겠지요."

"그렇습니다. 진실로 작은 것은 큰 것을 대적하지 못하고, 적은 수로 많은 것을 대적하지 못하며, 약한 것으로 강한 것을 대적하지 못하는 법입니다. 지금 천하에는 사방 천 리나 되는 큰 나라가 아홉이 있는데 제나라도 그중 하나입니다. 그런 제나라 하나가 여덟 나라를 복종케 하는 것은 추나라가 초나라를 대적하는 것과 같은 일입니다. 그러니 그 근본으로 돌아가셔야 합니다. 이제 임금께서는 정사를 쇄신하시고, 인정을 베푸시어 천하의 선비들로 하여금 모두 임금 밑에서 일하고 싶게끔 하셔야 합니다. 임금께서 근본으로 돌아가신다면 천하의 농민들도 모두 다 임금의 들에서 밭을 갈고 싶어할 것이며, 온 천하의 장사꾼들도 모두 다 임금의 시장에서 장사하고 싶어할 것이며, 여행하는 자들도 모두 임금의 영내로 지나가고자 할 것이옵니다. 그러면 자기 나라 임금을 미워하는 자가 모두 임금께 찾아와 하소연할 것이니, 이렇게 되면 임금과 대적할 자가 누가 있겠습니까?"

"내 어두워서 능히 그렇게 하지 못하고 있으니, 원컨대 선생께서 나의 뜻을 도와 밝게 가르쳐 주시오. 내가 비록 어리석고 둔하여 민첩하지는 못하나 한번 이것을 시행해 보겠소."

"항산(恒産, 생활할 수 있는 일정한 재산이나 생업)이 없어도 항심(恒心, 언제나 지니고 있는 떳떳한 마음)을 가질 수 있는 것은 오직 선비뿐입니다. 하지만 백성들은 항산이 없으면 항심을 가질

수 없어 제멋대로 행동하고 사치하게 됩니다. 이렇게 되면 자연 죄에 빠지게 되니 그런 후에 이들에게 형벌을 가하는 것은 백성들을 그물에 걸려 들게 하는 것과 같습니다. 어진 사람이 임금의 자리에 있다면 백성을 그물로 쳐서 잡을 수야 없는 일 아니겠습니까? 그러므로 훌륭한 임금은 백성이 생업을 가지고 살아가도록 함으로써 위로는 부모를 섬기고 아래로는 처자를 부양하며, 풍년에는 배불리 먹고 즐기며, 흉년에는 굶어 죽지 않게 하니 그런 뒤에 그들로 하여금 착한 일을 하게 한다면 백성들은 쉽게 좇아올 것입니다. 하지만 오늘날은 어떻습니까? 백성이 아무리 생업에 종사해도 부모를 봉양하기에는 부족하고, 처자를 부양하기에도 부족하며, 풍년이 들어도 배불리 먹을 수가 없고, 흉년이 들면 굶어 죽을 수밖에 없습니다. 이렇게 되면 오직 죽지 않고 살아남기 위해 애를 쓰는 것만으로도 힘들거늘 어느 겨를에 예를 좇게 하겠습니까? 그러니 임금께서 행하고자 하시는 바가 있다면 그 근본으로 돌아가셔야 합니다. 오 묘의 택지에 뽕나무를 심으면 쉰 살 노인이 비단옷을 입을 수 있고, 닭 · 돼지 · 개와 같은 가축들의 번식 시기를 놓치지 않으면 일흔 살 노인이 고기 반찬을 먹을 수 있으며, 백 묘의 밭을 농번기에 빼앗지 않는다면 여덟 식구가 굶주리지 않을 것입니다. 그런 후에 교육에 힘써 부모에게 효도하고 어른을 공경하는 것을 가르친다면 반백이 된 노인이 길에서 등짐을 지고 다니는 일은 없을 겁니다. 노인이 비단옷을 입고 고기 반찬을 먹으며, 백성들이 굶주리지 않으고 춥지 않게 된다면 임금 노릇 하지 못할 자가 없는 법입니다."

위의 글에는 이른바 맹자의 왕도 정치에 관한 사상이 잘 나타나 있다. 인(仁)에서 비롯되는 공자의 예치주의(禮治主義)를 한 걸음 발전시킨 것이 맹자의 덕치주의이다. 이 덕치 사상은 다스리는 사람뿐만 아니라 모든 사람의 심성은 근본적으로 착하다는 맹자의 성선설에 바탕을 둔 것으로 도덕에 의한 교화를 정치의 기본으로 삼았다.

고사성어: '緣木求魚,연목구어' — 나무에 올라 물고기를 구한다는 뜻으로 불가능한 일을 무리하게 하려 함을 비유하는 말.

양혜왕 하(梁惠王 下)

1

장포(莊暴)가 맹자를 뵙고 물었다.

"제가 임금을 뵈었더니 임금께서 저더러 음악을 좋아하신다고 하더이다. 한데 나는 그만 아무런 대답도 하지 못하였습니다. 음악을 좋아한다는 것은 좋은 것입니까?"

이에 맹자께서 말씀하셨다.

"임금께서 정말 지극히도 음악을 좋아하신다면 제나라는 이제 태평성대를 이룰 날이 머지않았습니다."

며칠 후, 맹자께서 임금을 만나 뵙고 물었다.

"얼마 전, 임금께서 장자(莊子)에게 음악을 좋아하신다고 말씀하셨다는데 그런 일이 있으셨습니까?"

그러자 임금은 얼굴을 붉히며 말했다.

"과인은 선왕(先王)의 음악을 좋아하는 것이 아니라 세속의 음악을 좋아한다는 뜻이었소."

"임금께서 음악을 좋아하신다니 제나라는 이제 태평성대를 누릴 것입니다. 지금의 음악이나 옛날의 음악이나 다 같은 것입니다."

"그 까닭을 들려주시오."

"혼자서 음악을 즐기는 것과 남들과 더불어 즐기는 것 중 어느 쪽이 더 즐겁겠습니까?"

"혼자 듣기보다는 다른 사람들과 함께 듣는 것이 더 즐겁지 않겠소?"

"그러면 적은 사람들과 함께 음악을 즐기는 것과 많은 사람들과 함께 음악을 즐기는 것 중에 어느 것이 더 즐겁겠습니까?"

"그야 물론 많은 사람들과 함께 즐기는 것이겠지요."

"그럼, 제가 임금께 음악에 대해 말씀드리겠습니다. 예를 들어 지금 임금께서 음악을 즐기고 계실 때, 백성들이 그 종소리며 북과 피리 소리를 듣고는 이맛살을 찌푸리며 '우리 임금은 저렇게 혼자 음악을 즐기면서 어찌하여 우리들을 이 꼴로 살게 만드시는가. 부자(父子)가 서로 만날 수도 없고, 형제와 처자들도 흩어져 버리지 않았는가 말이다.' 하고 탄식한다 칩시다. 또 만약 지금 임금께서 사냥을 나갔다고 합시다. 그때 백성들이 임금의 수레와 말달리는 소리, 아름답게 나부끼는 깃발을 보고는 눈살을 찌푸리며 '우리 임금님은 저렇게 혼자 사냥을 즐기면서 어찌하여 우리들을 이 모양으로 만드시는가. 부자(父子)가 서로 만날 수도 없

고, 형제와 처자들도 흩어져 버리지 않았는가 말이다.' 라고 말한다면 이것은 무슨 뜻이겠습니까? 이것은 바로 백성들과 함께 즐기지 않았기 때문입니다. 다시 처음으로 돌아가서 말씀드리겠습니다. 지금 임금께서 음악을 즐기고 계신다고 칩시다. 그런데 그 종소리와 북소리, 피리 소리를 들은 백성들이 모두들 기뻐하는 표정으로 '우리 임금님은 요즘도 아픈 곳이 없으신 모양이야. 어쩌면 저리도 북을 잘 치실 수 있을까.' 하고, 또 임금께서 사냥을 나가셨을 경우 백성들이 임금의 수레와 말달리는 소리, 아름답게 나부끼는 깃발을 보고는 모두들 기뻐하는 표정으로 '우리 임금님은 요즘도 아무 탈이 없으신 모양이야. 어쩌면 저리도 사냥에 능하실까.' 한다면 이것은 무슨 뜻이겠습니까? 이것은 바로 백성들과 함께 즐거움을 나누고 계시기 때문입니다. 이제 임금께서 백성들과 함께 즐거움을 같이하신다면 천하의 임금 노릇을 하실 것이옵니다."

음악이든 사냥이든 모든 것을 백성들과 같이한다면 그것은 근본을 바로 세우는 것으로서 백성들은 임금을 떠나지 않고, 그렇게 되면 그 나라는 잘 다스려질 수 있다는 뜻이다. 장포는 제나라 대부이다.

고사성어: '與民同樂,여민동락' — 임금이 백성과 함께 즐김.

2

제선왕이 맹자께 물었다.

"주(周)나라 문왕(周)의 동산은 사방 칠십 리나 되었다고 하는데, 그게 사실이오?"

맹자께서 말씀하셨다.

"옛 글에 전해지고 있습니다."

"그렇게 컸단 말이오?"

"백성들은 오히려 작다고 했습니다."

"과인의 동산은 사방 사십 리밖에 되지 않는데도 백성들이 너무 크다고 하니, 대체 무엇 때문이오?"

"문왕의 동산은 사방 칠십 리나 되었지만 나무를 하는 나무꾼이나 꿩과 토끼를 잡는 사냥꾼들이 함께 썼습니다. 그러니 백성들이 작다고 하는 것은 당연하지 않겠습니까? 신(臣)이 처음 제나라 관문을 통과할 때 감히 제나라가 금하는 법에 대해서 묻고 들어왔습니다. 신이 듣기에는 교외에서 관문 사이에 사십 리나 되는 동산이 있는데 그 안에 있는 사슴을 죽이는 자는 사람을 죽인 죄와 똑같이 다스린다 하더이다. 이것은 곧 사방 사십 리나 되는 함정을 파 놓은 것과 다를 바 없으니, 백성들이 크다고 하는 것은 당연한 것 아니겠습니까?"

다른 나라로 들어갈 때는 그 나라의 금지 구역에 대해 묻는 것이 예(禮)였다. 그런데 그 금지 구역이 바로 제선왕의 동산이었고, 또한 그곳의 짐승을 죽이는 자는 사형에 처했다고 하니 자연 백성들의 원성이 높을 수밖에 없었다. 백성들에게 금지하는 것이 많고 백성들과 함께 하지 않는 군주는 백성으로

부터 따돌림을 받기 마련이다.

3

제선왕이 맹자께 물었다.

"이웃나라와 잘 지낼 수 있는 방법이라도 있소?"

맹자께서 말씀하셨다.

"있습니다. 오직 어진 사람만이 큰 나라로서 작은 나라를 섬길 수 있는 것입니다. 탕왕이 갈나라를 섬기고, 문왕이 곤이를 섬긴 것도 그 때문입니다. 오직 지혜로운 사람만이 작은 나라로서 능히 큰 나라를 섬길 수 있는 것입니다. 태왕이 훈육을 섬기고, 구천이 오나라를 섬겼던 것도 그 때문입니다. 큰 나라로서 작은 나라를 섬기는 사람은 하늘의 이치를 즐기는 사람이요, 작은 나라로서 큰 나라를 섬기는 사람은 하늘의 이치를 두려워하는 사람입니다. 하늘의 이치를 즐기는 사람은 천하를 지킬 수 있고, 하늘의 이치를 두려워하는 사람은 그 나라를 지킬 수 있습니다. 《시경》에 보면 '하늘의 위엄을 두려워하여 이에 보전한다.'고 하였습니다."

"지당한 말씀이오. 하지만 과인에게는 나쁜 버릇이 있으니, 그것은 용맹을 좋아하는 것이오."

"바라옵건대 임금께서는 부디 작은 용맹을 삼가십시오. 칼을 어루만지며 눈을 흘겨 말하기를 '제놈이 감히 나를 당해?' 한다면 이것은 보잘것없는 한 남자의 용맹에 불과한 것으로 겨우 한 사람만을 대적하는 자일 뿐이옵니다. 그러니 임금께서는 큰 용맹을 가지십시오. 《시경》에 보면 '왕이 크게 노하시어 이에 그 군대를 정비하고 거로 가는 무리를 막아 주나라의 복을 두텁게 하며 천하의 호소에 응하였다.' 고 하였으니, 이것이 바로 문왕의 용맹입니다. 문왕은 한 번 노함으로써 천하의 백성들을 편케 하였습니다. 또 《서경》에는 '하늘이 땅 위에 백성을 내리실 때 그들 가운데서 왕과 스승을 정했거늘, 오직 그 상제를 도와 온 백성들을 사랑하고 죄가 있건 없건 간에 그 모든 것이 오직 내게 있으니 누가 감히 하늘의 뜻을 거역할 수 있겠느냐.' 고 하였습니다. 그런데 한 사람이 천하를 어지럽히고 질서를 파괴했으니 무왕은 이를 부끄러워하였습니다. 이것이 바로 무왕의 용맹으로 무왕은 한 번 노함으로써 천하의 백성들을 편케 하였습니다. 이제 임금께서도 한 번의 노하심으로 천하의 백성들을 편케 하신다면, 백성들은 오히려 임금께서 용맹을 좋아하지 않으실까 두려워할 것입니다."

여기에서는 참용맹에 대해 말하고 있다. 작은 용맹은 혈기의 노함을 말하는 것이나 큰 용맹은 정의로움에 대한 노함을 말하는 것이다. 큰 용맹으로 포악함을 없앤다면 백성들은 편안히 살 수 있을 것이다.

4

제나라 선왕이 설궁에서 맹자를 만났다. 제선왕이 맹자께 물었다.

"어진 사람에게도 이러한 즐거움이 있습니까?"

맹자께서 말씀하셨다.

"있습니다. 만약 백성들이 이러한 즐거움을 누리지 못한다면 백성들은 그 임금을 비난할 것입니다. 즐거움을 누리지 못했다 하여 임금을 비난하는 것도 잘못된 것이지만, 임금이 되어서 백성들과 함께 즐거움을 누리지 못하는 것 또한 잘못된 것입니다. 만약 임금께서 백성이 즐거워하는 것을 함께 즐거워하고, 백성의 걱정거리를 함께 걱정해 준다면 백성들 또한 임금의 즐거움을 함께 즐기고, 임금의 걱정거리를 함께 걱정해 줄 것입니다. 이렇게 천하의 백성들과 함께 즐거움을 나누고, 함께 걱정하면서 임금 노릇 못할 사람은 없습니다. 옛날 제나라 경공(景公)은 안자(晏子)에게 이렇게 물었습니다. '내가 전부산(轉付山)과 조무산(朝山)을 보고 바다를 따라 남으로 내려가 낭야(琅耶)에 이르고자 하는데 대체 어떻게 해야 선왕들의 유람과 견줄 수 있겠는가?' 그러자 안자가 말했습니다. '좋은 질문입니다. 천자가 제후의 땅에 가는 것을 순수(巡狩)라 하는데, 순수라는 것은 수비하는 곳을 순시하는 것이요, 제후가 천자에게 조회하는 것을 술직(述職)이라고 하는데, 술직이라는 것은 맡은 바 직무를 보고하는 것이니 모든 게 일이 아닌 것이 없습니다. 봄이면 경작하는 것을 살펴 부족한 것을 도와주고, 가을이면 추수하는 것을 살펴 모자라는 것을 도와주는 것이니, 하나라에 〈우리 임금께서 놀지 않으시면 우리가 어찌 쉴 수 있으며, 우리 임금께서 즐기지 않으시면 우리가 어찌 도움을 받을 수 있으리오.〉라는 속담이 있습니다. 한 번 놀고 한 번 즐기는 것이 모두 제후의 법도가 된다는 뜻입니다. 하지만 지금은 그렇지가 못합니다. 임금이 행차하면 호위하는 군사들이 뒤를 따르면서 양식을 강제로 거두어 굶주린 자가 먹지 못하고, 피로한 자가 쉬지 못하여 서로 눈을 흘기고 비방합니다. 이런 나쁜 짓이 백성들에게까지 영향을 미치고 있습니다. 임금의 명을 어기고 백성들을 학대하며 음식을 물같이 버리니 유련황망(流連荒亡)함이 제후에게 폐가 되고 있습니다. 물 흐르는 것을 좇아 내려가 돌아올 줄 모르는 것을 유(流)라 하고, 산을 따라 위로 올라가 돌아올 줄 모르는 것을 연(連)이라 하며, 사냥을 나가서도 싫증을 낼 줄 모르고 시간을 보내는 것을 황(荒)이라 하고, 술을 즐겨서 정사를 돌보지 않는 것을 망(亡)이라고 합니다. 선왕들은 유련(流連)을 즐기거나 황망(荒亡)하는 행동이 없었으니 오직 임금께서 행하시기에 달렸습니다.' 이 말을 들은 경공은 크게 기뻐하여 널리 나라에 훈령을 내리고, 들로 나가 민가에 머무르며 곡식 창고를 열어 백성들의 곤궁함을 도왔습니다. 그리고는 태사를 불러 '과인을 위해 임금과 신하가 서로 즐길 수 있는 음악을 지으라.' 하고 말씀하시니 치소와 각소가 그것입니다. 그 가사에는 '임금을 거역한다고 그 누가 허물이라 하랴.' 라는 말이 있으니, 임금을 거역하는 사람은 임금을 좋아하는 것입니다."

안자는 그의 말로써 경공의 욕심을 막았다. 이는 임금의 잘못을 지적한 것으로 안자에겐 잘못이 없다. 맹자가 이것을 인용

한 것은 신하로서 임금의 욕심을 막는 것은 임금을 좋아하기 때문이라는 것을 말하기 위함이다. 경공은 춘추 시대 제나라 임금이고, 안자는 제나라 대부로 흔히 안평중을 말한다.

5

제선왕이 물었다.

"사람들이 한결같이 말하기를 나더러 명당(明堂)을 헐라고 하니 대체 그것을 헐어야 하오, 말아야 하오?"

맹자께서 말씀하셨다.

"명당은 왕자(王者, 왕도로써 천하를 다스리는 사람)의 집이니, 임금께서 왕정을 행하고자 하신다면 허물지 마십시오."

"왕정에 대해 좀 들려주시겠소?"

"옛날 문왕이 기(岐) 땅을 다스릴 적에는 이러했습니다. 밭을 가는 자는 정전제(9분의 1세)로 하고, 벼슬하는 자에게는 세록(世祿)하였으며, 관문과 시장에서는 그곳을 살피되 세금을 받지 않았습니다. 또한 못에서 고기 잡는 것을 금하지 않았고, 죄인의 죄를 처자에게까지 미치지 못하게 하였습니다. 늙어서 아내가 없는 자를 홀아비(鰥,환)라 하고, 늙어서 남편이 없는 자를 과(寡,과)라 하며, 늙어서 자식이 없는 자를 독(獨)이라 하고, 어려서 아비가 없는 자를 고(孤)라 하는데, 이 네 종류의 사람들은 천하의 불쌍한 백성으로서 호소할 곳 없는 사람들입니다. 문왕은 이 넷을 우선으로 정치를 하고 인정을 베풀었습니다. 《시경》에 이르기를

'부자들이야 괜찮지만 애처로운 건 곤궁하고 외로운 이들이다.' 라고 하였습니다."

"참으로 훌륭한 말씀이오."

"임금께서 그렇게 여기신다면 어찌 행하지 않으십니까?"

"과인에게 병이 있으니, 그것은 재물을 좋아하는 병이라오."

"옛날에 공류(公劉)라는 사람이 그렇게 재물을 좋아했습니다. 《시경》에 '곡식 더미는 창고에 쌓여 있지만 마른 양식은 자루에 따로 담아 놓았네. 나라를 빛내기 위해 백성들이 모였네. 활과 살을 들고 방패와 창, 도끼와 자귀(나무를 깎아 만든 연장)를 잡고는 비로소 갈 길을 재촉하네.' 라고 하는 구절이 있습니다. 남아 있는 사람들을 위해 창고에 쌓아 놓은 곡식이 있고, 떠나가는 사람들을 위해 자루에 담아 놓은 양식이 있으니 그런 다음에야 비로소 출정을 하였던 것입니다. 임금께서 재물을 좋아하셔도 백성들과 함께 좋아하신다면 임금 노릇 하는 데 무슨 어려움이 있겠습니까?"

"과인이 병이 있으니, 그것은 색(色)을 좋아하는 것이라오."

"옛날 태왕(太王)도 색을 좋아하여 그 부인을 사랑했습니다. 《시경》에 '오랑캐에 쫓기던 고공단보가 아침에 말을 달려 서수(西水) 물가를 따라 기산(岐山) 아래 이르렀네. 따라온 강녀(姜女)를 데리고 그 땅에서 함께 살았네.' 라고 하는 구절이 있습니다. 그 시대에는 안으로 과부가 없고 밖으로는 홀아비가 없었습니다. 임금께서 색을 좋아하셔도 백성들과 함께 좋아하신다면 임

금 노릇 하는 데 무슨 어려움이 있겠습니까?"

무릇 사람이라 하면 모두 재물과 색을 좋아하기 마련이다. 그러나 그것을 좋아하되 어떻게 좋아하느냐에 따라 하늘의 이치를 따르느냐, 어기느냐가 달려 있다. 재물과 색을 좋아하기를 여러 사람과 함께 공유한다면 그것은 하늘의 이치를 좇는 것이요, 자기 한 몸을 위함이라면 그것은 욕심을 좇는 것이다. 명당이라 함은 천자가 제후들의 조회를 받던 곳이다. 하지만 천자가 천자답지 못하고 제후가 제후답지 못하니 그것을 허물어 버리라고 백성들이 요구한 것이다. 세록한다는 것은 대대로 녹을 주었다는 뜻이다. 즉 아버지가 벼슬을 했으면 그 아버지의 자손은 모두 가르치고, 쓸 만한 재목이면 등용하여 벼슬을 주되 재목이 되지 않아도 그 녹을 잃지 않게 했다는 뜻이다. 이는 아버지의 공을 자식에게 갚기 위함이었다. 그렇기 때문에 나라에 충성함이 지극할 수 있었던 것이다. 정전법이란 9분의 1세를 말한다. 즉 우물 정자의 '井'을 보면 9칸인데 그 가운데 부분의 경작지만을 세금으로 바친다는 뜻이다. 한 정이 사방 일 리로 그 밭이 모두 구백 묘인데 그곳에 우물 정자를 그어 아홉 구로 하고 그 한 구가 백 묘이며 나머지는 팔백 묘이다. 가운데 한 묘는 공전(公田)이고 나머지는 사전(私田)이다. 여덟 집이 한 묘씩을 받아 갖고, 공전은 모여서 경작하여 세금으로 바치니 이것이 바로 정전법이다. 공류는 주(周)나라 사람이며 후직의 증손으로 후직의 업을 고쳐 주나라 왕실을 일으켰다. 태왕은 고공단보를 가리키는 말로 그는 원래 빈 땅의 사람이었다. 하지만 오랑캐가 침범하자 기산 밑으로 거처를 옮겼다. 그러자 빈 사람들이 모두 그를 따라와 그는 그곳에 새로운 나라를 세웠다. 그것이 바로 주(周)나라다. 공류의 9세손이기도 하다.

6

맹자께서 제선왕에게 말씀하셨다.

"만약 신하 중 한 사람이 자기 아내와 자식을 친구에게 맡기고 잠시 초나라에 갔다고 칩시다. 그런데 다시 돌아와 보니 그 친구가 처자를 굶기고 추위에 떨게 했다면 임금께선 그 친구를 어떻게 하시겠습니까?"

"그 친구와 관계를 끊어야지요."

"만약 법관이 관리를 잘못 다스렸다면 어떻게 하시겠습니까?"

"벼슬을 그만두게 해야지요."

"만약 나라가 잘못 다스려지고 있다면 어떻게 하시겠습니까?"

제선왕은 좌우를 둘러보며 딴 이야기를 하였다.

돌아보며 딴 소리란 말은 바로 이를 두고 한 말일 것이다. 맹자는 제선왕의 그릇됨을 지적하고자 먼저 두 가지 질문을 하였다. 그러나 마지막 질문은 제선왕 자신을 두고 한 말이라는 것을 알아차린 그는 그만 대답을 못하고 말았다. 맹자의 언변과 지혜, 기상이 돋보인다.

7

맹자께서 제선왕에게 말씀하셨다.

"고국(故國)이라는 것은 큰 나무가 있음을 말하는 것이 아니라 대를 이어 왕을 섬기는 신하가 있음을 말하는 것입니다. 그런데 지금 임금께선 친하게 지내는 신하조차 없으십니다. 어제 등용된 자가 오늘 도망간 것조차 알지 못하고 계십니다."

"과인이 어떻게 해야 그들이 인재인지 아닌지를 알고 버릴 수 있겠소?"

"임금이 어진 사람을 등용하기를 마지못해 하는 것처럼 해야 합니다. 낮은 지위에 있는 사람을 높은 지위로 끌어올리기도 하고 친하지도 않은 사람을 요직에 앉히기도 하니 어찌 신중을 기하지 않을 수 있겠습니까? 좌우에서 다 어진 사람이라고 말해도 옳은 것이 아니며, 모든 대부들이 다 어질다 해도 그 또한 옳은 것이 아닙니다. 모든 백성들이 다 어진 사람이라고 한 후라야 그 사람을 살펴보고 등용해야 합니다. 또한 좌우에서 다 어진 사람이 아니라고 말해도 듣지 말아야 하며, 모든 대부들이 다 어진 사람이 아니라고 말해도 듣지 말아야 하며, 백성들이 모두 다 어진 사람이 아니라고 한 후에야 그 사람을 살펴보고 버려야 합니다. 좌우에서 모두 죽여야 한다고 해도 듣지 말며, 모든 대부들이 죽여야 한다고 해도 듣지 말며 모든 백성들이 죽이는 것이 옳다고 한 후에야 살펴서 죽이는 것이 옳습니다. 그렇게 했을 때 그것은 임금께서 죽인 것이 아니라 백성들이 죽였다고 말하는 것입니다.

이렇게 한 후에야 백성들의 부모가 될 수 있는 것입니다."

> 백성들이 좋아하는 것을 좋아하고 백성들이 미워하는 것을 미워하는 자야말로 백성의 부모라 할 수 있다. 즉 백성의 소리를 귀담아들으라는 뜻이다.

8

제선왕이 맹자께 물었다.

"탕왕이 걸왕을 치고 무왕이 주왕(紂王)을 쳤다고 하는데, 그게 사실이오?"

맹자께서 말씀하셨다.

"옛 글에 전해지고 있습니다."

"신하가 임금을 죽여도 괜찮은 것이오?"

"어진 것을 해치는 것을 적(賊)이라 하고, 옳은 것을 해치는 것을 잔(殘)이라 하며, 잔적한 사람을 일부(一夫)라고 합니다. 일부가 주(紂)를 죽였다는 말은 들었어도 임금을 죽였다는 말은 듣지 못했습니다."

> 탕왕과 무왕은 성왕의 대명사이고 걸왕과 주왕은 폭군의 대명사이다. 맹자는 폭군 주를 임금 취급도 하지 않았다. 그래서 신하가 주왕을 죽인 것이 아니라 한 남자가 주(紂)를 죽였다고 한 것이다. 맹자는 폭군은 임금도 아니라는 생각을 갖고 있었기에 이런 대답이 나온 것이다. 맹자는 포학한 임금은 백성들이 혁명을 일으켜 갈아치울 수도 있으며, 한 걸음 더 나

아가 죽일 수도 있다는 사상을 지닌 역성 혁명가였다.

9

맹자께서 제선왕에게 말씀하셨다.

"큰 집을 지으려면 임금께선 반드시 목수로 하여금 큰 나무를 구하여 오라고 시키실 것입니다. 목수가 큰 나무를 구해 오면 임금께서는 그 책임을 다했다 하여 기뻐하실 터이고, 목수가 그 나무를 다듬어 작게 하면 임금께선 그 책임을 다하지 못했다 하여 노하실 것입니다. 사람이 어려서부터 배우는 것은 이 다음에 장성하여 그것을 실행코자 함인데 만일 임금께서 '네가 배운 것을 버리고 나를 따르라.'고 하신다면 어떻게 되겠습니까? 또 여기 박옥(璞玉, 돌 속에 있는 옥)이 있다면 그것을 조탁하는 데 큰돈이 든다 할지라도 반드시 옥 다듬는 사람한테 맡겨야 할 것입니다. 그런데 나라를 다스리는 데 있어서 '네가 배운 것을 버리고 나를 따르라.'고 하시면 옥을 다듬는 자에게 옥 다듬는 법을 가르치는 것과 무엇이 다르겠습니까?"

정치하는 사람은 독선에 빠져서는 안 된다.

10

제나라 사람들이 연나라를 정벌하여 빼앗자 여러 제후들이 연나라를 구하려 하였다. 이에 제선왕이 맹자께 물었다.

"제후들 가운데 과인을 치려고 꾀하는 자가 많으니, 이를 어찌

하면 좋겠소?"

맹자께서 말씀하셨다.

"사방 칠십 리로 시작하여 천하를 다스린 자가 있습니다. 그가 바로 탕왕이지요. 신(臣)은 천 리의 땅을 가지고도 사람들을 두려워했다는 소리는 아직 듣지 못하였습니다. 《서경》에 이르기를 '탕왕은 첫 정벌을 갈나라로부터 시작하였다. 천하가 다 탕왕을 믿은 고로 동을 향해 치면 서쪽 오랑캐들이 원망했고, 남을 향해 치면 북쪽 오랑캐들이 원망하였다. 이는 앞을 다투어 탕왕의 다스림을 받고 싶어하는 사람들이 자기네들을 뒤로 하는 것에 대한 원망이었다. 백성들은 큰 가뭄에 구름이 일어 비가 내리기를 원하는 것처럼 탕왕을 갈망하였고, 시장으로 몰려드는 자들이 끊이지 않았으며, 밭을 가는 자들도 변함이 없었다. 탕왕이 그 나라 임금을 죽이고 백성들을 위로하니 이는 제때에 비가 내리는 것 같아 사람들이 기뻐하였다.'라고 하였습니다. 또 《서경》에 이르기를 '우리가 임금을 기다렸더니 임금이 오시었네. 이제 우리는 다시 소생하게 되었네.'라고 하였습니다. 연나라가 그 백성들에게 포학하게 굴었으니 임금께서 나아가 정벌하자 백성들은 자기들을 물과 불 속에서 건져 준 것이라 여겼습니다. 그래서 대그릇의 밥과 병에 든 간장으로 임금의 군사를 맞이한 것입니다. 그런데 만일 그들의 부형을 죽이고 자제를 끌고 가며 종묘를 헐고 그들의 귀중한 기물들을 빼앗아 간다면 이것을 어찌 옳다고 하겠습니까? 지금 천하는 제나라의 강함을 두려워하고 있습니다. 이제

땅을 갑절이나 넓혔으니 어진 정치를 행하지 않으시면 다시 천하의 군사들이 움직이게 될 것입니다. 임금께서는 빨리 명령을 내리시어 그들의 노인들과 어린아이들을 돌려보내시고, 귀중한 기물을 빼앗지 못하게 하십시오. 그리고 연나라 백성들과 의논하여 새 임금을 세운 뒤 물러나십시오. 그러면 제후들도 임금을 치는 것을 오히려 멈출 것입니다."

제나라가 연나라를 정벌하니 그 땅의 넓이가 두 배가 되었다. 이런 상황에서 제선왕이 나라 다스리기를 탕왕같이 한다면 연나라 사람들이 기뻐할 것이고, 그렇게 되면 장차 천하를 다스리고도 남을 것이다. 그러나 어진 정치를 펴지 않고 포학하게 군다면 연나라 사람들은 위로받지 못하고 제후들도 복종하지 않을 것이다. 천 리를 가시고도 사람들을 두려워하게 될 것이라는 말은 바로 이를 두고 하는 말이다. 대개 맹자는 임금의 도를 말할 때는 탕왕과 무왕을 거론하였고, 백성을 다스림에 있어서는 요 임금과 순 임금을 거론하였다.

11

추나라와 노나라가 전쟁을 벌이는 중이었다. 추나라의 목공(穆公)이 맹자께 물었다.

"죽은 상관들이 무려 33명이나 되는데 백성들 중에는 누구 하나 상관을 구하고자 목숨을 바친 자가 없소이다. 이 괘씸한 자들을 죽이자니 다 죽일 수는 없고, 죽이지 않자니 상관들이 죽어 가는 것을 그냥 보고만 있습니다. 이 일을 어찌하면 좋겠소?"

맹자께서 말씀하셨다.

"흉년이 들어 백성들이 굶주리다 못해 그중 늙고 약한 사람들은 개천과 진구렁에 들어가 죽고, 건강한 장정들은 사방으로 흩어져 버렸을 때 임금님의 양곡 창고는 어떠했습니까? 창고엔 곡식이 가득했고, 또 재물 창고에는 온갖 재물들로 가득했거늘 상관들은 백성들의 딱한 사정을 아뢰지 아니하였습니다. 이것은 게으름으로 인해 윗사람으로서 아랫사람에게 잔인한 짓을 한 것과 마찬가지입니다. 증자는 '경계하고 또 경계하라. 네게서 나온 것은 네게로 돌아온다.' 고 말했습니다. 이제 백성들이 당한 만큼 돌려주는 것이니 임금께선 백성들에게 허물 있다 하지 마십시오. 임금께서 어진 정치를 펴시면 백성들도 그 윗사람에게 친절하게 굴 것이며 그를 위해 죽을 수도 있는 것입니다."

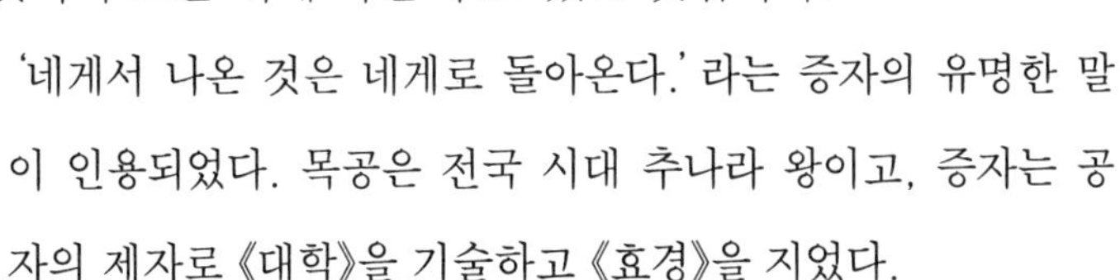

'네게서 나온 것은 네게로 돌아온다.' 라는 증자의 유명한 말이 인용되었다. 목공은 전국 시대 추나라 왕이고, 증자는 공자의 제자로 《대학》을 기술하고 《효경》을 지었다.

12

등문공이 물었다.

"등나라는 제나라와 초나라 사이에 끼어 있는 작은 나라요. 우리 등나라는 제나라를 섬겨야겠소, 아니면 초나라를 섬겨야겠소?"

맹자께서 말씀하셨다.

"그러한 것은 제가 도모할 바가 아닙니다. 그래도 꼭 한마디 들으시겠다면 말씀드리겠습니다. 연못을 더욱 깊이 파고, 성벽을 더욱 견고히 쌓아 백성들과 함께 나라를 지키되, 죽는 한이 있더라도 백성들을 버리지 않으시겠다면 한번 해 볼 만한 일 아니겠습니까?"

> 임금은 나라를 위해 죽고 조정을 위해 죽을 수 있어야 한다. 뿐만 아니라 죽음으로 백성을 지킬 줄 알아야 한다. 그렇게 되면 백성 또한 죽음으로 임금과 나라를 지키게 될 것이다. 그러나 이것은 아무나 할 수 있는 것이 아니다. 백성의 마음을 얻으려면 먼저 의를 지키고, 백성을 사랑해야 하며, 요행을 믿어서는 안 된다.

13

등문공이 맹자께 물었다.

"등은 소국인지라 힘을 다하여 대국을 섬기는데도 늘 침략을 면치 못하니 어찌하면 좋겠소?"

맹자께서 말씀하셨다.

"태왕이 빈에 사실 때 오랑캐들이 쳐들어 왔었습니다. 태왕은 가죽과 폐백으로 그들을 섬겼어도 침략을 면할 수 없었고, 주옥으로 섬겼어도 면할 수가 없었습니다. 마침내 태왕은 노인들을 모아 놓고 말했습니다. '오랑캐들이 바라는 것은 다름 아닌 이 나라 땅이오. 땅은 본래 사람을 기르는 것이지 사람을 해하는 것이 아니라고 들었소. 그러니 여러분은 임금이 없는 것을 근심하지 마시오. 내 장차 떠나리다.' 하고 말입니다. 이윽고 태왕은 빈을 버리고 양산을 넘어 기산 아래에 도읍을 정하고 그곳에서 살았습니다. 빈 사람들은 '어진 사람을 잃을 수는 없다.' 하고는 태왕을 좇았습니다. 이를 좇는 사람들이 어찌나 많은지 마치 시장에 가는 행렬과 같았습니다. 하지만 어떤 사람은 '대대로 지켜온 땅이므로 나 혼자 맘대로 할 수는 없는 일이니 죽는 한이 있더라도 떠나지는 않겠다.'고 했습니다. 임금께서는 이 둘 중에 하나를 택하십시오."

땅이란 원래 곡식을 생산하고 사람을 살게 하는 것이나 이제는 사람들이 땅 때문에 싸우며 죽이기까지 하니 사람에게 해를 끼치는 것이 되어 버렸다. 어차피 땅을 지키지 못할 바에야 그 땅을 버리고 다른 데로 가든지, 아니면 죽음으로써 그 땅을 지키든지 둘 중에 하나를 택하라는 뜻이다.

공손추 상(公孫丑 上)

1

공손추가 맹자에게 물었다.

"만약 선생님께서 제나라 재상이 되시어 선생님의 도(道)를 펼칠 수 있게 된다면, 그래서 이로 말미암아 패왕(霸王, 중국 춘추 전국 시대에 제후를 거느려 천하를 다스리던 사람)이 되신다 해도 별로 이상할 것이 없을 것입니다. 만약 이렇게 된다면 마음이 움직이시겠습니까?"

이에 맹자께서 말씀하셨다.

"내 나이 사십이니, 결코 마음이 움직이지 않을 것이다."

"그러하시다면 선생님께서는 맹분(孟賁)보다도 훨씬 위이십니다."

"그것은 그리 어려운 일이 아니다. 고자(告子)도 나보다 먼저 부동심(不動心)하였지 않느냐."

"마음을 움직이지 않는 방법이라도 있습니까?"

"있고말고. 북궁유라는 사람은 용기를 기르는 데 있어 칼에 찔려도 살을 떨지 않았고, 눈을 찔려도 깜박이지 않았다. 그뿐이더냐, 사람들에게 터럭만큼이라도 꺾였다고 생각하면 그것을 시장이나 조정에서 매맞는 것처럼 생각했다. 이런 까닭으로 그는 천한 사람이나 만승의 임금에게도 모욕을 받지 않았다. 만승의 임금을 찌르는 것을 천한 사람 죽이듯이 하여 두려워하지 않는 제후가 없었으며 자기를 험담한 자에게는 반드시 보복을 하였다. 다음으로, 맹시사(孟施舍)가 어떻게 용기를 길렀는지에 대해 말해 주겠다. 그는 '이기지 못할 것을 알면서도 이길 듯이 한다. 적의 수를 안 후 전진한다는 것은 3군을 두려워하게 되는 것과 같다. 그러니 내가 어찌 이길 수 있으리요, 그저 두려워하지 않을 뿐이다.' 라고 했다. 즉 맹시사는 증자와 같고, 북궁유는 자하와 같으니 이 두 사람의 용기 중에 어느 것이 더 현명한지는 모르겠지만 맹시사가 더 요령이 있어 보인다. 옛날에 증자가 자양(子襄)더러 '너는 용기를 좋아하느냐? 언젠가 나는 선생님〔孔子〕으로부터 큰 용기에 대해 들은 적이 있다. 스스로 반성해서 곧지 않으면 비록 상대가 천한 사람이라도 두렵지 않겠느냐. 스스로 반성하여 곧으면 비록 천만 명의 사람이라도 그 앞에 나가 대적할 수 있는 일 아니겠느냐.' 라고 하셨다. 맹시사가 지킨 것이 바로 이 기(氣)이니라. 이것은 증자가 지키는 요령을 얻은 것만 같지 못하다."

공손추가 다시 물었다.

"그렇다면 감히 선생님께 묻겠사옵니다. 공자(孔子)의 부동심과 고자(告子)의 부동심에 대해 들려주실 수 있겠습니까?"

"고자는, '말〔言〕에서 얻지 못하거든 마음으로 구하지 말며, 마음에서 얻지 못하거든 기(氣)로 구하지 말라.' 고 하였다. 마음으로 얻지 못하거든 기(氣)로 구하지 말라고 함은 옳으나, 말에서 얻지 못하거든 마음으로 구하지 말라고 함은 옳지 않구나. 뜻〔志〕은 기(氣)의 통솔이요, 기(氣)는 몸의 채움이니, 뜻이 지극하고 기는 그 다음이다. 그러므로 그 뜻을 가지고 그 기를 해치지 말라고 하였다"

"뜻이 지극하고 기는 그 다음이라고 하시면서 다시 그 뜻을 가지고 그 기를 해치지 말라고 하시는 것은 무슨 뜻입니까?"

"뜻이 한곳으로 쏠리면 기를 움직이고, 기가 한곳으로 쏠리면 심지를 움직이는 법이다. 달리다가 엎어지는 것이 바로 기이나 도리어 그것이 마음을 움직이게 하는 것이다."

"그렇다면 감히 묻건대, 선생님께서는 어느 것을 잘하십니까?"

"나는 말을 알며〔知言〕, 나의 호연지기를 기르고 있노라."

"감히 묻건대, 무엇을 호연지기라 하옵니까?"

"그것은 말로 하기 어렵다. 그 기운의 됨됨이가 지극히 크고 지극히 강하며 해침이 없이 곧게 기르면 하늘과 땅 사이에 가득 차게 된다. 이것은 의(義)와 도(道)에 배합되는 것이니 이것이 없으면 주리게 된다. 이것은 의(義)가 모여 생기는 것이지 의가 엄습하여 얻어지는 것이 아니다. 행동하고도 마음에 만족함이 없다면 허탈해지는 법이다. 그런 까닭에 나는 고자가 의를 알지 못한다고 한 것이니 그가 의를 마음 밖에 존재하는 것으로 보았기 때문이다. 사람은 어떤 일을 함에 있어서 갑자기 그것이 이루어지기를 바라지 말며, 마음에 잊지 말며, 조장하지도 말아야 한다. 송나라의 어떤 사람처럼 해서는 안 된다는 것이다. 송나라의 어떤 사람은 싹이 더디 자라는 것이 안타까워 싹을 뽑아 올려 놓고 망연히 집으로 돌아와 그 집사람에게 이렇게 말하였다고 한다. '오늘은 피곤하군. 내가 싹이 자라는 것을 도와주고 왔노라.' 하여 그 아들이 급히 달음질쳐 가 보니 싹은 이미 시들어 있지 않았겠느냐. 천하에 싹이 자라는 것을 돕지 아니하는 자가 적으니, 유익함이 없다고 하여 버리는 자는 싹을 김매지 않는 자요, 자라는 것을 돕는 자는 싹을 뽑는 자이니, 한갓 유익함이 없을 뿐만 아니라 해로운 것이다."

"말을 안다는 것은 또 무슨 말씀입니까?"

"공정하지 않은 말을 들으면 그 숨겨진 바를 알고, 음란한 말을 들으면 그 사람이 빠져 있는 바를 알며, 간사한 말을 들으면 그 사람이 이간하는 까닭을 알고, 꾸며서 하는 말을 들으면 그 궁한 바를 안다는 뜻이다. 이러한 것이 마음에 생겨서 정치를 해치고, 다시 정치에서 시작하여 일 전체를 해치게 되는 것이다. 아마 성인이 다시 나더라도 반드시 내가 한 말을 따를 것이다."

"재아와 자공은 말을 잘했다 하고, 염우와 민자, 안연은 덕행이 뛰어났다 하며, 공자께서는 양쪽 모두를 겸하시고도, 내가 '말에는 자신이 없다.' 고 하셨으니 그러면 선생님은 이미 성인이 되신 게 아닌가 합니다."

"아니, 그게 무슨 말이냐? 옛날 자공이 공자께, '선생님은 성인이십니까?' 라고 묻자 공자께서 말씀하시길, '내 어찌 성인에야 미칠 수 있겠느냐. 다만 나는 배우기를 싫어하지 않고 가르치기를 게을리 하지 않을 뿐이다.' 라고 하셨다. 그러자 자공이, '배우기를 싫어하지 않는 것이 지혜이고, 가르치기를 게을리 하지 않는 것이 어진 것이라 알고 있습니다. 선생님은 어질고 지혜로우시니 이미 성인이십니다.' 하였다. 공자 같은 분도 성인임을 자처하지 않으셨는데 그 무슨 당치도 않은 말이냐."

"예전에 제가 엿들은 말인데, 자하 · 자유 · 자장은 모두 성인의 한 부분을 갖추고 있고, 염우 · 민자 · 안연은 그 전부를 갖추고는 있으나 아직 미약하다고 하였습니다. 감히 묻건대, 선생님은 어느 쪽이십니까?"

"그런 얘기라면 그만두어라."

"그러면 백이(伯夷)와 이윤(伊尹)은 어떻습니까?"

"그 둘은 도(道)가 같지 않다. 백이는 그가 섬길 임금이 아니면 벼슬하지 않았고, 그가 원하는 백성이 아니면 다스리지 않았다. 잘 다스려지고 있는 세상이면 나아가 벼슬을 하였고, 어지러운 세상이면 숨어살았다. 그러나 이윤은 아무 임금이든 섬기면 내 임금이요, 어느 백성이든 다스리면 내 백성이라 하여, 잘 다스려진 세상이든 어지러운 세상이든 가리지 않고 나아가 벼슬을 했다. 공자께서는 벼슬할 만하면 벼슬을 하고, 그만둘 만하면 그만두고, 오래 머무를 만하면 머무르고, 빨리 떠나야 할 때는 당장 떠나셨으니 모두 다 옛날의 성인들이시다. 나는 아직 그분들처럼 능히 행하지 못하지마는 원하는 바가 있다면 그래도 공자를 배우려 한다."

"그럼 백이와 이윤이 공자와 비슷합니까?"

"아니다. 사람들이 생겨난 이래로 공자만한 인물이 없다."

"그럼 세 사람에게 같은 점이 있습니까?"

"물론이다. 그분들이 만약 사방 백 리의 땅을 얻어 임금 노릇을 한다면, 모두 다 제후들을 조회에 들도록 만들고, 천하를 가졌을 것이다. 그러나 천하를 가졌을 때에도 털끝만큼이라도 불의를 행하거나, 한 사람이라도 죄 없는 사람을 죽이거나 하는 일은 절대로 하지 않았을 것이니 이런 점에서 본다면 같다고 할 수가 있다."

"그렇다면 감히 묻거대, 다른 점이 있다면 그건 무엇이옵니까?"

"재아와 자공과 유약(有若)은 모두 성인을 알아볼 만한 지혜를 갖추고 있는 사람들이었다. 또한 자기가 좋아하는 사람이라고 해서 아첨하는 사람들도 아니었다. 재아가 말하기를, '공자님은 요 · 순보다도 어질다.' 고 하였고, 자공 또한 '예절을 보면 그 나라의 정치를 알 수 있고, 음악을 들으면 그 덕을 알 수 있으니, 백 세의 임금들을 비교해 볼 때 이것에 위반된 자를 나는 본 적이 없

다. 자고로 사람이 생긴 이래 공자만한 이가 없다.' 고 하였다. 유약도 말하기를 '어찌 사람만이 그러하리요. 짐승으로 말하면 기린이요, 새로 말하면 봉황이요, 산으로 말하면 태산이요, 물로 말하면 황하와 바다로다. 이것들은 모두 같은 종류 중에서 제일 뛰어나니 사람에 있어서의 성인도 이와 마찬가지이다. 공자는 사람들 가운데서도 가장 뛰어난 사람이다. 사람이 생겨난 이래로 공자보다 더 위대한 사람은 없다.' 고 하였다."

공손추는 전국 시대 제나라 사람으로 맹자의 제자이다. 그는 스승을 높이 평가하여 맹자가 벼슬길에 나아가도 패왕에 대적할 만한 업을 이룰 것이라고 생각하였다. 그러나 맹자는 겸손되이 천하에 성인 중 공자만한 이가 없다 하였다.

고사성어: '浩然之氣, 호연지기' — 거침없이 넓고 큰 기개나 도량을 말한다. 이 호연지기는 맹자(孟子)의 가르침인 인격(人格)의 이상적인 기상(氣象)이다. 당시 사람의 몸에는 '기(氣)' 가 있어 이것으로 활동한다 하였고 또 그것을 수련하는 것이 성행하였으나 맹자는 기(氣)뿐만 아니라 도(道)와 의(義)가 함께 부합되어야 의기 당당한 활동이 가능하다고 보았다. 즉 맹자는 호연의 기야말로 가장 크고 가장 강하며 그것을 바르게 길러 해가 없다면 천지에 충만하다고 표현하였다.

2

맹자께서 말씀하셨다.

"힘으로써 어진 것을 가장하는 자는 패왕 노릇을 할 것이다. 패(覇)는 반드시 큰 나라를 얻고, 덕으로써 어진 것을 행하는 자는 임금 노릇을 할 것이다. 왕자(王者, 왕도로써 천하를 다스리는 사람)는 굳이 큰 나라가 필요없다. 탕왕은 사방 칠십 리로, 문왕은 사방 백 리로 왕자가 되지 않았는가. 힘으로 사람을 복종하게 하는 자는 마음으로 복종케 하는 것이 아니라 힘이 넉넉지 못해서이며, 덕으로 사람을 복종케 하는 자는 마음으로부터 진실로 복종케 하는 것이니, 칠십 명의 제자가 공자에게 복종하는 것과 같은 것이다. 《시경》에 이르기를 '서쪽에서 동쪽으로, 남쪽에서 북쪽으로 복종하지 않겠다고 생각한 사람은 없다.' 라고 했는데 바로 이것을 이른 것이다."

힘으로 정권을 차지한 자는 표면적으로는 천하를 다스리는 것처럼 보여도 진심으로 사람의 마음을 사지 못하고, 덕과 인으로 정치를 하는 자는 비록 작은 나라라 하더라도 진심으로 사람의 마음을 지배할 수 있다는 뜻이다.

3

맹자께서 말씀하셨다.

"어질면 영화가 오고 어질지 못하면 욕이 온다. 욕된 것을 싫어하면서도 어질지 못한 생활을 하는 것은 마치 축축한 것을 싫어하면서도 거기에서 살고 있는 것과 같다. 욕된 것을 싫어하는 사람은 덕을 소중히 여기고 선비를 받든다. 높은 지위에 있는 자는 인을 갖추어야 하며 능력 있는 선비를 등용하여 태평성대를 이루어야 한다. 이와 함께 정치를 바르게 하고 나라의 법을 바로 세우면 아무리 큰 나라라 할지라도 이를 두려워할 것이다. 《시경》에 이르기를 '하늘이 흐리고 비가 오기 전에 뽕나무 뿌리를 주워다가 창문을 튼튼히 짜야 한다. 그렇게 하면 어느 누가 감히 업신여기리요.' 라고 하였고, 또 공자께서 말씀하시기를 '이 시를 지은 이는 그 도(道)를 아는구나. 올바른 도리로 나라를 다스리면 누가 감히 업신여기리요.' 라고 하셨다. 나라가 평화로울 때 게으름만 피우고 마음껏 즐기기만 하거나 오만 방자해진다면 그것은 스스로 화를 부르는 것과 같다. 화와 복은 자기 스스로 불러들이는 것이다. 《시경》에 이런 말이 있지 않은가. '길이길이 천명(天命)과 짝한다면 스스로 많은 복을 구하는 것이다.' 또한 《서경》 태갑편에 이르기를 '하늘이 지은 허물은 피할 수 있으나 제 스스로 만든 허물은 피할 수 없다.' 라고 하였으니 바로 이것을 두고 일컬은 말이다."

태갑은 서경 58편 중의 하나를 말한다. 복은 자신으로부터 구하는 것이요, 화도 자신으로부터 구하는 것이니 복을 구하는 자는 하늘이 도울 것이고, 화를 구하는 자는 그것을 면치 못할 것이다.

4

맹자께서 말씀하셨다.

"어진 이를 높이고 능력 있는 자를 부려서 등용하면 천하의 선비들이 이를 기뻐하며 모두들 왕의 조정에 서기를 바랄 것이다. 또 시장에서 땅세만 받고 장사하는 세금은 받지 않으며, 단속하는 것을 그치고 법이 잘 지켜지고 있는지만 살핀다면 천하의 상인들이 모두 그 시장에서 장사하기를 바랄 것이다. 관문에서는 조사만 하고 세금을 받지 않으면 천하의 여행하는 사람들이 모두 그 길로 통과하려 할 것이다. 밭 가는 자에게는 농사일에만 힘쓰게 하고 공전의 조세 외의 세금을 따로 거두어들이지 않는다면 천하의 농사꾼들이 모두들 저마다 들에 나가 밭 갈기를 원할 것이다. 진실로 이 다섯 가지를 행할 수 있다면 이웃나라 백성들도 부모 대하듯 우러러볼 것이다. 모름지기 그 자식들을 거느리고 부모를 치는 사람은 이 세상에 사람이 생긴 이래로 성공한 자가 없으니 이렇게 되면 천하에 대적할 자가 없게 된다. 이러고서도 임금 노릇 못할 자가 어디 있겠는가."

고사성어: '天下無敵,천하무적' — 세상에 겨룰 자가 없다.

5

맹자께서 말씀하셨다.

"사람에겐 누구나 남을 측은히 여기는 마음이 있다. 선왕(先王)은 이렇듯 남을 측은히 여기는 마음이 있어 차마 잔인한 정치를 행하지 아니하였다. 이런 마음으로 정치를 한다면 천하를 다스리는 것은 손바닥 위에서 움직일 수 있을 것이다. 사람이 남을 측은히 여기는 마음이 있다는 것은 무슨 뜻인가. 예를 들어 지금 한 어린아이가 별안간 우물 속으로 빠지려는 것을 보면 누구나가 놀라움과 가엾은 마음이 생길 것이다. 그러한 마음은 그 어린아이의 부모와 친하게 지내고자 함도 아니요, 마을 사람이나 친구들에게 칭찬을 들으려는 것도 아니요, 구해 주지 않았다고 하여 비난 들을 것을 염려하였기 때문도 아니다. 측은히 여기는 마음이 없다면 그는 사람도 아니요, 부끄러워하고 미워하는 마음이 없어도 사람도 아니며, 사양하는 마음이 없어도 사람이 아니요, 옳고 그름을 분별하지 못하는 것도 사람이 아니다. 측은히 여기는 마음은 인의 시초요, 부끄러워하고 미워하는 마음은 의의 시초요, 사양하는 마음은 예의 시초요, 옳고 그름을 분별하는 마음은 지의 시초이다. 사람은 본래 나면서부터 사지를 갖고 태어나듯 위의 네 가지(四端,사단)를 갖고 태어난다. 그런데 이 인 · 의 · 예 · 지를 포기하는 것은 스스로를 해치는 자요, 자기 임금에게 이를 실행하지 못하게 하는 자는 임금을 해치는 자이다. 이로 말미암아 본다면, 측은한 마음이 없으면 사람이 아니며, 부끄러워하고 미워하는 마음이 없으면 사람이 아니며, 사양하는 마음이 없으면 사람이 아니며, 옳고 그름의 마음이 없으면 사람이 아니다. 무릇 이 네 가지가 자신에게 있다는 것을 알고 그것으로 마음을 채우면 불이 타오르듯 하고, 샘물이 솟듯 할 것이다. 이것을 진실로

채운다면 무릇 자신뿐만 아니라 사해(四海)도 보전할 것이요, 그렇지 못하면 부모조차도 섬기지 못할 것이다."

'四端,사단'이라 함은 인간의 본성에서 우러나오는 네 가지 마음씨로 인(仁)·의(義)·예(禮)·지(智)를 말한다. 곧 惻隱之心측은지심·羞惡之心수오지심·辭讓之心사양지심·是非之心시비지심이 그것이다.

'惻隱之心측은지심' — 불쌍히 여겨서 언짢아하는 마음.

'羞惡之心수오지심' — 불의를 부끄러워하고 착하지 못함을 미워하는 마음.

'辭讓之心사양지심' — 사양할 줄 아는 마음.

'是非之心시비지심' — 옳고 그름을 그름을 가릴 줄 아는 마음.

6

맹자께서 말씀하셨다.

"화살을 만드는 사람이 어찌 갑옷을 만드는 사람보다 어질지 않으랴마는, 화살을 만드는 사람은 오직 사람을 상하게 하지 못할까 두려워하고, 갑옷을 만드는 사람은 오직 사람이 상할까를 두려워한다. 무당과 관을 만드는 장인도 역시 그러하니, 기술을 배우는 데 있어 신중을 기하지 않을 수가 없다. 공자께서 말씀하시길, '인(仁)에 사는 것은 아름다우나 가려서 인에 살지 않는 것은 지혜롭지 못한 것이다.'라고 하셨다. 인이란 하늘이 내린 벼슬이고, 사람이 편안히 거처할 수 있는 집이다. 그런데 인을 막지 않음에도 불구하고 어질지 못한 곳에 있음은 어진 것이 아니다. 예도 없고 의도 없는 사람은 남으로부터 부림을 당할 것이나 그 부림을 당하면서 그것을 부끄러워한다면 그것은 화살을 만드는 사람이 그것을 부끄러워하는 것과 같다. 만일 부림을 당하는 것이 부끄럽게 생각된다면 어진 것에 뜻을 두어라. 그리 하면 그 사람은 활을 쏘는 것과 같다. 활을 쏘는 자는 먼저 자기 몸을 바르게 한 뒤에야 쏜다. 비록 쏜 것이 맞지 않더라도 자기를 이긴 자를 원망하지 않으며, 그저 잘못을 자기에게서 구할 뿐이다."

인은 자신이 구하는 것이지 남이 구해 주는 것이 아니다.

7

맹자께서 말씀하셨나.

"자로는 사람들이 자신의 잘못을 깨우쳐 주면 기뻐하였다. 또 우 임금은 남에게서 좋은 말을 들으면 그에게 절을 하였다. 순 임금은 이들보다 더했다. 즉 순 임금은 착한 일은 남과 더불어 같이 하였고, 착하지 않으면 그것을 버리고 남의 착한 것을 좇아 그것을 취하며 즐거워하였다. 밭을 갈고, 질그릇을 굽고, 고기잡이를 할 때부터 천자가 되기까지 남에게서 취하지 않은 것이 없을 정도였다. 남에게서 취하여 착한 일을 행하는 것은 남에게 착한 일을 한 것과 같다. 그러므로 남과 함께 착한 일을 행하는 것이 군자에겐 제일 큰일이다."

순 임금은 임금이 되기 전 미천한 생활을 하였다. 역산에서 밭을 갈고 하수에서 질그릇을 구웠으며 뇌택에서 고기를 잡았다. 남의 착한 것은 받아들이고 나에게 착한 것은 남에게 보급하는 것이 진정으로 선을 행하는 길이다.

8

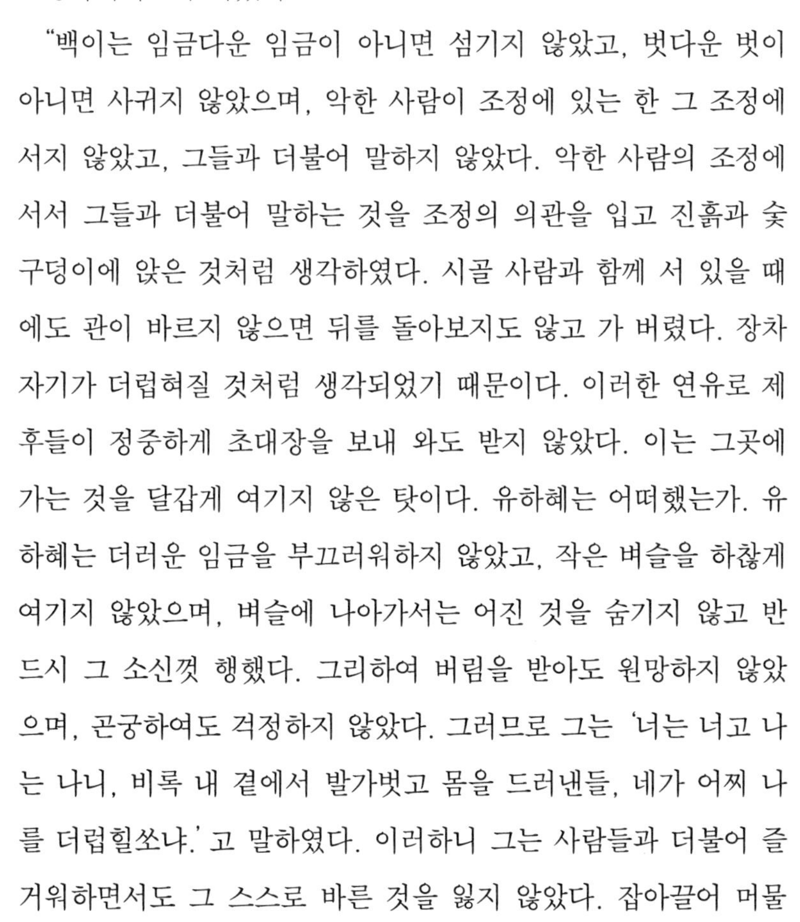

맹자께서 말씀하셨다.

"백이는 임금다운 임금이 아니면 섬기지 않았고, 벗다운 벗이 아니면 사귀지 않았으며, 악한 사람이 조정에 있는 한 그 조정에 서지 않았고, 그들과 더불어 말하지 않았다. 악한 사람의 조정에서서 그들과 더불어 말하는 것을 조정의 의관을 입고 진흙과 숯구덩이에 앉은 것처럼 생각하였다. 시골 사람과 함께 서 있을 때에도 관이 바르지 않으면 뒤를 돌아보지도 않고 가 버렸다. 장차 자기가 더럽혀질 것처럼 생각되었기 때문이다. 이러한 연유로 제후들이 정중하게 초대장을 보내 와도 받지 않았다. 이는 그곳에 가는 것을 달갑게 여기지 않은 탓이다. 유하혜는 어떠했는가. 유하혜는 더러운 임금을 부끄러워하지 않았고, 작은 벼슬을 하찮게 여기지 않았으며, 벼슬에 나아가서는 어진 것을 숨기지 않고 반드시 그 소신껏 행했다. 그리하여 버림을 받아도 원망하지 않았으며, 곤궁하여도 걱정하지 않았다. 그러므로 그는 '너는 너고 나는 나니, 비록 내 곁에서 발가벗고 몸을 드러낸들, 네가 어찌 나를 더럽힐쏘냐.' 고 말하였다. 이러하니 그는 사람들과 더불어 즐거워하면서도 그 스스로 바른 것을 잃지 않았다. 잡아끌어 머물게 하면 머물러 있게 되니, 잡아끌어 머물러 있게 하여도 머물러 있는 것은 머물러 있는 것이므로 이는 깨끗하지 않은 것이다."

맹자께서 다시 말씀하셨다.

"백이는 좁고 유하혜는 오만하니, 좁은 것과 공손치 못함은 군자가 취할 태도가 아니다."

공자가 백이와 유하혜를 본 시각과는 다르다.

공손추 하(公孫丑 下)

1

맹자께서 말씀하셨다.

"하늘이 도움을 주는 시기는 땅에서 주는 이익만 못하고 땅에서 주는 이익은 사람이 단결하는 것만 못하다. 3리(三里)의 성(城)과 7리의 외곽을 둘러싸고 공격해도 이기지 못하는 것은 분명 공격할 때 하늘의 때를 얻어 공격하였겠지만 그런데도 불구하고 이기지 못한 것은 하늘의 때가 땅에서 주는 이익만 못하기 때문이다. 성도 높고 못도 깊고 병기와 갑옷 또한 견고하며 군량도 충분하지만 성을 버리고 떠나는 수가 있는데 이는 땅이 주는 이로움이 서로 단결함만 못하기 때문이다. 옛말에 '백성들이 다른 나라로 도망치는 것을 막되 그것은 국경을 굳게 봉한다고 되는 것이 아니며, 나라를 굳게 지키는 데 있어 산과 골짜기의 험난한 것에 의존하지 말며, 천하를 누르고자 할 때 무기의 날카로움에 의존하지 말라.' 고 했다. 도를 얻은 자는 도움을 주는 사람이 많고, 도를 잃은 자는 도움을 주는 사람이 적은 법이다. 남에게서 도움을 받지 못하는 사람은 친척조차도 그를 배반할 수 있다. 그러나 도움을 많이 받는 사람은 천하의 백성들도 모두 그에게 귀순하기에 이른다. 천하의 백성들이 귀순하면 배반한 친척들을 공격하는 법, 그러므로 군자는 싸우지 않지만 싸우면 반드시 이기게 된다."

인화 단결이 천하에 으뜸이요, 남이 도움을 주고자 하는 사람이 되어라.

2

맹자께서 임금을 조회하시려던 참에 임금이 사람을 보내어 말을 전했다.

"과인이 나아가 선생을 보려 하였으나 그만 감기에 걸려 바람을 쐴 수 없으니 조회 때나 보려 하오. 과인이 선생을 볼 수 있을지 없을지 모르겠으니 사정을 알려주시오."

맹자께서 말씀하셨다.

"불행히도 병이 나서 조회에 참석지 못하겠습니다."

다음날 맹자께서 동곽씨에게 나아가 문상을 하시려 하니 공손추가 이를 말리며 말했다.

"어제는 병이 났다 하시며 사양하시더니 오늘 이렇게 문상을 나가심은 옳지 않은 것으로 사려되옵니다."

"어제의 병이 오늘 나았으니 내가 문상하지 않을 까닭이 어디 있겠느냐?"

왕이 사람을 시켜 맹자에게 문병하고 의원이 오자 맹중자(孟仲子)가 이를 상대하며 말했다.

"어제 임금께서 조회에 들라는 분부가 계셨으나 선생님께서 병이 나 뵙지를 못했습니다. 이제 좀 차도가 있으셔서 조회에 드신다고 나가셨으니 어떻게 되었는지는 저도 모르겠습니다."

맹중자는 그렇게 말하고는 사람을 보내어 맹자가 돌아오는 길목을 지키고 섰다가 말을 전하라 했다.

"돌아오지 마시고 곧 대궐로 나아가 조회에 드십시오."

이 말을 들은 맹자는 대궐로 가지 않고 마지못해 경추씨에게 가서 주무시게 되었다.

경자가 말했다.

"집안에서는 아버지와 아들이요, 밖에서는 임금과 신하가 사람의 대륜이니, 아버지와 아들은 은혜를 위주로 하고 임금과 신하는 공경을 위주로 합니다. 저는 임금께서 선생을 공경하는 것은 보았으나, 선생께서는 임금을 공경하지 않으시는 것 같습니다."

맹자께서 말씀하셨다.

"그 무슨 말이오. 제나라 사람 중에 임금께 나아가 인과 의로써 말하는 사람이 없거늘, 그것은 인과 의가 아름답지 못하다고 여기기 때문이 아니오. 그들은 임금께 인과 의를 말하기에 마음이 넉넉지 못하기 때문이오. 이것보다 더 큰 불경함이 어디 있겠소.

나는 요순의 도가 아니면 감히 임금 앞에서 말하지 아니하니, 그러므로 제나라 사람 중 나보다 임금을 더 공경하는 이는 없을 것이오."

"아닙니다. 그런 것을 말하는 것이 아닙니다. 《예기》에 이르기를 '아비가 부르면 빨리 대답하고, 임금이 부르면 수레를 기다리지 말라.' 고 하였습니다. 그런데도 선생께서는 조회에 들려 하다가 들지도 않으시고, 또 임금께서 명하셨는데도 행하지 않으시니 예가 아닌 것 같아 드리는 말씀입니다."

"어찌 그렇게 생각하시오. 증자가 말하기를 '진나라와 초나라의 부(富)에는 내가 미치지 못하나, 그들이 그 부한 것을 자랑하면 나는 인(仁)한 것으로 자랑하고, 그들이 그 벼슬을 자랑하면 나는 의(義)로써 자랑할 것이니, 내가 거리낄 게 무엇이겠는가.' 하였으니, 증자가 어찌 옳지 않은 것을 말하였겠소? 이것이 바로 또 하나의 도(道)요. 천하에 통하는 것으로 높은 것이 셋 있으니, 그 하나가 벼슬이요 둘이 나이요 셋이 덕입니다. 조정에서는 벼슬이 으뜸이고, 시골에서는 나이가 으뜸이요, 세상을 구제하고 백성을 가르치는 데는 덕이 으뜸이니 그중 하나로 나머지 둘을 소홀히 할 수는 없는 것이오. 그러므로 장차 크게 될 임금은 반드시 함부로 부르지 못할 신하를 얻게 되고 필요하면 직접 가서 만날 수도 있는 것입니다. 덕을 높이고 도를 즐김이 이와 같지 않으면 더불어 일하는 것이 힘들게 됩니다. 이런 연유로 탕왕은 이윤(伊尹)에게 가르침을 받고 그를 신하로 삼은 것이오. 그런 신하를 얻었기에 탕왕은 스스로 수고하지 않아도 임금 노릇을 하였고, 제나라 환공도 관중(管仲)에게 가르침을 받고 그를 신하로 삼았소. 그래서 환공 역시 수고하지 않고도 패왕이 될 수 있었던 것이오. 지금 천하의 제후들이 영토에 있어서나 덕에 있어서나 서로 뛰어남이 없는 것은 다름이아니라 바로 자기만 못한 사람을 신하로 두고, 가르침을 받을 수 있는 신하를 두지 않기 때문이오. 탕왕은 이윤을, 제환공도 관중을 감히 함부로 부르지 못하였소. 관중 같은 사람도 마음대로 부를 수 없었거늘 하물며 내 관중의 흉내 같은 건 내고 싶지도 않소."

임금이라고 해서 무조건 공경만 받는 것과 신하라고 해서 무조건 복종만 하는 것은 옳지 못하다. 임금도 능력이 부족하면 그보다 나은 신하에게서 배울 수 있는 것이다. 그렇다고 임금에게 가르침을 주는 신하가 임금을 공경하지 않는 것은 아니다. 위 글에서는 신하 된 자의 당당함이 엿보인다.

3

진진(陳臻)이 맹자에게 물었다.

"예전에 제나라 임금이 순금 백 일(鎰)을 주어도 받지 않으시더니, 송나라에서는 칠십 일을 주어도 받으시고, 또 설나라에서도 오십 일을 받으셨으니 어찌 된 일이십니까? 제나라 임금이 준 것을 받지 않으신 것이 옳은 것이라면 이번에 받으신 것은 그른 것이고, 이번에 받으신 것이 옳은 것이라면 그때 받지 않은 것은 그릇된 것일 겁니다. 선생님께서는 이 가운데 하나를 말씀해 주십시오."

맹자께서 말씀하셨다.

"다 옳은 것이다. 송나라에서는 내가 멀리 갈 일이 있었는데, 가는 사람에게는 반드시 노자를 주는 예가 있어 그 임금이 말하기를 '노자로 드립니다.' 라고 하니 내가 어찌 받지 않을 수 있겠느냐? 설나라에 있을 때는 내 신변이 위태로워 경호를 받으려 하고 있었는데, 그 임금이 말하기를 '경호를 받으신다니 비용으로 쓰십시오.' 하고 주니 내 어찌 받지 않을 수 있었겠느냐? 하지만 제나라에서는 쓸 곳이 없는데도 별이유 없이 주니 그것은 뇌물이 아니고 무엇이겠느냐? 군자로서 어찌 뇌물을 받는단 말이냐?"

진진은 맹자의 제자이다. 군자가 재물을 취하고 안 취하고는 오직 이치에 따라 행동할 뿐이다. 오늘날의 위정자들에게 귀감이 되는 말이다. 위의 일(鎰)이란 대금(大金)을 세는 단위이다.

4

맹자께서 지와에게 말씀하셨다.

"당신이 영구(靈丘, 제나라의 읍명)의 벼슬을 사양하고 사사(士師, 형벌을 다스리는 벼슬)를 청한 것은 임금을 가까이하여 말할 수 있음을 위해서거늘, 어찌하여 두어 달이 지났는데도 간언을 하지 않소?"

지와가 맹자의 말씀에 감화하여 임금께 간언하였으나 그것이 받아들여지지 않자 지와는 임금의 신하됨을 포기하고 가 버렸다. 그러자 제나라 사람들이 말했다.

"지와를 위하여 한마디 한 것은 잘한 일이지마는 정작 맹자 자신은 어떨지 모르겠군."

이 말을 들은 공도자(公都子)가 이를 맹자께 아뢰니 맹자께서 말씀하셨다.

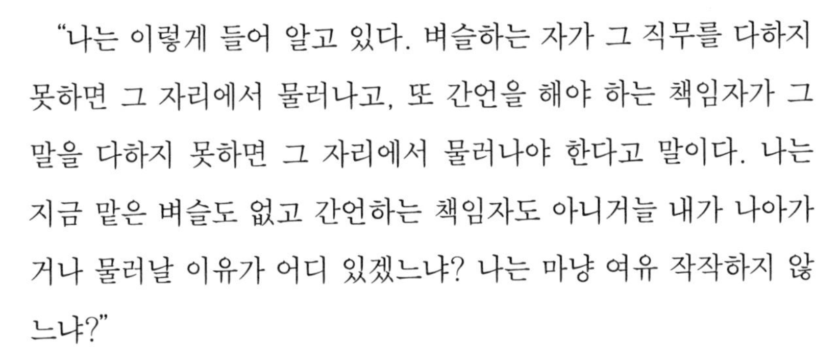
"나는 이렇게 들어 알고 있다. 벼슬하는 자가 그 직무를 다하지 못하면 그 자리에서 물러나고, 또 간언을 해야 하는 책임자가 그 말을 다하지 못하면 그 자리에서 물러나야 한다고 말이다. 나는 지금 맡은 벼슬도 없고 간언하는 책임자도 아니거늘 내가 나아가거나 물러날 이유가 어디 있겠느냐? 나는 마냥 여유 작작하지 않느냐?"

제나라 사람들이 맹자를 두고 수군거린 것은 도가 행해지지 않는 세상에서 맹자 자신이 떠나지 않음을 두고 조롱한 말이다. 공도자는 전국 시대 사람으로 맹자의 제자이고, 지와는 제나라 대부이다.

5

맹자께서 제나라 경상이 되시어 등나라로 조상하시려 갈 때였다. 임금이 합대부(합이란 고을의 대신이란 뜻) 왕환을 부사로 삼아 따라가게 하니 왕환이 아침과 저녁으로 맹자를 뵈었다. 그러나 맹자께서는 제나라에서 등나라를 다녀오는 동안 행사에 관한 말씀은 한마디도 하지 않으셨다.

이에 공손추가 맹자께 물었다.

"제나라 경상의 지위란 작은 것이 아니며, 또 제나라에서 등나라 가는 길이 가깝지도 않거늘 어찌하여 갔다가 되돌아오시는 동안 행사에 관한 말씀을 한마디도 하지 않으셨습니까?"

맹자께서 말씀하셨다.

"이미 왕환이 다 알아서 했는데 내가 무슨 말을 하겠느냐?"

왕환은 임금이 신임하는 신하이다. 왕환은 경상의 지위에 있는 맹자가 할 일을 그 자신이 다 해 버렸으니 맹자는 이 소인을 대하면서 미워하지 않고 엄하게 군 것이다.

6

연나라 사람이 배반을 하자 제나라 임금이 말했다.

"내가 심히 맹자 보기가 부끄럽구나."

이에 진가(陣賈)가 말했다.

"임금께선 근심하지 마십시오. 만일 임금님과 주공을 비교하신다면 임금께선 누가 더 어질고, 지혜롭다고 생각하십니까?"

"아니 그게 무슨 말인가!"

"주공이 관숙으로 하여금 은나라를 감시하게 했더니, 관숙이 은나라에서 반란을 일으켰습니다. 만약 그가 그렇게 할 줄을 알고 썼으면 어질지 못한 것이요, 그렇게 할 줄 모르고 썼으면 지혜롭지 못한 것입니다. 어질고 지혜롭다는 주공조차도 그것을 다하지 못하였는데 하물며 임금께서야 과실이 없을 수 있겠습니까? 제가 맹자를 직접 만나 임금님의 근심을 풀어 드리겠습니다."

이리하여 진가가 맹자를 뵙고 물었다.

"주공은 어떤 사람입니까?"

맹자께서 말씀하셨다.

"옛 성인이오."

"관숙에게 은나라를 감시하라 시켰더니 관숙이 은나라에서 반란을 일으켰다는 게 정말입니까?"

"그렇소."

"그럼, 주공이 그가 배반할 것을 알고 그 나라로 보냈을까요?"

"그야 모르고 그랬겠지요."

"그렇다면 성인에게도 과실이 없을 수 없다는 말이 되겠군요."

"주공은 아우요, 관숙은 형이니 주공의 과실은 마땅한 것 아니겠소? 옛날의 군자는 자신의 잘못을 뉘우칠 줄 알았으나 오늘날의 군자는 그 잘못을 그대로 행합니다. 허물은 일식과 월식 같아서 백성들이 다 볼 수 있는 것이지요. 하여 군자가 그 허물을 고치면 백성들은 모두 그것을 우러러봤으나 요즘은 허물이 있어도 그대로 행할 뿐만 아니라 변명까지 하더이다."

주공은 그 형인 관숙을 사랑하여 믿었으나 관숙은 아우인 주공을 배반했다. 이는 주공의 잘못이 아니라 성인의 불행일 뿐이다. 위에 등장한 진가란 사람은 임금이 과실을 고치려 해도 그것을 막고, 그른 짓을 꾸미며, 간언하는 것을 막는 필부(匹夫, 보잘것없고 하찮은 사내)로서 잘못을 정당화하려는 그를 맹자가 빗대어 꾸짖은 것이다.

7

맹자께서 신하됨을 버리고 고향으로 돌아가려고 하시니 임금이 직접 맹자를 찾아뵙고 말했다.

"진작부터 만나 보려 하였으나 만나 보지 못하다가 조정에서 모실 수 있어 기뻐했거늘, 이제 과인을 버리고 고향으로 돌아가겠다고 하시니 앞으로도 계속 만나 볼 수 있겠소?"

맹자께서 말씀하셨다.

"제가 감히 임금 뵙기를 청하지는 못할지언정 그렇게 되기를 진실로 원하는 바입니다."

그 후에 왕이 시자(時子)에게 말했다.

"내가 이 나라 중심지에다 맹자의 집을 마련해 주고 만종의 녹으로 제자들을 양성하도록 하여 모든 대부들과 나라 안 백성들로 하여금 공경하게 만들고 본받게 하고자 하는데 자네가 나를 위하여 이 말을 전해 주지 않겠는가?"

그리하여 시자가 진자(陳子)를 통하여 이 말을 맹자께 전하니 맹자께서 말씀하셨다.

"그래, 시자가 그것이 불가능하다는 것을 어찌 알리요? 만일 내가 부자가 되고자 했다면 그전에 십만 종을 사양하고 지금 만종을 받지는 않을 것이다. 부자가 되고자 한다면 내가 이렇게 할 것 같으냐? 계손이 말하기를 '이상하구나, 자숙의(子淑疑)여. 정치하여 잘 되지 않으면 그만두면 되는 것이거늘 자기 자식까지 경(卿)의 벼슬을 시키니 사람으로서 부자 되기를 원하지 않는 사람이 어디 있겠는가? 이는 혼자서만 부귀를 독차지하려는 것이니 그는 간교한 수단을 부리는 농단자이다.' 라고 하였다. 옛날 시장이라는 것은 자기가 갖고 있는 것으로 필요한 것을 바꾸는 곳에 불과했고, 유사(有司, 담당자)는 다스리는 데 그칠 뿐이었다. 그런데 천한 사람이 있어 그가 반드시 높은 곳으로 올라가 좌우를 바라보면서 시장의 이익을 취하니, 사람들은 그를 다 천하게 여겼다. 이런 이유로 세금을 부과하게 되었으니 장사꾼에게서 세금을 거둬들이게 된 것은 이 천한 사람 때문에 비롯되었다."

임금이 맹자에게 약속한 대우는 정말로 맹자를 존경하는 것에서 비롯된 것이 아니고 이로써 맹자를 유인하는 것이었으므로 맹자는 이를 거절하고 받지 않은 것이다.

8

맹자께서 제나라를 떠나 주(晝)에서 묵으시니, 임금을 위하여 그가 떠나는 것을 만류하는 자가 앉아서 말을 하였다. 맹자께서는 대답하지 않으시고 책상에 기대어 누우셨다.

이를 불쾌히 여긴 손님이 말했다.

"제자가 하룻밤을 근신한 후에야 감히 말씀드렸거늘 선생께서 누우시고 듣지 아니하시니, 감히 다시는 뵙지 않겠습니다."

맹자께서 말씀하셨다.

"게 앉거라. 내가 분명히 자네에게 말하겠네. 예전에 노나라 목공(穆公)은 자사의 곁에 사람이 없으면 자사를 위하여 안심하지 못했고, 설유와 신상은 목공의 곁에 사람이 없으면 안심하지 못했네. 자네가 어른을 생각하는 것이 자사에 미치지 못하니 자네가 진정 어른을 걱정하겠는가, 어른이 자네를 걱정하겠는가?"

맹자를 찾아온 자가 감히 앉아서 말을 하니 맹자가 이에 대답하지 않고 누워 버린 것이다. 노나라 목공은 자사를 높이 여겼으므로 항상 다른 사람으로 하여금 기다려서 그 곁에서 성의를 다하게 하였으니 맹자를 찾아온 사람의 태도가 이에 미치지 못하는 바, 맹자는 그가 먼저 어른을 거절했다고 생각한 것이다.

9

맹자께서 제나라를 버리고 떠나셨다. 그러자 윤사(尹士)가 사람들에게 말했다.

"우리 임금이 탕왕과 무왕 같지 않다는 것을 알지 못했다면 이는 밝지 못한 것이요, 그와 같지 않은 줄 알고 왔으면 이것은 은택을 구하려 한 것이니, 천릿길을 와서 임금을 만나 보고는 뜻이 같지 않자 가 버렸는데 사흘이나 잔 뒤에 주(晝)를 떠났으니 어찌하여 그리도 늑장을 부렸는가? 나는 그의 행동이 불쾌하다."

고자가 그 말을 전하니 맹자께서 말씀하셨다.

"윤사 같은 사람이 어찌 나를 알겠는가? 천릿길을 가서 왕을 만난 것은 내가 원해서일세. 그러나 뜻이 같지 않음을 알고 떠난 것은 내가 원하는 바가 아니었네. 나도 부득이 어쩔 수가 없었네. 내가 사흘을 묵고 주를 떠난 것은 사실이나 난 오히려 그것이 너무 빠른 것 아닌가 하는 생각이 드네. 혹시 임금이 마음을 고쳐먹을 수도 있는 일 아닌가. 만약 마음을 고쳐먹었다면 나는 반드시 돌아갔을 것일세. 그러나 내가 주를 떠나도 임금은 나를 쫓아오지 않았네. 나는 이미 그런 뜻을 충분히 알고 난 뒤에야 아무 망설임 없이 떠날 수 있었네. 하지만 내가 어찌 임금을 버리겠는가? 임금은 충분히 착한 일을 할 수 있는 능력이 있으니, 만일 임금이 나를 쓰신다면 어찌 제나라 백성만 편안해지겠는가? 아마 천하의 백성들이 편안해질 것일세. 나는 임금이 혹시 마음을 고쳐먹지 않을까 하고 매일 소망하고 있었네. 내가 임금에게 간한 것을 듣지 않았다고 해서 어찌 소인배처럼 노한 빛을 띠겠는가? 또 하루도 묵지 않은 다음 걸음을 재촉하여 날이 저문 후에야 숙박하는 짓을 내가 해서야 되겠는가?"

윤사가 이 말을 전해 듣고 말했다.

"난 참으로 소인일세."

군자는 자기의 뜻이 관철되지 않았다고 해서 화를 내지 않는다. 다만 어떻게 하면 임금을 사랑할까, 어떻게 하면 백성을 편안히 할까에만 마음을 쓸 뿐이다. 위의 글은 군자의 들고

나는 때에 대해서 언급한 것이다. 윤사는 제나라 사람으로 맹자를 비판했다. 사(士)는 이름이다.

10

맹자께서 제나라를 버리고 가시려 할 때였다. 충우(充虞)가 길에서 맹자께 물었다.

"어째 선생님의 안색이 좋지 않으십니다. 예전에 제가 선생님께 이런 말을 들었습니다. '군자는 하늘을 원망하지 않고, 사람을 탓하지도 않는다.' 고 말입니다."

맹자께서 말씀하셨다.

"이 시대도 한 때요, 저 시대도 한 때이다. 오백 년에 한 번씩 반드시 왕자가 일어나고, 그 사이에 반드시 세상에 명망을 떨칠 사람이 나온다. 주(周)나라 이래로 칠백여 년이나 지났으니, 햇수로 따진다면 이미 왕자가 일어날 시기가 지났다. 이는 하늘이 천하를 편안하게 다스리고자 하지 않음이니, 만일 천하를 편안하게 다스릴 뜻이 있다면 이 세상에 나를 버리고 그 누가 있겠느냐? 그러니 내 어찌 안색이 좋지 않을 수 있겠느냐?"

제나라에서 뜻을 펼치지 못한 것은 하늘이 천하를 태평하게 다스릴 뜻이 없음이다. 만약 하늘이 천하를 태평하게 다스릴 뜻을 갖고 있다면 당장 맹자부터 기용할 것이다. 충우는 전국시대 사람으로 맹자의 제자이다.

등문공 상(滕文公 上)

1

등나라 문공이 세자로 있을 때에 초나라로 가면서 송나라를 들러 맹자를 찾아뵈었다.

맹자께서는 사람의 본성은 원래 선하다고 말씀하시며 그때마다 요 · 순 임금을 언급하셨다.

초나라에 갔다 온 세자는 다시 돌아오는 길에 맹자를 찾아뵈었다. 맹자께서 말씀하셨다.

"세자께서는 지금 내 말을 의심하십니까? 무릇 도(道)는 하나일 뿐입니다. 성간이 제나라 경공에게 이르기를 '성인도 장부요, 나도 장부인데 내 어찌 성인을 두려워하리요.' 하였으며, 또 안연이 이르기를 '순 임금은 어떠한 사람이며, 나는 어떠한 사람인가. 하고자 하는 마음만 있으면 나도 그와 같이 될 수 있다.' 하였습니다. 공명의(公明儀) 역시 말하기를 '문왕은 나의 스승이니 주공이 어찌 나를 속이겠는가?' 하였습니다. 이제 등나라는 긴 것을 끊어 짧은 것에 이으면 사방 오십 리는 되니 그만하면 좋은 나라가 될 수 있습니다. 《서경》에 이르기를, '약을 먹어 어지럽지 않으면 그 병을 고칠 수 없다.' 고 하였습니다."

> 성품은 하늘에서 받은 것으로 사람은 본래 착하게 타고났다. 하여 사람은 처음에는 요 · 순과 다를 바 없으나 점점 사사로운 욕심에 빠져 들어 그 타고난 성품을 잃은 것이다. 맹자가 말을 할 때마다 요 · 순을 들어 말한 것은 그들이 사사로운 욕심으로 자신을 채우지 않았기 때문이다. 즉 성인은 스스로 배우고 노력하여 그것에 이르는 것이지 밖에서 구하는 것이 아니다.

2

등나라 정공이 죽자 세자가 연우에게 말했다.

"예전에 송나라에 있을 때 일찍이 맹자께서 나에게 말씀하신 바가 있었다. 그것이 늘 마음에서 잊혀지지 않더니, 이제 불행하게도 대상(大喪)을 당하기에 이르렀다. 내가 자네로 하여금 맹자께 물어본 뒤에 장례를 행할 예정이다."

연우가 추나라에 가서 맹자를 찾아뵈니, 맹자께서 말씀하셨다.

"그런 착한 일이 어디 있는가? 부모상을 지낼 때는 스스로를 다하여야 하는 것이니, 증자가 말하기를 '살아서 섬기기를 예로써 하고, 죽어서 장사하기를 예로써 하며, 제사를 지내되 예로써 하면 가히 효도라 할 수 있다.' 고 하였다. 제후의 예는 배운 바 없지만, 내 일찍이 듣기로는 삼년상을 입으면 거친 베옷을 입고 죽을 먹는다 했네. 이는 천자에서부터 서민에 이르기까지 삼대(하 · 은 · 주)가 공통된 것일세."

연우가 돌아와 세자에게 아뢰고 삼년상을 치르기로 하니 부형과 백관들이 모두 그것을 반대하며 말했다.

"우리의 종국(宗國)인 노나라 임금들도 이것을 행하지 않으셨고, 우리 나라 선대(先代) 임금들도 이를 행하지 않으셨습니다. 그런데 자식에 이르러 그것을 어기는 것은 옳지 않습니다. 또 기록에도 '상제는 선조를 좇는다.' 고 하였습니다."

세자가 연우에게 말했다.

"내가 옛날에 학문을 멀리하고 말이나 달리며 칼 쓰기를 좋아했더니, 이제 부형과 백관들이 나를 부족하다고 생각하는 것 같구나. 이래서는 대사를 온전하게 치르지 못할까 두려우니, 다시 한 번 내 대신 맹자께 가서 문의하고 오너라."

연우가 다시 추나라로 가서 맹자께 물으니, 맹자께서 말씀하셨다.

"그럴 것이네. 다른 데서 구할 수가 없는 것이네. 공자께서 말씀하시길 '임금께서 돌아가시면 나라 정치는 총재에게 맡겨 두고 세자는 죽을 마시며 안색을 검게 하여 정해진 자리에 나아가 곡을 한다. 그리 하면 모든 백관들이 감히 슬퍼하지 않을 수가 없다. 이는 먼저 모범을 보였기 때문이라. 위에서 좋아하면 아래에

서는 반드시 더 좋아하는 법이니, 군자의 덕은 바람이요, 소인의 덕은 풀이라. 풀 위로 바람이 지나가면 풀은 반드시 쓰러진다.' 고 하셨으니, 이것은 세자에게 달렸네."

연우가 돌아와 세자에게 아뢰니 세자가 말했다.

"그렇다. 이것은 진실로 나에게 달렸다."

하고, 다섯 달을 초막에 거하며 임금으로서의 명령과 훈계를 일체 하지 않았다.

이에 모든 백관들과 일가 되는 사람들이 말하기를,

"세자가 가히 상례를 안다."

하였다. 마침내 장사 지낼 때에 사방에서 조문객들이 와서 세자의 슬퍼하는 얼굴빛과 서럽게 곡하는 소리를 듣고는 크게 감복하였다.

> 부모가 돌아가시고 나서 삼 년 동안 거상을 입는 것을 삼년상이라 한다. 공자는 자식이 태어나서 삼 년 동안은 부모의 극진한 보살핌을 받기 때문에 자식이 삼년상을 지내는 것이라 했다.

3

신농(神農)의 가르침을 따르는 허행(許行)이라는 자가 초나라에서 등나라로 가 문 앞에 이르자 문공에게 말했다.

"먼 곳에 사는 사람이 임금께서 어진 정사를 행하신다는 소식을 듣고 이렇게 왔습니다. 원컨대 집 한 칸을 얻어서 이 나라 백성이 되고자 합니다."

이 말을 들은 문공이 묵을 곳을 주니, 허행이 무리 수십 명과 더불어 베옷 차림으로 신을 삼고 자리를 짜면서 먹고살았다.

진량(陣良)의 제자였던 진상(陳相)이 그 아우 신(辛)과 함께 쟁기와 보습을 지고 송나라에서 등나라로 오더니 문공에게 말했다.

"임금께서는 성인의 정치를 하신다고 들었습니다. 이는 임금께서 성인이시라는 뜻이니 이제 저희는 성인의 백성이 되고자 합니다."

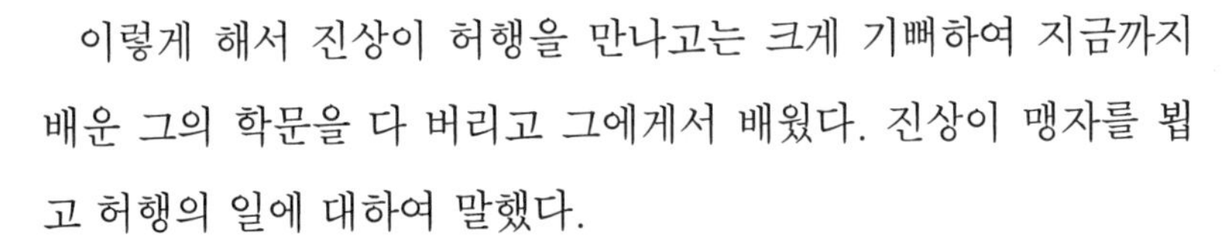

이렇게 해서 진상이 허행을 만나고는 크게 기뻐하여 지금까지 배운 그의 학문을 다 버리고 그에게서 배웠다. 진상이 맹자를 뵙고 허행의 일에 대하여 말했다.

"등나라 임금은 진실로 어진 임금이지마는 아직 성왕의 도를 알지 못하는 것 같습니다. 어진 임금은 백성과 더불어 밭을 갈고, 밥도 직접 지어먹으며 나라를 다스리는 법인데 지금 등나라는 곡식을 넣어 두는 창고와 재물을 넣어 두는 창고가 따로 있으니, 이는 곧 백성을 병들게 하고 자기를 기름지게 하는 것과 같습니다. 그러니 이를 어찌 어질다고 할 수 있겠습니까?"

맹자께서 말씀하셨다.

"허행이라는 자는 제가 먹을 곡식을 반드시 직접 농사 지어 먹느냐?"

"그렇습니다."

"허행이라는 자는 제가 입을 옷을 반드시 직접 짜서 입느냐?"

"아닙니다. 그 사람은 베옷을 입습니다."

"허행이라는 자는 관(冠)을 쓰느냐?"

"관을 씁니다."

"무슨 관을 쓰느냐?"

"흰 관을 씁니다."

"그것도 스스로 짠 것이냐?"

"아닙니다. 곡식과 바꾸어 씁니다."

"허행이라는 자는 어찌하여 그것을 스스로 짜지 않느냐?"

"농사 짓는 데 방해가 되기 때문입니다."

"허행이라는 자는 솥과 시루에 직접 불을 때며, 쇠붙이로 밭을 가느냐?"

"그렇습니다."

"그렇다면 그 연장들은 스스로 만든 것이더냐?"

"아닙니다. 곡식과 바꿉니다."

"곡식으로 연장을 바꾸는 것은 대장장이를 병들게 함이 아니요, 대장장이가 자신이 만든 연장을 곡식과 바꾸는 것도 농부를 병들게 함이 아니다. 허행이라는 자는 어찌하여 그런 것을 자기 집안에서 하지 않고 번거롭게 백공(百工, 온갖 종류의 장인)과 교역을 하느냐? 그는 무엇 때문에 그러한 번거로움을 꺼리지 않는 것이냐?"

"밭을 갈면서 백공의 일까지 할 수는 없기 때문입니다."

"그러면 천하를 다스리는 일은 밭 갈고 나면 할 수 없다는 것이 아니고 무엇이겠느냐? 대인이 할 일이 있고 소인이 할 일이 따로 있는 법, 홀몸으로 살아도 백공이 만든 것이 다 필요하기 마련인데 만일 그것을 스스로 만들어 쓴다면 이것은 천하를 거느리고 분주하게 만드는 것이다. 그러므로 '어떤 사람은 마음을 수고로이 하며, 어떤 사람은 힘을 수고로이 하니, 마음을 수고롭게 하는 자는 사람을 다스리고, 힘을 수고롭게 하는 자는 사람에게 다스림을 받는다.' 고 하였다. 사람에게 다스림을 받는 자는 사람을 먹이고, 사람을 다스리는 자는 사람에게 얻어먹는 것이 천하에 통하는 도리이다. 요 임금 때에는 오히려 천하가 편치 못하였다. 홍수가 나서 온 천하에 범람하고 초목이 무성하여 금수가 번식하였으니 짐승의 발굽과 새의 자취가 나라 안에 흩어져 사람에게 해를 끼쳤다. 요 임금은 이를 근심하다가 순 임금을 천거하여 다스리게 하였고, 순 임금은 익(益)에게 불을 관리하게 하였다. 그리하여 익이 산과 못에 불을 놓으니 금수가 도망쳐 숨었다. 우 임금은 구하(아홉 개의 강)를 뚫기도 하고 막기도 하여 재하와 탑하를 바다로 흘러들게 하였고, 여와 한을 터서 회와 사를 파헤치고 양자강으로 흘러들게 하였다. 그런 뒤에 나라가 먹을 것을 얻었으니, 이때에 우 임금은 밖에서 8년을 살았고, 그 8년 동안 세 번이나 집 앞을 지나면서도 들어가지 못하였다. 그러니 밭을 갈려 한들 할 수가 있었겠느냐? 또 후직(后稷)으로 하여금 백성들에게 농사를 가르치게 하고 오곡을 심어 번식케 하니, 오곡이 익어 백성을 살게 했다. 그러나 먹는 것을 배불리 하고 입는 것을 따뜻하

게 하여 편안히 살기만 하면 이는 짐승과 다를 바가 없는 것이다. 이는 사람에게 도가 있음이다. 성인은 이를 근심하시어 설로 하여금 사도로 삼아 인륜을 가르치게 하였다. 그 가르침은 아버지와 아들 사이에는 친함이 있어야 하고, 임금과 신하 사이에는 의리가 있어야 하며, 남편과 아내 사이에는 분별이 있어야 하고, 어른과 아이 사이에는 순서가 있어야 하며, 친구와 친구 사이에는 믿음이 있어야 한다는 가르침이었다. 요 임금이 말하기를 '수고로운 자를 위로하라. 오는 자를 오게 하라. 간사한 자를 바르게 하라. 굽은 자를 곧게 하라. 스스로 깨달아 얻게 하라. 협조하여 행하게 하라. 또 나아가 덕이 있게 하라.' 하였다. 성인이 백성을 근심함이 이와 같으니 어느 틈에 밭을 갈겠느냐? 요 임금은 순 임금을 얻지 못하는 것을 자기의 근심으로 삼았고, 순 임금은 우 임금과 고요를 얻지 못하는 것을 자기의 근심으로 삼았으니, 백 묘의 밭을 다스리지 못하는 것을 근심으로 삼는 자는 농부이다. 사람에게 재물을 나누어주는 것을 은혜라 하고, 사람에게 착한 것을 가르쳐 주는 것을 충성이라 하며, 천하를 위하여 인재를 찾는 자를 어질다고 하는 것이니, 천하를 남에게 주는 것은 쉽지만 천하를 위하여 사람을 얻는 것은 어려운 것이다. 공자께서도 말씀하시기를 '위대하도다, 요 임금의 임금됨이여. 오직 위대한 것은 하늘뿐이거늘 요 임금이 이것을 본받으시니 백성들은 그 은혜가 한없이 넓어 무어라 이름을 지을 수가 없었다. 정령 임금답도다, 순 임금이여. 높고 크게 천하를 가졌으되 이에는 관심을 두지 않고 백성들을 위하였다.' 하셨으니, 요 임금과 순 임금이 천하를 다스리는 데 어찌 그 마음을 쓰지 않았겠느냐마는 밭 가는 데는 쓰지 않았다. 나는 하(夏)의 예(禮)로 오랑캐를 감화시킬 수는 있어도 오랑캐의 것으로 하를 감화시킨다는 소리는 듣지 못했다. 진량(陣良)은 초나라 태생이었으나 주공과 중니의 도를 좋아하여 기꺼이 북방으로 와서 학문을 배웠거늘, 북방의 학자들이 그보다 더 낫지 못하여 그를 호걸이라 일컬었다. 자네 형제들은 수십 년을 섬기다가 스승이 죽으니 마침내 배반하는가? 옛날 공자께서 돌아가셨을 때 삼년상을 마친 그의 제자들이 다 돌아갔다. 그리고는 자공(子貢)에게 읍하고 다시 곡을 하였는데 모두들 그 슬픔 때문에 목소리가 변하여 돌아갔다. 자공은 다시 돌아와 공자의 무덤 옆에 집을 짓고 홀로 3년을 더 지낸 후에 돌아갔다. 그리하여 후일에 자하와 자장과 자유가 유약이 성인 같다 하여 공자를 섬기던 것과 같이 그를 섬기면서 증자에게도 그를 스승으로 모시자고 강요하니, 증자가 말하기를 '그것은 옳지 않다. 양자강과 한수의 물로 깨끗이 씻은들, 가을볕에 말리어 흰 것이 더욱 희어진들 공자의 덕에 이르는 사람은 아무도 없다.' 고 했다. 이제 남쪽 오랑캐의 까치들처럼 까악까악거리며 야만스러운 말을 하는 허행이 선왕의 도를 비난하고 있는데도 자네는 스승의 학문을 버리고 허행을 섬기니 증자와 달라도 너무 다르구나. 새들도 깊은 계곡에서 나와 높은 나무로 옮긴다는 소리는 들어 보았지만 높은 나무에서 내려와 깊은 계곡으로 들어간다는 소리는 들어보지 못했

다.《시경》의 노송편에 보면 '북쪽 오랑캐를 내쫓고 남쪽 오랑캐는 쳐서 징계한다.' 라는 말이 있다. 주공 같은 성인도 바야흐로 오랑캐를 늘 치려 하였거늘 자네가 그런 오랑캐를 스승으로 삼은 것은 제대로 감화되지 않은 까닭이다."

"하지만 허행의 도를 좇으면 시장의 물건 값이 일정하고, 나라 안에 거짓이 없어 5척의 작은 아이에게 심부름을 시켜도 속이는 사람이 없습니다. 마(麻, 삼베)와 누(縷, 비단)의 길이가 같으면 값이 서로 같고, 사(絲, 실)와 서(絮, 솜)의 무게가 같으면 값이 서로 같으며, 오곡의 양이 같으면 값이 서로 같으며, 신의 크기가 같으면 값이 서로 같습니다."

맹자께서 말씀하셨다.

"대체로 물건의 질이 같지 않은 것이 자연의 이치다. 그 물건의 질에 따라 어떤 것은 배도 되고 다섯 배도 되며 또 어떤 것은 열 배, 백 배도 되며 어떤 것은 천 배, 만 배도 되거늘 자네는 그것을 양에 비교하여 똑같다 하니 이는 천하를 어지럽히는 것과 같다. 좋은 신과 나쁜 신의 값이 같으면 누가 좋은 신을 만들겠느냐? 허행이라는 자의 도를 좇으면 이는 서로서로 거짓으로 가는 것이니 그렇게 되면 어찌 나라를 다스릴 수 있겠느냐?"

위 글 중에 그 유명한 삼강오륜 중 오륜이 언급되어 있다. 삼강오륜은 유교(儒教)의 도덕 사상에서 기본이 되는 3가지의 강령(綱領)과 5가지의 인륜(人倫)을 말한다. 삼강은 '君爲臣綱, 군위신강' · '父爲子綱, 부위자강' · '夫爲婦綱, 부위부강'

을 말하며 이것은 글자 그대로 임금과 신하, 어버이와 자식, 남편과 아내 사이에 마땅히 지켜야 할 도리를 말한다. 위에서 말한 오륜을 살펴보면 다음과 같다.

'父子有親, 부자유친' — 아버지와 아들 사이에는 친함이 있다.
'君臣有義, 군신유의' — 임금과 신하 사이에는 의리가 있다.
'夫婦有別, 부부유별' — 남편과 아내 사이에는 분별이 있다.
'長幼有序, 장유유서' — 어른과 아이 사이에는 순서가 있다.
'朋友有信, 붕우유신' — 친구와 친구 사이에는 믿음이 있다.

등문공 하(滕文公 下)

1

진대(陳代)가 말했다.

"선생님께서 제후를 만나 보지 않으신 건 속 좁은 처사인 것 같습니다. 다시 한 번 만나 보신다면 크게는 왕자가 되게 하실 것이고, 작게는 패자가 되게 하실 것입니다. 옛 기록에도 '한 자를 굽혀 여덟 자를 편다.'고 하였으니, 이제 한번 그렇게 해 보심이 마땅할 것 같습니다."

맹자께서 말씀하셨다.

"예전에 제나라 경공이 사냥을 할 때의 일이다. 경공이 깃발을 흔들어 우인(虞人, 사냥터지기)을 불렀으나 그가 오지 않자 그를 죽이려 하였다. '뜻이 있는 선비는 구렁텅이에 빠질 각오가 되어 있고, 용맹한 선비는 그 목숨을 잃을 것을 잊지 않는다.' 하였으니, 공자께서는 무엇을 취하셨겠는가? 그 부르는 것이 옳지 않으면 가지 않는 법이니 만일 옳지 않게 불렀는데도 기다리지 않고 간다면 어찌 되겠느냐? 또 한 자를 굽혀 여덟 자를 편다는 것은 이해 타산에서 나온 말인데 그렇다면 여덟 자를 굽혀 한 자를 펴도 좋다는 것이냐? 옛날 조간자(趙簡子)가 왕량(王良)에게 폐해와 함께 수레를 타게 하였는데 날이 저물도록 새 한 마리도 잡지 못하자 폐해가 돌아와 보고하기를 '천하에 비천한 기술을 가진 자입니다.' 라고 하였다. 어떤 사람이 이 이야기를 왕량에게 일러주니 왕량은 '다시 한 번 폐해의 수레를 몰겠습니다.' 하며 억지로 청하였다. 간신히 허락을 받은 왕량은 하루아침에 열 마리의 새를 잡아 바치니 폐해가 보고하기를 '천하에 좋은 기술입니다.' 하였다. 그리하여 간자가 폐해에게 '왕량으로 하여금 너의 수레를 끌도록 해주겠다.' 라고 말하고는 왕량에게도 그렇게 하라고 일렀다. 그러나 왕량은 그것을 거절하며 '내가 원칙대로 수레를 모니 날이 저물도록 새 한 마리 잡지 못했고, 옳지 않은 방법으로 몰았더니 하루아침에 새 열 마리를 잡았습니다. 《시경》에 이르기를 말 모는 자가 그 달리는 법을 잃지 않아도 활 쏘는 자가 그것을 다 맞혀 깨뜨린다고 하였습니다. 나는 소인의 수레를 모는 일에는 익숙지 않으니 사양하겠습니다.' 하고 말했다. 말을 모는 하찮은 수레꾼조차도 활 쏘는 자에게 아첨하기를 부끄러워하여 새와 짐승을 산더미같이 얻더라도 그것을 하지 않았거늘, 만일 도를 굽혀 그런 사람을 좇는다면 어떻게 되겠느냐? 이번에도 네가 잘못 말한 것이다. 자기 몸을 굽히면서 남을 바로 서게 하는 사람

은 없는 것이다."

우인이란 사냥터를 지키는 아전이다. 원래 사냥터에서 대부를 부를 때는 깃발로 하고, 우인을 부를 때는 가죽관으로 하였다. 위의 글 중 '뜻이 있는 선비는 구렁텅이에 빠질 각오가 되어 있고, 용맹한 선비는 그 목숨을 잃을 것을 잊지 않는다.'라고 한 것은 공자가 우인의 행동에 감탄하여 칭찬한 말이다. 우인을 부르는 데 있어 예법대로 하지 않으니 우인은 차라리 죽음을 택하여 가지 않았거늘 하물며 군자가 어찌 그 부름을 기다리지 않고 먼저 가 보겠느냐는 뜻이다. 진대는 맹자의 제자이다.

2

경춘(景春)이 말했다.

"공손연(公孫衍)과 장의(張儀)야말로 진정한 대장부다. 한번 노하면 제후들도 두려워하고, 조용히 있으니 천하가 다 잠잠하구나."

맹자께서 말씀하셨다.

"그들이 어떻게 대장부란 말인가? 자네는 예의를 배우지 않았는가? 장부가 관례를 할 때는 아버지가 명하고, 여자가 시집을 갈 때는 어머니가 명하는 것이니, 딸이 시집갈 적에 어머니가 대문에서 딸을 보내며 훈계하기를 '시집에 가서는 반드시 공경하는 마음을 잃지 말며 또 반드시 네 몸을 조심하여 남편의 뜻을 어기지 말라.'고 하니, 유순한 것으로 바른 것을 삼음은 바로 부인들의 도리이다. 천하의 넓은 곳에 거하며, 천하의 바른 지위에 서며, 천하의 큰 도를 행하여 뜻을 얻으면 백성과 같이 행하게 되고, 뜻을 얻지 못하면 혼자서 그 도를 행하게 되니 부귀도 그 마음을 음탕하게 하지 못하고, 가난과 천함도 그의 마음을 움직이지 못하며, 무력과 위협에도 굽히지 않으니 이것이 바로 대장부이다."

경춘은 맹자와 같은 시기의 사람으로 등나라 문공 밑에서 일했다. 관례(冠禮)란 옛날에 남자가 성년에 이르면 상투를 틀고 갓을 쓰게 하던 예식으로 오늘날의 성년식과 같다. 위 글에서는 참다운 대장부에 대해서 말하고 있다.

3

팽경이 말했다.

"수레 수십 승(乘)과 수백 명의 사람을 데리고 제후들을 찾아다니며 대우를 받는 것은 너무한 것 아닙니까?"

맹자께서 말씀하셨다.

"도가 아니면 대나무 그릇의 한술 밥도 남에게서 받을 수 없거니와, 만일 그것이 도에 합당하다면 요·순 임금처럼 천하를 물려받아도 분에 넘치는 것이 아니다. 그런데 자네는 무엇을 너무하다고 하는 것인가?"

"아닙니다. 그럼, 선비가 딱히 하는 일도 없이 먹는 것은 너무

한 것 아닙니까?"

"만일 만들어진 물건을 필요한 것으로 바꾸고 그 남는 것을 부족한 사람한테 채워 주지 않으면 농부에게는 곡식이 남을 것이고 여자에게는 삼베가 남을 것이다. 하지만 자네가 남는 것을 필요한 사람에게 바꾸어 준다면 목수나 수레 만드는 공인이 자네로 말미암아 먹을 것을 얻게 될 것 아닌가. 만약 안에서는 효도하고 나가서는 공손하며 선왕의 도를 지켜 배우려는 자를 자네가 가르치되 그가 먹을 것을 얻지 못한다면 그것은 목공과 수레 만드는 공인은 높이고 인의(仁義)하려는 자를 가볍게 여기는 것 아니겠는가?"

"목공과 수레 만드는 공인은 먹을 것을 구하기 위해 일을 합니다. 그렇지만 군자가 도를 닦는 것도 먹을 것을 구하기 위함입니까?"

"자네는 어찌 그런 뜻으로 말하는가? 만약 자네에게 베푼 공이 있다면 그 사람은 그 공만큼 먹여 주어야 한다. 자네는 뜻에 따라 먹여 줄 것인가? 아니면 공에 따라 먹여 줄 것인가?"

"뜻에 따라 먹여 줄 것입니다."

"여기 한 사람이 있다. 그가 기와를 헐고 담벼락의 칠을 잘하지 못하는데도 먹을 것을 구한다면 자네는 그 뜻에 따라 먹을 것을 주겠는가?"

"아닙니다."

"그렇다면 자네는 뜻에 따라 먹여 주는 것이 아니라, 일의 공에 따라 먹이는 것이다."

팽경은 전국 시대 사람으로 맹자의 제자이다. 위 글에서는 정당한 대우란 어떤 것인지에 대해 말하고 있다.

4

맹자께서 대불승(戴不勝)에게 말씀하셨다.

"당신은 당신이 섬기는 임금을 착하게 하고 싶소? 그렇다면 내 당신에게 분명히 말하겠소. 초나라 대부가 그 아들에게 제나라 말을 하게 하려면 제나라 사람을 스승으로 삼아야겠소, 아니면 초나라 사람을 스승으로 삼아야겠소?"

"제나라 사람을 스승으로 삼아야 합니다."

"제나라 사람 하나가 스승이 되었어도 초나라 사람들이 무리 지어 떠들어 댄다면 날마다 종아리를 쳐서 제나라 말을 하게 하여도 하지 못할 것이오. 하지만 장악(莊과 嶽은 제나라 도시이다)에 데려다가 몇 년 동안 놓아두면 날마다 종아리를 쳐서 초나라 말을 하게 하여도 하지 못할 것이오. 설거주(薛居州)를 착한 선비라 하여 임금 가까이에 있게 하니, 임금 가까이에 있는 모든 사람들이 다 설거주와 같이 된다면, 임금이 누구와 더불어 착하지 않은 일을 하겠소? 또 임금 가까이에 있는 모든 사람이 설거주와 같지 않다면 임금이 누구와 더불어 착한 일을 하겠소? 설거주 한 사람이 송나라 임금을 어찌하겠소?"

소인이 우글거리는 곳에서는 제아무리 군자라도 혼자서는 그

임금을 바르게 하지 못한다는 뜻이다. 대불승은 전국 시대 송 나라 공족이다.

5

공손추가 물었다.

"선생님께서 제후를 만나 보시지 않는 것은 무슨 까닭입니까?"

맹자께서 말씀하셨다.

"옛말에 벼슬하지 않으면 만나 보지 말라 했다. 단간목(段干木)은 담을 넘어서 피하고, 설류(泄柳)는 문을 닫고 들이지 않았으니, 이는 너무 정도가 심했다. 만약 절실히 보기를 원한다면 만나 보아도 좋다. 양화(陽貨)는 공자를 만나 보고 싶어도 예가 없다고 할까 두려워 만나 보질 못했다. 또 대부가 선비에게 물건을 내리면 선비는 가져온 사람을 대할 때 보낸 집에 절을 하고 받았는데, 만약 선비가 직접 받지 못하면 대부의 집에 찾아가서 인사를 하는 것이 예였다. 양화는 공자가 없는 때를 엿보아 공자에게 살진 돼지를 보냈으나 공자 또한 그를 직접 대면하기 싫어 그가 없을 때를 엿보아 가서 사례하셨다. 그때 양화가 예를 다하였다면 공자께서 어찌 그를 보지 않으셨겠느냐? 증자는 '어깨를 움츠리며 간사한 웃음으로 아첨하는 것은 더운 여름에 밭을 매는 것보다 힘들다.' 고 하였고, 자로는 '마음은 그렇지 않은데 말만 앞세우는 사람을 보면 그 얼굴빛이 부끄러움으로 발갛게 달아올라 있다. 나는 왜 그러한 짓을 하는지 알 수가 없다.' 고 하였으니, 이것만

보아도 군자의 소양을 알 수가 있다."

성인에 대한 예는 지나쳐서도 안 되고 미흡해서도 안 되며 곧고 올바른 것이라야 한다. 설류는 노나라의 현인으로 목공이 만나 보기를 청했으나 문을 닫고는 맞아들이지 않았다고 한다.

6

대영지(戴盈之)가 말했다.

"정전의 세금을 십분의 일로 줄이고 관문과 시장의 조세를 철폐하고자 하나 금년에 실시하기가 어렵소. 청컨대 조금 가볍게 했다가 내년쯤에 실시하는 것이 어떻겠소?"

맹자께서 말씀하셨다.

"어떤 사람이 날마다 그 이웃의 닭을 잡아먹었는데, 그를 본 어떤 사람이 말하기를 '그것은 군자의 도가 아니다.' 라고 하였소. 그랬더니 그 닭 잡아먹은 사람이 말하기를 '그럼 횟수를 줄여 한 달에 한 마리만 잡아먹고 내년에는 그만두겠네.' 하였소. 이제 그것이 의가 아니라는 것을 알았다면 속히 그만둘 일이지, 어찌 내년을 기다린다 하시오?"

옳지 않다는 것을 알았을 때는 즉시 행동을 고쳐야 함을 뜻한다. 대영지는 전국 시대 송나라의 대부이다.

7

공도자(公都子)가 말했다.

"바깥 사람들이 말하길, 선생님을 일컬어 변론을 좋아하신다고 합니다. 감히 묻건대, 그것은 무슨 까닭입니까?"

맹자께서 말씀하셨다.

"내가 어찌 변론을 좋아하겠느냐? 그건 마지못해서이다. 세상에 사람이 생긴 지 오래되었으나 잘 다스려지기도 했고 또 혼란해지기도 했다. 요 임금 때에는 물이 거꾸로 흐르는 바람에 나라가 범람하여 뱀과 용이 판을 쳤고, 백성들은 정착할 곳을 찾지 못했다. 그래서 낮은 곳에 있는 사람들은 나무 위에다 집을 짓고, 높은 곳에 있는 사람들은 굴을 파서 살았다. 《서경》에 이르기를 '강수가 나를 일깨웠다.' 라고 하였는데, 강수란 홍수를 뜻한다. 요 임금은 우 임금으로 하여금 이를 다스리게 하였다. 우 임금은 땅을 파서 물을 바다로 흐르게 하고, 뱀과 용을 몰아 늪으로 내치니 물은 길을 따라 흘렀다. 그것이 양자강과 회하(淮河)와 한수(漢水)이다. 그리하여 험한 곳이 없어지고 사람을 해치는 새와 짐승도 사라져 사람들은 마음놓고 평평한 땅을 얻어 살게 되었다. 하지만 요 임금과 순 임금이 죽은 후로는 성인의 도가 쇠하여 포악한 임금이 대대로 일어나고, 집을 헐어 연못을 만드니 백성들이 편히 쉴 곳이 없어졌으며, 밭을 빼앗아 동산을 만드니 백성들로 하여금 옷과 음식을 얻을 수 없게 했다. 동산이 늘어나고 연못과 놀이터가 늘어나니 금수가 번식하였고, 드디어 주왕(紂王)에 이르러서는 천하가 또 한번 혼란을 겪어야 했다. 하지만 주공이 무왕을 도와 주왕을 죽이고, 엄나라를 토벌한 지 3년 만에 그 임금을 죽였으며, 비렴을 몰아내 죽이고 이어 50개 국을 멸망시켰다. 그리하여 사나운 호랑이와 표범과 코뿔소와 코끼리가 멀리 가 버리니 천하의 사람들이 크게 기뻐하였다. 《서경》에 이르기를 '크고 현명하신 문왕의 꾀여! 크게 이으신 무왕의 공로여! 우리 자손을 도와 길을 열고 바르게 하여 무너짐이 없도다.' 라고 하였다. 그러나 세상이 다시 쇠해지자 도가 더욱 미미해져 간사한 말과 폭행을 일삼는 신하가 임금을 죽이게 되고, 자식이 그 아비를 죽이게 되었다. 이것을 두려워하신 공자께서 《춘추》를 지으시니, 춘추란 천자의 일을 말한다. 이런 고로 공자께서 말씀하시길 '나를 알 자도 춘추이고, 나를 죄 줄 자도 춘추이다.' 라고 하신 것이다. 성왕도 나오지 않고, 제후는 방자해지며, 선비들은 비뚤어진 의론을 일삼으니 양주(楊朱)와 묵적(墨翟)의 말이 천하에 가득하게 되었다. 양주는 나만을 위한 것이니 이것은 임금을 무시하는 것이요, 묵적은 겸애를 내세우니 이것은 아비를 무시하는 것이다. 임금을 무시하고 아비를 무시하는 것은 금수나 다름없다. 공명의는 '푸줏간에 살진 고기가 있고, 마구간에는 살진 말이 있는데도 백성들의 얼굴엔 굶주린 빛이 역력하고, 들에는 굶어 죽은 시체가 즐비하다. 이것은 짐승에게 사람을 먹게 하는 것과 같다.' 라고 말했다. 양주와 묵적의 도가 그치지 않으면 공자의 도는 나타나지 않을 것이다. 그것은 양주와 묵적의 간사한 말이 백성을

속이고 인과 의를 막기 때문이다. 인과 의를 막으면 짐승이 사람을 먹게 되고 나중에는 사람이 사람을 먹게 될 것이다. 나는 이것이 두려워 성인의 도를 지키고 양주와 묵적의 도를 막아 그 음탕한 언사를 몰아내며, 간사한 말을 하는 자가 일어나지 못하게 하려는 것이다. 간사한 말이 마음에서 일어나면 일을 해치고, 일을 해치면 정사를 해치게 된다. 성인이 다시 일어난다 해도 아마 내 말을 그르다고는 하지 않을 것이다. 그 옛날 우 임금이 홍수를 막으니 천하가 태평하였고, 주공이 오랑캐와 맹수를 막으니 백성이 편안해졌다. 또한 공자께서 《춘추》를 지으시니 역적들과 신하들이 두려워하였다. 《시경》에 이르기를 '북쪽 오랑캐를 치고 남쪽 오랑캐를 징계하니 감히 저항할 자가 없다.' 하였으니, 임금을 무시하고 아비를 무시한 것을 주공이 응징한 것이다. 나도 또한 사람의 마음을 바르게 하기 위해 간사한 말을 없애고, 비뚤어진 행실을 막으며, 음란한 말을 몰아내어, 세 성인을 계승하고자 한다. 그런 나더러 어찌 변론을 좋아한다고 하더냐? 그건 마지못해서이다. 양주와 묵적을 막는다고 말하는 사람은 모두 성인의 무리이다."

변론이란 옳고 그름을 따지는 것을 말한다. 맹자는 언변이 뛰어난 사람이었으므로 사람들이 그렇게 생각하는 것도 무리는 아니었을 것이다. 그러나 맹자가 말을 많이 한 까닭은 자신은 성인의 무리로서 당시 이단으로 여겨졌던 양주와 묵적의 설을 누르기 위함이라고 밝혔다. 전국 시대는 많은 사상들이 활

발히 일어나 파벌이 형성되었는데, 맹자는 이러한 사상들을 이단시했다. 양주는 전국 시대 학자로, 자기 혼자만 쾌락하면 된다는 위아설(爲我說), 즉 이기적인 쾌락설을 내세웠다. 묵적도 전국 시대의 사상가로, 겸애설을 주장하였다. 겸애설이란 사람들이 자기를 사랑하듯 남을 사랑하고, 자기 집과 자기 나라를 사랑하듯 다른 나라를 사랑하면 천하가 태평하고 백성이 번영한다는 사상이다. 이러한 주장은 신분과 계급을 중시했던 당시로서는 충격적인 주장으로, 부자(父子)와 군신(君臣) 관계를 소중히 여겼던 유가(儒家)에서 볼 때 아버지나 임금을 무시하는 것이라는 비난을 받았다.

8

광장(匡章)이 말했다.

"진중자(陣仲子)는 참으로 청렴한 선비인 것 같습니다. 오릉에 살 때도 사흘을 먹지 못하여 귀에 들리는 것이 없고, 눈에 보이는 것도 없었습니다. 이때 우물가에 잘 익은 자두가 있었는데, 벌레가 열매를 반 이상이나 파먹은 후였습니다. 간신히 기어가서 그것을 주워 든 진중자는 굶주림에 지쳐 잘 씹지도 못했으나 겨우 그것을 삼키고 나서야 귀도 들리고 눈도 보이게 되었습니다."

맹자께서 말씀하셨다.

"제나라 선비 중에서 나는 중자를 제일로 여기고 있다. 그러나 중자더러 청렴하다고는 할 수 없다. 중자의 지조를 넓혀 가려면 지렁이가 되어야만 가능할 것이다. 지렁이는 위에서는 마른 흙을 먹고, 아래서는 흐린 물을 마신다. 중자가 사는 집은 백이가 지은 것이더냐, 아니면 도척이 지은 것이더냐? 먹는 곡식은 백이가 심은 것이더냐, 아니면 도척이 심은 것이더냐? 나는 그것을 알지 못하겠구나."

"그것이 그의 청렴과 무슨 상관이 있습니까? 그는 몸소 신을 삼고 아내는 길쌈을 하여 곡식과 바꾸었습니다."

"중자는 제나라에서 대대로 녹을 받는 집 출신이다. 그의 형인 대(戴)는 합에서 받은 녹만 해도 만종이나 되었다. 그런데 그는 형의 녹을 불의의 녹이라 하여 먹지 않았고, 형의 집을 불의의 집이라 하여 살지 않았으며, 형을 피하고 어머니를 떠나 오릉에 살았다. 훗날 그가 집에 돌아가니 그 형에게 산 거위를 선물하는 자가 있었는데, 그가 그것을 보고는 얼굴을 찡그리며 말하기를 '꽥꽥거리는 저것을 무엇에 쓰려는 것인가?' 하였다. 며칠 뒤 그의 어머니가 거위를 잡아서 함께 먹었는데 그 형이 밖에서 들어와 말하기를 '이것이 그 꽥꽥거리던 고기로군.' 하니, 중자는 밖으로 나가 먹은 것을 토해 버렸다. 그는 어머니가 주는 것은 먹지 않고 아내가 주는 것은 먹었으며, 형의 집에서는 살지 않고 오릉에서는 살았다. 그것이 어찌 절조 있는 것이라 할 수 있겠느냐? 중자와 같은 이는 지렁이가 되어야 그 절조를 채울 것이다."

절조(節操)라 함은 옳다고 믿는 주의 · 주장을 굳게 지켜 바꾸지 않는 것을 말한다. 맹자가 보기에 진중자는 절조 있는 사람이라기보다는 결벽증이 있는 사람이라고 생각되었다. 진중자는 제나라 명문가의 자제로, 의롭지 못한 것과 절대로 타협하지 않아 집을 버리고 숨어살았다 한다. 광장은 전국 시대 제나라 사람으로 문무(文武)를 모두 겸비한 사람이다. 그는 일찍이 부친의 노여움을 사 내쫓겼으나 자신이 효도를 다하지 못한 것을 이유로 처자와 별거했다고 전해진다.

이루 상(離婁 上)

1

맹자께서 말씀하셨다.

"이루의 밝은 눈과 공수자의 재주로도 컴퍼스〔規,규〕와 곱자〔矩,구〕를 쓰지 않으면 모난 것과 둥근 것을 만들 수 없고, 사광과 같은 밝은 귀를 가졌어도 6률(律)을 쓰지 않으면 5음을 바르게 할 수 없으며, 요 · 순 임금의 도(道)로도 어진 정치를 하지 않으면 천하를 태평하게 다스릴 수 없다. 어질다는 마음과 어질다는 소문이 돌아도 백성들이 그 덕을 보지 못하고, 후세의 모범이 되지 못하는 것은 선왕의 도를 행하지 않기 때문이다. 그러므로 '착한 것만으로는 정치를 하지 못하며, 법만으로는 저절로 행해지는 것이 아니다.' 라고 한 것이다. 《시경》에 이르기를 '허물이 없고 잊지 않음은 오로지 예법을 따름에 있다.' 라고 하였으니, 일찍이 선왕의 법도를 따르고도 실수를 저지른 사람은 없었다. 성인은 그 시력을 다하고도 계속해서 규 · 구 · 준 · 승으로 모난 것과 둥근 것과 평평한 것과 곧은 것을 만드는 법이다. 또한 청력을 잃고도 6률로 5음을 바로잡는다. 이미 마음과 생각을 다하고서도 백성을 불쌍히 여기는 것은 어진 것으로 천하를 덮음이다. 그런 까닭에 '높아지려면 반드시 언덕을 이용해야 하고, 낮아지려면 개울이나 못을 이용해야 한다.' 고 한 것이다. 정사를 행하는 데 있어 선왕의 도로 행하지 않는다면 어찌 지혜롭다고 할 수 있겠는가. 그러므로 오직 어진 자만이 높은 지위에 있게 되는 것이고, 어질지 않은 자가 높은 지위에 있다면 그것은 많은 사람들에게 악한 것을 뿌리는 것과 같은 것이다. 윗사람이 도를 헤아리지 않고 아랫사람이 법을 지키지 않으면, 조정은 도를 믿지 않고 관리들은 법도를 믿지 않으며 군자는 의를 어기고 소인은 형벌을 두려워하지 않는다. 만약 그러고서도 나라가 유지된다면 그것은 요행에 불과하다. 그러므로 '성곽이 튼튼하지 않고 군사가 많지 않다고 해서 그것이 나라의 재앙은 아니다. 또한 밭과 들이 개간되지 않고 재물이 모이지 않는다고 해서 나라에 해가 되는 것이 아니다.' 라고 한 것이다. 《시경》에 이르기를 '바야흐로 하늘이 무너뜨리려 할 때 예예하지 말라.' 고 하였다. '예예' 가 무엇인가. 예예란 '답답' 을 말한다. 답답이란 머뭇거림이니 임금을 섬기되 의리가 없고, 나아가고 물러남에 예가 없으며, 말끝마다 선왕의 도가 그르다고 하는 것을 말한다. 이런 이유로 '어려운 일로 임금을 책망하고 그렇게 함으로써 그 임금을 그릇되지 않게 하는 것을

공손〔恭〕이라 하고, 착한 것을 펴서 사악함을 막는 것을 공경〔敬〕이라 하며, 임금이 능치 못할 것이라 생각하여 아예 간하지도 않는 것을 적〔賊〕이라 한다.' 하였다."

이 장에서는 나라를 다스리는 자에겐 당연히 어진 마음이 있어야 하고, 그 어진 마음이 백성들에게도 자자하게 전해져 혜택을 입어야 하며, 또 선왕의 도로써 나라를 다스리고 임금과 신하는 각각 그 맡은 바 책임을 다해야 한다는 것을 말하고 있다.

6률: 동양 음계는 십이율로 이루어져 있는데 그것이 곧 육률과 육려이다. 육률은 십이율 중에서도 양성에 속하는 소리로 황종(黃鐘) · 태주(太簇) · 고선(姑洗) · 유빈(賓) · 이칙(夷則) · 무역(無射)을 뜻한다.

5음: 중국 음악이나 국악에서, 한 옥타브 안에서 쓰이는 다섯 음률로 궁(宮) · 상(商) · 각(角) · 치(徵) · 우(羽) 의 다섯 가지 소리를 말한다.

규 · 구 · 준 · 승: 규는 컴퍼스이고, 구는 나무나 쇠로 만든 90도 모양의 자이며, 준은 수직자이고, 승은 수평자이다.

2

맹자께서 말씀하셨다.

"3대가 천하를 얻은 것은 어질기 때문이요, 그 천하를 잃은 것은 어질지 못하였기 때문이다. 나라가 흥하고 망하는 것 또한 어진 것에 달려 있다. 천자가 어질지 않으면 사해를 보존하지 못하고, 제후가 어질지 않으면 사직을 보존하지 못하며, 대부가 어질지 않으면 종묘를 보존하지 못하고, 선비나 백성이 어질지 않으면 사지를 보존하지 못할 것이다. 이제 죽는 것을 싫어하면서 불인(不仁)을 즐겨 하는 것은 취하는 것을 싫어하면서 억지로 술을 마시는 것과 같은 것이다."

나라를 다스리든 집안을 다스리든 인(仁)은 다스림의 근본이다. 그 근본을 어기고 불인을 하는 것은 스스로 화를 부르는 것이다. 술을 마시면 취하기 마련이고 불인을 하면 망하기 마련이다.

3

맹자께서 말씀하셨다.

"사람을 사랑하되 친해지지 않으면 혹 어질지 않아서 그러는 것은 아닌지 반성할 것이며, 사람을 다스리되 다스려지지 않으면 혹 지혜가 모자라서 그러는 것은 아닌지 반성해야 한다. 사람을 예로써 대하되 응답이 없으면 혹 잘못 공경해서 그러는 것은 아닌지 반성해야 하며, 몸소 행하였는데도 얻지 못한다면 혹 나에게 잘못이 있어서 그런 것은 아닌지 스스로 반성해야 한다. 만약 반성하여 자기가 올바르면 천하가 다 돌아올 것이다. 그러므로 《시경》에 이르기를 '하늘의 이치에 맞으면 스스로 많은 복을 구한다.' 라고 하였다."

모든 일이 제대로 되지 않을 때, 그 원인을 자기 자신에서 찾아보라.

4

맹자께서 말씀하셨다.

"사람들은 말을 할 때 늘 천하 국가라며 단서를 붙인다. 천하의 근본은 나라에 있고, 나라의 근본은 가정에 있으며, 가정의 근본은 자신에게 있는 것이다."

자기 자신부터 다스릴 줄 아는 것이 가장 중요하다.

5

맹자께서 말씀하셨다.

"정치는 어려운 것이 아니다. 정치란 세신 대가의 마음을 사는 것이다. 세신 대가의 마음을 사면 한 나라의 마음을 사는 것이요, 한 나라의 마음을 사면 천하의 마음을 사는 것이니, 그렇게 하면 도도히 흐르는 그 덕이 사해에 가득 찰 것이다."

세신 대가란 대대로 나라의 녹을 받는 명문가를 말한다. 아무리 힘이 센 권력자라 하더라도 이런 세신 대가를 자기 마음대로 할 수는 없는 일이다. 세신 대가는 힘으로 복종시킨다고 해서 복종하지 않는다. 그러므로 먼저 세신 대가의 흠모를 받게 되면 나라 안의 모든 사람들로부터 흠모를 받게 되는 것이다. 전국 시대에는 혼란이 극에 다다라 제후들의 세력이 약해

지고 세신 대가의 세도가 강했는데, 제후가 이들의 마음을 사
게 되면 정치를 하기가 쉬웠다.

6

맹자께서 말씀하셨다.

"천하에 도가 있으면 작은 덕을 가진 자가 큰 덕을 가진 자에게 부림을 당하며, 조금 어진 자가 많이 어진 자에게 부림을 당한다. 그러나 천하에 도가 없으면 작은 자가 큰 자를 부리고, 약한 자가 강한 자를 위해 일하게 된다. 이 두 가지는 바로 하늘의 이치다. 하늘의 이치를 따르는 자는 남고 하늘의 이치를 거스르는 자는 망하게 된다. 제나라 경공은 '이미 명령할 능력도 없고 또 명령을 받지도 못한다면 이것은 국교를 끊는 것이다.' 라고 말하며 눈물을 흘리면서 자신의 딸을 오나라에 주었다. 소국으로서 대국을 섬기며 명령을 받드는 것을 수치로 여기는 것은 제자가 스승의 말을 받드는 것을 수치로 여기는 것과 같다. 만일 이런 것을 수치스러워한다면 문왕을 스승으로 삼아라. 그렇게 하면 대국은 5년 동안, 소국은 7년 동안 천하를 다스리게 될 것이다. 시경에 이런 말이 있다. '상나라 자손의 수가 몇 억인지 헤아릴 수 없지만 상제께서 이미 명령을 내리셨기에 주나라에 복종하였도다. 주나라에 복종하니 천명이 더할 나위가 없다. 은나라 선비들이 서울로 와 땅에 술을 부으며 주나라 제사를 돕는도다.' 또 공자께서도 말씀하시길 '아무리 큰 무리라 하더라도 어진 것에는 당할 수가 없

으니 나라의 임금이 어진 것을 좋아한다면 천하에 적이 있을 수 없다.' 라고 하셨다. 하지만 지금의 제후들은 어떠한가. 스스로 어질지 못하면서도 천하에 적이 없기를 바라고 있지 않은가. 이것은 뜨거운 것을 손에 쥐고서도 물에 담그지 않는 것과 같으니, 《시경》에 이르기를 '누가 뜨거운 것을 손에 쥐고서 물에 담그지 않겠는가.' 라고 하였다."

하늘의 도를 따르는 자는 흥하고, 하늘의 도를 거역하는 자는 망한다.

7

맹자께서 말씀하셨다.

"어질지 않은 자와는 더불어 말할 수 없다. 위태로운 것을 편안히 여기며, 해로운 것을 이롭게 여겨서 그 망하게 될 일을 즐거워하니, 그런 자와 더불어 말할 수 있다면 나라가 망하고 집이 패하는 일이 어찌 있겠는가. 어린아이가 노래하기를 '창랑의 물이 맑으면 나의 갓끈을 씻고, 창랑의 물이 흐리면 나의 발을 씻는다.' 하고, 공자께서도 말씀하시길 '제자들아, 들어라. 맑으면 갓끈을 씻고 흐리면 발을 씻을 것이니 그것은 물이 그렇게 한 것이 아니다.' 라고 하셨다. 사람은 반드시 스스로 업신여긴 후에 다른 사람들에게 업신여김을 당하고, 집은 반드시 스스로 부순 뒤에야 다른 사람들이 부수게 되며, 나라는 반드시 스스로 토벌한 뒤에 다른 나라로부터 토벌을 당한다. 《서경》 태갑편에 '하늘이 주는 죄는 피할 수 있지만 스스로 지은 죄는 피할 수 없다.' 라고 하였으니, 바로 이것을 이르는 것이다."

모든 잘못은 자신에게 있으며 모든 재앙은 자기 스스로 불러들인 것이다.

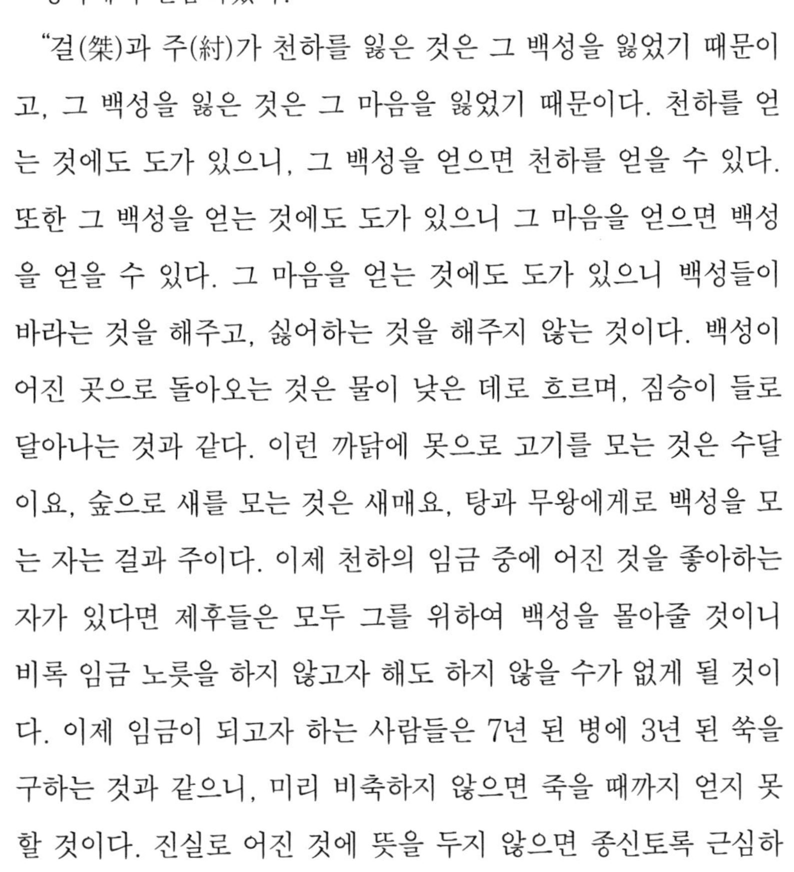

8

맹자께서 말씀하셨다.

"걸(桀)과 주(紂)가 천하를 잃은 것은 그 백성을 잃었기 때문이고, 그 백성을 잃은 것은 그 마음을 잃었기 때문이다. 천하를 얻는 것에도 도가 있으니, 그 백성을 얻으면 천하를 얻을 수 있다. 또한 그 백성을 얻는 것에도 도가 있으니 그 마음을 얻으면 백성을 얻을 수 있다. 그 마음을 얻는 것에도 도가 있으니 백성들이 바라는 것을 해주고, 싫어하는 것을 해주지 않는 것이다. 백성이 어진 곳으로 돌아오는 것은 물이 낮은 데로 흐르며, 짐승이 들로 달아나는 것과 같다. 이런 까닭에 못으로 고기를 모는 것은 수달이요, 숲으로 새를 모는 것은 새매요, 탕과 무왕에게로 백성을 모는 자는 걸과 주이다. 이제 천하의 임금 중에 어진 것을 좋아하는 자가 있다면 제후들은 모두 그를 위하여 백성을 몰아줄 것이니 비록 임금 노릇을 하지 않고자 해도 하지 않을 수가 없게 될 것이다. 이제 임금이 되고자 하는 사람들은 7년 된 병에 3년 된 쑥을 구하는 것과 같으니, 미리 비축하지 않으면 죽을 때까지 얻지 못할 것이다. 진실로 어진 것에 뜻을 두지 않으면 종신토록 근심하며 욕됨에 빠지게 될 것이다. 《시경》에 '지금 하는 것을 어찌 잘 한다 하리요. 곧 서로를 함정으로 이끌어서 깊은 물에 빠져 버릴 것을.' 이라고 한 것은 바로 이를 두고 한 말이다."

사람의 마음을 사기 위해 가장 필요한 것은 무엇일까. 그것은 두말할 것도 없이 인(仁)이다. 인하면 사람들은 저절로 꼬이는 법이다. 7년 된 병에 3년 된 쑥을 구하기란 쉽지 않다. 환부에 뜸을 뜨려면 오랫동안 말린 것일수록 좋은 법, 그것은 갑자기 구해지는 것이 아니다. 혹 지금부터라도 축적해 둔다면 가능하겠지만 그렇지 않으면 병은 점점 깊어지고 그 병을 고쳐 줄 쑥은 구하지 못할 것이다.

9

맹자께서 말씀하셨다.

"스스로를 해롭게 하는 자와는 함께 말할 수 없고, 스스로를 버리는 자와는 함께 일할 수 없다. 말하자면 예의(禮義)를 비방하는 것을 스스로를 해치는 것〔自暴,자포〕이라 하고, 내 몸이 인(仁)에 살고 의(義)를 따르지 않는 것을 스스로를 버리는 것〔自棄,자기〕이라 한다. 인은 사람의 편안한 집이요, 의는 사람의 바른 길이다. 그 편안한 집을 비워 두고 살지 않으며, 바른 길을 버리고 행하지 않으니 슬프다."

고사성어: '自暴自棄,자포자기' — 자포는 예의를 헐뜯기만 하는 무리이고, 자기는 인의(仁義)에 따르지 않는 것을 뜻한

다. 따라서 이런 사람들과는 어떤 말이나 행동을 같이할 수 없다고 하였다. 즉 이 말은 인간의 도리를 망각한 자와는 상종하지 말라는 뜻이기도 하다. 우리가 흔히 말하는 자포자기는 원래 맹자가 인의를 설명하기 위해 사용한 것이나, 지금은 될 대로 되라는 식의 체념으로 더 많이 쓰인다.

10

맹자께서 말씀하셨다.

"도는 가까운 데 있다. 하지만 사람들은 먼 데서 도를 구한다. 이것을 실천하기는 쉬운데 사람들은 어려운 데서 도를 행하려 한다. 모든 사람들이 가까운 사람들과 친하게 지내고, 어른을 어른으로 대하면 천하는 태평해질 것이다."

도는 가까운 데 있으니 먼 데서 찾지 말라. 이것을 깨닫지 못하고 다른 데서 구하고자 한다면 그 길이 너무 어려워 오히려 도를 잃을 것이다.

11

맹자께서 말씀하셨다.

"지위가 낮은 사람이 윗사람으로부터 신임을 얻지 못하면 백성을 다스리기가 힘들다. 하지만 윗사람에게 신임을 얻는 방법이 있으니 그것은 벗들의 신임을 얻는 것이다. 그러나 벗들의 신임을 받지 못하면 윗사람의 신임은 얻을 수가 없다. 벗들의 신임을 얻는 것에도 도가 있으니 그것은 어버이를 섬기며 기쁘게 해드리는 것이다. 어버이를 섬기어 기쁘게 해드리지 못하면 역시 벗들의 신임을 얻을 수 없다. 어버이를 기쁘게 해드리는 데에도 도가 있으니 그것은 자기를 반성하고 성실한 태도를 갖는 것이다. 그렇지 않으면 어버이를 기쁘게 해드릴 수가 없다. 성실한 태도를 갖는 것에도 도가 있으니 그것은 착한 일에 밝은 것이다. 착한 일에 밝지 않으면 스스로 성실하지 않은 것이기 때문이다. 이런 까닭에 성실은 하늘의 도요, 성실을 생각하는 것이 사람의 도이다. 정성을 다하면 움직이지 않을 자가 없으며, 성실치 못하면 남을 움직일 자가 없을 것이다."

성실은 하늘의 도이니, 성실로 부모를 기쁘게 하고, 그것으로 벗들의 신임을 얻으면 자연 윗사람으로부터도 신임을 얻게 되며, 그로 인해 백성들의 신임을 얻을 수 있는 것이다.

12

맹자께서 말씀하셨다.

"사람에게 눈동자보다 더 솔직한 것은 없다. 눈동자는 잘못을 감추지 못한다. 그런 고로 가슴속이 바르면 눈동자가 밝고, 가슴속이 바르지 않으면 눈동자가 흐려지는 것이다. 그 말을 듣고 그 눈동자를 들여다보면 사람이 그 마음을 어찌 숨길 수 있겠는가?"

'눈으로 말한다' 는 말이 있다. 눈은 우리의 마음을 비춰 주는 창이므로 우리는 눈을 통해 그 마음속을 들여다볼 수가 있다.

사람이 말을 할 때 아울러 그 사람의 눈을 본다면 그 사람의 옳고 그름을 간파할 수 있을 것이다. 눈은 거짓말을 하지 않기 때문이다.

13

맹자께서 말씀하셨다.

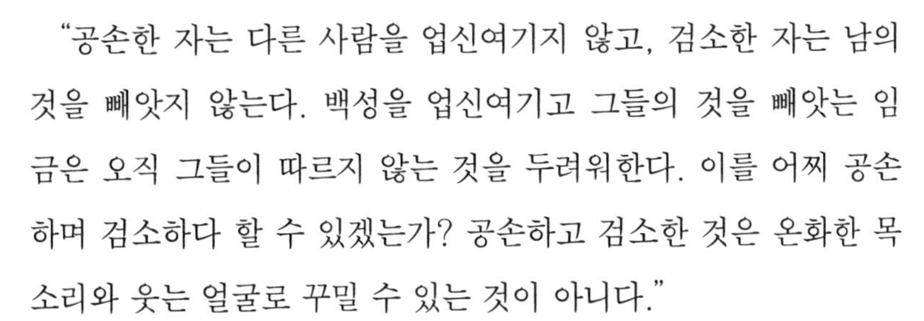

"공손한 자는 다른 사람을 업신여기지 않고, 검소한 자는 남의 것을 빼앗지 않는다. 백성을 업신여기고 그들의 것을 빼앗는 임금은 오직 그들이 따르지 않는 것을 두려워한다. 이를 어찌 공손하며 검소하다 할 수 있겠는가? 공손하고 검소한 것은 온화한 목소리와 웃는 얼굴로 꾸밀 수 있는 것이 아니다."

백성을 두려워할 줄 모르고 그들을 착취하는 임금을 어느 누가 따르겠는가. 그러니 그런 임금에게는 오직 백성들이 자기를 따르지 않는 것만이 근심일 뿐이다. 온화한 목소리와 웃는 얼굴은 거짓으로 나타낸 것이란 뜻이다. 이는 금방 들통나고 만다.

14

순우곤이 말했다.

"남녀가 직접 물건을 주고받지 않는 것이 예(禮)입니까?"

맹자께서 말씀하셨다.

"예이다."

"형수가 물에 빠지면 손을 내밀어 구해 주어야 합니까?"

"형수가 물에 빠졌는데도 구하지 않는다면 그것은 짐승이다. 남녀가 친히 주고받지 않는 것이 예요, 형수가 물에 빠졌을 때 손으로 구하는 것은 권도(權道)이다."

"그렇다면 지금 천하가 물에 빠져 있는데도 선생님께서 구원하지 않으심은 무슨 까닭입니까?"

"천하가 물에 빠지면 도로써 구하고, 형수가 물에 빠지면 손으로 구하는 것이니, 자네는 손으로 천하를 구할 수 있다고 생각하는가?"

권도(權道)란 목적 달성을 위하여 때에 따라 임기응변으로 일을 처리하는 것을 말한다. 형수가 물에 빠졌을 때 남녀가 유별하다 하여 손으로 구해 주지 않음은 예가 아니다. 천하가 물에 빠진 것은 물에 빠진 형수를 손으로 구해 주는 것과는 차원이 다르다. 천하를 구하는 것은 오로지 도(道)밖에 없다. 이러한 도를 굽히는 것은 천하를 구할 도구마저 잃는 것이다.

15

공손추가 물었다.

"군자가 자기 자식을 직접 가르치지 않는 까닭은 무엇입니까?"

맹자께서 말씀하셨다.

"그것은 형편상 어쩔 수 없는 일이다. 가르친다는 것은 반드시 바른 것으로 하는 법, 바르게 가르쳤는데도 행하지 않는다면 그것을 보고 노하게 되고, 노하게 되면 도리어 가르치는 것에 해가 된다. 만약 '아버지께서는 나에게 바른 일을 하라 하시지만 정작 아버지께서는 바른 일을 하지 못하고 계신다.' 라고 한다면 이것은 부자지간의 관계를 해치는 것이 된다. 그래서 옛날 사람들은 자식을 바꾸어 가르쳤고, 부자간에 서로 잘하라고 책망하지 않았다. 잘하라고 하면 서로 거리가 생기기 쉽고 이것은 상서로운 것이 아니니 이보다 더 나쁠 것이 없다."

자고로 군자는 자식을 가르치지 않는다. 오히려 자식을 바꾸어 가르치는 것이 부자간의 관계를 잘 보존하는 길이요, 그 가르침을 잃지 않는 길이다. 자식을 가르치게 되면 성을 내기 쉽고 성을 내는 것은 불의이므로 자식을 가르치지 않음으로써 불미스러움을 경계한 것이다.

16

맹자께서 말씀하셨다.

"누구를 섬기는 것이 가장 큰 것이겠느냐? 그것은 바로 어버이를 섬기는 것이다. 누구를 지키는 것이 가장 큰 것이겠느냐? 그것은 바로 자기 자신을 지키는 것이다. 자기 자신을 잃지 않고도 능히 그 어버이를 섬기는 자가 있다는 말은 들었어도, 자기 자신을 잃고서 능히 그 어버이를 섬기는 자가 있다는 말은 듣지 못하였다. 물론 아무나 섬기지 못하겠느냐마는 그중 어버이를 섬기는 것이 섬김의 근본이요, 어떤 것이든 지키지 않겠느냐마는 그래도 몸을 지키는 것이 지킴의 근본이다. 증자(曾子)는 그의 아버지 증석(曾晳)을 섬김에 있어 반드시 술과 고기로 봉양을 하였고, 밥상을 물릴 때에는 남은 음식을 누구에게 내릴 것인지를 물었으며, 증석이 음식이 남았느냐고 물으면 반드시 그렇다고 대답하였다. 증석이 죽고 증자의 아들 증원(曾元)이 증자를 봉양하기를 반드시 술과 고기로써 하였다. 그러나 밥상을 물릴 때에는 남은 음식을 내릴 사람에 대해 묻지 않았고, 또 남은 음식이 있느냐고 물으면 없다고 대답하였다. 그것은 다시 상에 올리기 위함이었다. 증원의 섬김은 입과 몸으로 봉양하는 것에 불과하나, 증자의 섬김은 어버이의 뜻을 봉양하는 것이었다. 모름지기 부모를 섬김은 증자처럼 해야 하는 것이다."

부모를 섬기는 태도에 있어서의 차이점이다. 봉양이라 함은 부모를 받들어 섬기는 것을 뜻한다. 그런데 봉양은 단순히 물질적인 것에 그치는 것이 아니라 부모의 뜻까지도 살펴 받드는 것이 진정한 의미의 봉양이라 할 수 있다.

17

맹자가 제나라에 있을 때, 악정자가 자오를 좇아 제나라로 왔다.

맹자께서 말씀하셨다.

"자네도 나를 보러 온 것인가?"

악정자가 대답했다.

"선생님께서는 어찌 그런 말씀을 하십니까?"

"자네는 여기 온 지 얼마나 되는가?"

"어제 왔습니다."

"어제 왔다면 내가 그런 말 하는 것이 이상할 것 없지 않은가?"

"묵을 곳을 정하지 못해서 그랬습니다."

"자네는 묵을 곳을 정하고 나서야 어른을 찾아뵙는다고 들었는가?"

"제가 잘못했습니다."

먼저 어른을 찾아뵙고 묵을 곳을 정하는 게 순서이다. 악정자는 이 순서를 어긴 것이고 맹자는 그것을 꾸짖은 것이다. 악정자는 착하고 독실하여 맹자의 이러한 꾸짖음을 달게 받았다.

18

맹자께서 말씀하셨다.

"불효에는 세 가지가 있다. 그중에서도 대를 이를 후손이 없는 것이 가장 큰 불효이다. 순 임금이 부모에게 알리지 않고 장가를 든 것은 혹시 후손이 없을까 해서였으니, 군자는 말하길 이것은 부모에게 알린 것이나 마찬가지라고 하였다."

위에서 말한 세 가지 불효란 다음과 같다. 첫째는 올바른 것을 좇지 않고 아첨하여 부모를 의(義)롭지 못한 것에 빠뜨리는 것이며 둘째는, 늙은 부모를 모시고 있으면서도 절대로 녹을 받지 않겠다며 벼슬하지 않는 것이고 셋째는, 결혼을 하고 서도 아들이 없어 제사를 끊어지게 하는 것이다. 이 세 가지 중 후손이 없는 것이 가장 큰 불효라고 했다.

19

맹자께서 말씀하셨다.

"온 천하가 크게 기뻐하면서 자기에게로 돌아오려고 하는 때에, 이것을 마치 풀이나 지푸라기 보듯 한 것은 오직 순 임금뿐이다. 어버이의 마음을 사지 못한다면 사람 노릇을 할 수 없고, 어버이를 기쁘게 하지 못하면 자식 노릇을 할 수 없다. 순 임금은 그 도리를 다하여 부모를 섬겼으니 그의 아버지 고수가 기뻐하였고, 고수가 기뻐하자 온 천하가 이에 감화되었으며, 온 천하의 부자(父子)간 도덕이 정해지게 되었다. 이런 것을 일컬어 큰 효도라 하는 것이다."

순 임금이 천하가 자기에게로 돌아오려 하는 것을 보고도 초개와 같이 여긴 것은 그의 아버지에게 순종하고자 함이었다. 그의 아버지 고수는 성질이 아주 드세고 모질어서 순 임금을 죽이려 하였으나 순 임금은 진심으로 아버지에게 순종하였다. 이것을 통해 사람들은 천하에 섬기지 못할 부모가 없다는 것을 깨닫게 되고, 효도하지 않는 자가 없게 되었다. 또한 극악하였던 고수도 마침내는 순 임금의 효를 기꺼이 받아들였기에 천하에 부모 된 자로서 자식을 사랑하지 않음이 없다는 것을 알게 하였다. 이것으로 사람들이 교화되었고 나아가 온 천하의 법도가 되었으니 그것이 후세에 전해졌다. 이를 두고 바로 대효(大孝)라 하는 것이다.

이루 하(離婁 下)

1

맹자께서 말씀하셨다.

"순 임금은 제빙(諸馮)에서 태어나 부하(負夏)로 옮겨 살았으며 명조(鳴條)에서 죽은 동이(東夷) 사람이다. 주나라의 문왕은 기주(岐周)에서 태어나 필영에서 죽은 서이(西夷) 사람이다. 이 두 곳 간의 땅의 거리는 천여 리이며, 두 시대의 차이도 천여 년이다. 그런데도 두 사람이 중국에서 행한 것은 마치 부절(符節)을 맞춘 것과 같다. 먼저 난 성인(聖人)이나 뒤에 난 성인이나 그 헤아림은 한가지였다."

부절이란 대나무나 옥으로 만든 부신(符信)을 말한다. 부신은 나뭇조각이나 두꺼운 종이에 어떤 글자를 쓰고 도장을 찍은 뒤에 이것을 두 조각으로 쪼개어, 한 조각은 상대자에게 주고 한 조각은 보관하였다가 후에 그것을 서로 맞추는 것으로써 어떤 약속된 일의 증거로 삼는 물건이다. 순 임금과 문왕은 시간과 공간을 초월하여 그 행한 바가 마치 부절을 맞춘 듯이 일치했다는 뜻이다. 즉 먼저 태어났든 후에 태어났든 성인의 도는 하나다.

2

자산(子産)이 정나라에서 정치를 할 때의 일이었다. 자산은 자기가 타고 다니는 수레를 가지고 진수(溱水)와 유수(洧水)에서 사람들을 건너 주었다.

이에 맹자께서 말씀하셨다.

"은혜로운 일이기는 하나 정치에 대해 알지 못하는구나. 11월에는 사람들이 건널 수 있는 다리를 놓고, 12월에는 수레가 다닐 수 있는 다리를 놓는다면 백성들이 물을 건너는 일을 가지고 걱정을 하지 않을 것 아닌가. 군자가 정치를 공평하게 하면 길을 다닐 때에 사람들을 이리저리 물리치고 다니는 것조차도 가능하거늘 어찌 저렇게 사람마다 건너 주려 하는가. 만약 정치하는 사람이 한 사람 한 사람을 다 기쁘게 해주려 한다면 매일 그 일만 해도 모자를 것이다."

옛말에 '10월에 다리를 놓는다'고 하였다. 그때쯤이면 농사일도 끝나고 백성들도 한가하기 때문이다. 정책을 세우고 그것의 목적을 이루는 것이 정치이거늘 아무런 정책 없이 일일이 개개인의 뒷수발을 하는 것이 정치는 아니다.

3

맹자께서 말씀하셨다.

"임금이 어질면 모든 사람이 어질고, 임금이 의로우면 모든 사람들이 의롭다."

임금은 백성의 거울이다.

4

맹자께서 말씀하셨다.

"중용(中庸)을 지닌 사람은 중용을 갖지 못한 사람을 길러 주고, 재능이 있는 사람은 재능이 없는 사람을 길러 주기 때문에, 사람들은 현명한 부형(父兄)을 둔 것을 즐거워한다. 만일 중용을 지닌 사람이 중용을 갖지 못한 사람을 버리고, 재능 있는 사람이 재능 없는 사람을 버린다면, 현명한 사람과 어리석은 사람과의 거리는 한 치의 차이도 없게 된다."

중용이란 무엇인가. 중용이란 어느 한 곳에 치우치거나 넘치거나 부족함이 없는 상태를 말한다. 재능이란 무엇인가. 재능이란 어떤 일을 할 수 있는 재주와 능력을 말한다. 중용과 재능 있는 사람으로 부형을 삼은 자는 언젠가 자기도 그것을 이룰 수 있다는 기대감으로 즐거워하는 것이다. 만약 중용과 재능을 갖추고도 자제나 동생을 가르치지 않는다면 이것은 커다란 과오를 저지르는 것이다.

5

맹자께서 말씀하셨다.

"남의 착하지 않음에 대해 말하지 말라. 나중에 그 후환을 어떻게 하려고 그러는가."

> 남의 착하지 않음을 보지 말고 자신의 착하지 않음을 먼저 보아라.

6

맹자께서 말씀하셨다.

"대인은 말함에 있어 반드시 믿음이 있다고 하지 않으며, 행함에 있어 반드시 끝을 맺으려 하지 않는다. 대인은 오직 의에 따를 뿐이다."

> 대인의 말과 행실은 믿음과 결과를 기약하지 않는다. 다만 의가 있는 곳이면 좇을 뿐이니 결과적으로 그의 말에 신뢰가 생기고 행동에 결실을 맺게 되는 것이다.

7

맹자께서 말씀하셨다.

"대인(大人)이란 어린이와 같은 마음을 잃지 않은 사람을 말한다."

> 대인이란 곧 군자를 말한다. 군자는 학식과 덕이 높고 행실이 바르다. 또한 군자는 물욕이 없다. 이는 어린아이처럼 순수한

마음을 잃지 않을 때에 가능한 것이다.

8

맹자께서 말씀하셨다.

"군자가 올바른 방법으로 진리를 깊이 탐구하는 것은 스스로 그것을 깨달아 터득하기 위해서이다. 스스로 그것을 터득하면 거처함에 있어 편안하게 되고, 거처함이 편안하면 취함에 있어 깊이가 있게 되고, 깊이가 있게 되면 좌우 모든 면에서 그 하는 일이 근본에 맞게 된다. 그런 이유로 군자는 올바른 도리를 스스로 터득하려는 것이다."

군자가 도를 깨달으면 그것을 온몸으로 체득하게 되니 어디에 있든 편안하고, 그 마음이 깊어 흔들리지 않으니 근본을 거스르지 않게 된다. 군자는 도를 깨달음에 힘써야 하나 반드시 스스로 이를 얻어야 한다. 스스로 힘써 얻지 않고 급하게 얻는다면 이것은 개인적인 사사로움이므로 근본을 만날 수 없다.

9

맹자께서 말씀하셨다.

"넓게 배우고 자세히 말하는 것은 이것을 다시 간략하게 말해 보려는 것이다."

박학(博學)이라 함은 그 배운 바가 넓은 사람을 뜻한다. 사람이 널리 배워 그것에 대해 간략하게 말하는 것은 자세하게 알고 꿰뚫지 않으면 할 수 없는 일이다. 즉 배움에 있어 널리 배웠다고 하여 자랑할 일도 아니고 요약한 것만을 배워서도 안 된다.

10

맹자께서 말씀하셨다.

"선(善)으로 남을 굴복시키려 하는 사람은 남을 굴복시킬 수 없다. 선으로써 사람을 길러 준 뒤에야 천하를 복종시킬 수 있는 것이다. 온 천하 사람들이 마음으로부터 복종하지 않는데도 임금 노릇을 한 자는 없다."

남을 굴복시킨다는 것은 그 사람을 이겨 누르겠다는 뜻이다. 선으로 남을 굴복시키려 하지 말고 남을 키운다면 이는 저절로 복종하게 되는 것이다. 무릇 사람마다 좇음과 등짐이 다른 법이니 배우는 자는 이를 세세히 살펴야 한다.

11

맹자께서 말씀하셨다.

"사람이 금수와 다른 것은 별로 없다. 다만 뭇 사람들은 인륜을 저버리나 군자는 이를 지키는 것이다. 순 임금은 만물의 이치에 밝고 이를 인륜으로 자세히 살폈으니, 이것은 인과 의에 따라 행동한 것이지 인과 의로 억지로 행한 것은 아니었다."

사람이나 짐승이나 날 적에는 모두 천지만물의 이치대로 태어난다. 그러나 그것이 서로 같지 않은 것은 그 성품을 완전하게 하는 데 조금씩 다르기 때문이다. 조금씩 다르다고는 하나 대부분의 사람들은 이것을 깨닫지 못하고 버려 두니 사실상 짐승과 다를 바 없고, 군자는 이를 깨달아 그 성품을 완전케 하고자 노력하니 거기에 분별이 있는 것이다.

12

맹자께서 말씀하셨다.

"우 임금은 맛있는 술을 싫어하는 대신 착한 말을 좋아했다. 탕왕은 중용을 취하고 현자를 등용하되 그 출신을 가리지 않았다. 문왕은 백성을 보기를 불쌍한 사람같이 하였으며, 도를 바라되 보지 못하는 듯하였다. 무왕은 가까운 사이라고 하여 함부로 하지 않았으며, 먼 곳에 있는 자들 또한 잊지 않았다. 주공은 이 세 왕의 좋은 점을 겸하고도 네 가지를 더 베풀려고 하였다. 만약 합당하지 않은 것이 있으면 하늘을 우러러 생각하기를 낮부터 밤까지 계속하였고, 다행히 합당하다 생각되면 앉아서 아침이 되기를 기다렸다."

성군으로 알려진 우탕문무(禹湯文武)의 장점들을 들어 그것을 근심하고, 조심하고, 힘쓴 주공(周公)의 마음을 나타낸 것이다. 주공은 문왕의 아들이자 무왕의 동생이며 노나라를 일으킨 사람이다.

13

맹자께서 말씀하셨다.

"군자의 은혜든 소인의 은혜든 대개 5대(代)가 지나면 끊기기 마련이다. 나는 공자의 제자는 아니었지만 많은 사람을 통해 그를 사숙(私淑)할 수 있었다."

역대로 많은 성인들이 있었지만 맹자는 공자를 가장 뛰어난 인물로 평가했다. 맹자는 공자보다 약 100여 년 후의 사람으로 공자의 직접적인 제자는 아니었다. 대신 공자의 손자인 자사의 문하생으로부터 배움을 받았다. 사숙이란 학문이나 예술 등에 뛰어난 인물을 홀로 사모하여 그 사람의 저서나 작품 등을 통해 본받아 배우는 것을 말한다.

14

맹자께서 말씀하셨다.

"받을 수도 있고 받지 않을 수도 있는데 받게 되면 이는 청렴함을 상하는 것이고, 줄 수도 있고 주지 않을 수도 있는데 주는 것은 은혜를 상하는 것이고, 죽을 수도 있고 죽지 않을 수도 있는데 죽으면 용기를 상하는 것이다."

청렴이란 탐욕 없는 깨끗한 마음을 뜻한다. 남에게서 무언가를 받을 특별한 이유가 없는데도 그것을 받는다는 것은 그 깨끗한 마음을 해치는 것이다. 남에게 은혜를 베풀 때에도 헤퍼서는 안 된다. 그리고 목숨을 소중히 여기지 않고 별가치 없는 것에 함부로 내놓는 것은 진정한 용기라 할 수 없다.

15

봉몽(逢蒙)이 예라는 사람한테 활 쏘기를 배웠다. 예에게서 배울 것을 다 배웠다고 생각한 봉몽은 천하에 자기보다 나은 사람은 오직 예 한 사람뿐이라고 여겨 그를 아예 죽여 버렸다.

맹자께서 말씀하셨다.

"이것이 누구의 죄겠느냐. 이것은 봉몽이라기보다는 예에게 죄가 있는 것이다. 공명의는 예에게는 거의 죄가 없다고 말하지만 죄가 적다고 해서 그것이 어찌 죄가 되지 않겠느냐? 정나라 임금은 자탁유자(子濯孺子)로 하여금 위나라를 침략하게 했다. 침략을 당한 위나라는 다시 유공사(庾公斯)로 하여금 자탁유자를 쫓게 했다. 이때 자탁유자가 말하기를 '오늘은 내가 병이 나서 활을 잡을 수가 없구나. 이제 내가 죽는가 보다.' 하고 말하며 그 종에게 다시 이렇게 물었다. '나를 쫓는 자가 누구더냐?' 종이 '유공사입니다.' 라고 말하니, 자탁유자가 '그렇다면 나는 살았구나.' 하였다. 이를 의아하게 여긴 종이 '유공사는 위나라 제일의 궁사이거늘 어찌하여 살았다고 하십니까?' 하니, 자탁유자가 말하기를 '유공사는 윤공타(尹公他)에게 활 쏘기를 배웠고, 윤공타는 나에게서 활 쏘기를 배웠다. 윤공타는 마음이 올바른 사람이라, 그 벗을 취함에 있어 반드시 올바른 사람을 택했을 것이다.' 라고 하였다. 자탁유자를 쫓던 유공사는 그에게 다다라서 묻기를 '선생께선 어찌하여 활을 잡지 않으십니까?' 하였다. 이에 자탁유사는 '오늘은 내가 병이 나서 활을 잡지 못하겠네.' 라고 말하자 유공사가 이렇게 말하였다. '저는 윤공타에게서 활 쏘기를 배웠습니다. 윤공타는 선생에게 활 쏘기를 배웠으니, 차마 선생에게 배운 것으로 선생을 해치지는 못하겠습니다. 그러나 지금의 일은 임금의 일이라 내 감히 그만둘 수가 없습니다.' 그리고는 전통에서 화살을 뽑아 그 끝에 있는 활촉을 빼 버리고는 화살 네 개를 쏜 뒤 돌아갔다."

이 이야기는 《논어》에도 등장하는 이야기다. 이 장에서는 교육의 책임에 대해 이야기하고 있다. 언뜻 보기에 자기에게 활 쏘기를 가르쳐 준 예를 봉몽이 죽였으니 봉몽에게 큰 죄가 있어 보인다. 하지만 맹자는 오히려 봉몽보다는 예에게 죄가 있다고 말한다. 왜일까? 그것은 바로 이어지는 자탁유자와 유공사의 이야기를 통해 알 수 있다. 즉 맹자는 예가 봉몽에게 제대로 활 쏘기를 가르쳤다면 봉몽으로부터 죽임을 당하지는 않았을 텐데 봉몽이 그러한 행동을 한 것은 예가 봉몽을 제대로 가르치지 않았기 때문이라고 생각한 것이다.

16

맹자께서 말씀하셨다.

"군자가 보통 사람과 다른 것은 그 마음을 두는 곳이 다르기 때문이다. 군자는 인에 마음을 두고 또 예에 마음을 둔다. 어진 자는 남을 사랑하고, 예를 아는 자는 남을 공경하는 법이니, 남을 사랑하는 자는 남에게서 사랑을 받고 남을 공경하는 자는 남에게서 공경을 받게 된다. 여기에 군자 한 사람이 있다고 치자. 만약 어떤 사람이 그에게 횡포를 부린다면 군자는 반드시 스스로 반성하여 '내가 어질지 못하였거나 예가 없었나 보다. 그렇지 않고서야 이런 일이 왜 벌어지겠는가.' 라고 말한다. 그리하여 스스로를 반성하며 생각해 본다. 스스로를 반성하여도 어질고 예가 있는데, 여전히 횡포가 계속된다면 군자는 '내가 충성치 않아서 그런가 보다.' 하며 다시 반성한다. 스스로 반성하여 불충함이 없었다면 군자는 그자를 일컬어 '이자는 망령된 사람이로구나. 금수와 다를 바 없으니 내 이자를 나무라서 무엇하리요.' 라고 한다. 그러므로 군자는 죽을 때까지 근심하나 하루 아침에 생기는 근심은 없다. 만약 근심한다면 그것은 이런 근심일 것이다. '순 임금도 사람이고 나 또한 사람인데 순 임금은 천하에 모범이 되어 후세에 전해졌거늘, 나는 아직도 시골 사람을 면치 못하고 있구나.' 자고로 근심이라 하면 이런 근심이 있을 뿐이다. 대저 군자는 근심하지 않으니 인이 아니면 행하지 않고 예가 아니면 행하지 않을 뿐이다. 하루 아침의 걱정거리라면 군자는 근심하지 않는다."

인과 예를 마음에 둔다는 것은 이것을 마음에 새기어 항상 잊지 않는다는 것을 뜻한다. 충(忠)이라는 것은 나를 다 바치는 것이니, 불충이라 함은 사람을 사랑하고 공경하는 데에 그 마음을 다하지 못했다는 뜻이다. 군자는 근심하지 않으나 근심을 한다면 인과 예와 충을 다했는지 그것을 근심할 뿐이다. 소인배처럼 일신상의 안락과 사사로운 이익을 위해 근심하는 것은 군자의 관심 밖이다.

17

저자(儲者)가 말했다.

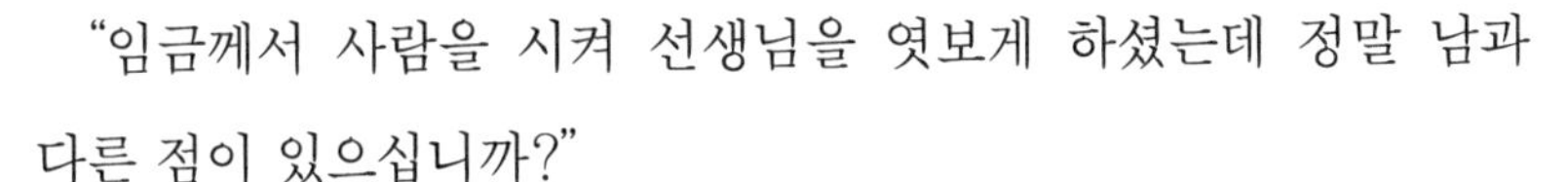

"임금께서 사람을 시켜 선생님을 엿보게 하셨는데 정말 남과 다른 점이 있으십니까?"

맹자께서 말씀하셨다.

"내 어찌 남과 다른 점이 있겠는가. 요 임금도 순 임금도 결국은 다 같은 사람이거늘."

저자는 나라의 재상을 말한다. 맹자의 명망이 높자 그것이 사실인지 아닌지 임금이 사람을 시켜 맹자를 살피게 한 것이다. 그러나 맹자는 자기 역시 보통 사람과 다를 바 없다며 겸손되이 말했다.

18

제나라에 아내와 첩을 한 집에 거느리고 있던 어떤 사람이 있었다. 그는 집을 나가면 반드시 술과 고기를 배부르게 먹은 뒤에 돌아왔다. 그 아내가 누구와 먹고 마시고 했는가를 물으면 그는 다 부하고 귀한 자와 함께 먹고 마시고 했노라고 말했다. 이에 아내가 첩에게 말했다.

"일찍이 우리 집에 부하고 귀한 자가 오지 않거늘 남편은 밖에 나가기만 하면 그런 자들과 술을 먹고 들어왔다 하니, 내 한번 남편의 가는 곳을 엿봐야겠네."

어느 날 아침 일찍 일어난 부인은 남편이 가는 곳을 몰래 뒤쫓았다. 그러나 나라 안을 두루 다녀도 남편과 서서 말하는 이가 없었다. 마침내 동쪽 성곽의 묘지에 이른 남편은 그곳에서 제를 지내고 있는 사람에게 가서 그 음식 찌꺼기를 구걸하고 그래도 족하지 않으면 다른 데를 서성거리며 다시 또 구걸하였다. 이것이 바로 남편이 배불리 먹는 방법이었다. 집으로 돌아온 부인은 첩에게 말하였다.

"남편이란 평생을 우러러보아야 할 사람이거늘 자네와 내 남편은 바로 그러한 사람이었네."

그 부인과 첩은 남편을 원망하며 서로 뜰 가운데 서서 울고 있었다. 그런데 이를 알지 못하는 남편은 신이 나서 들어와서는 여전히 처첩에게 교만하게 굴었다. 군자의 눈으로 볼 때는 뭇 사람들이 부귀와 영달을 구하는 것이 이 남편이 묘지에서 음식을 구걸하는 것과 다를 바 없이 보인다. 처첩이 부끄러워하지 않고 서로 울지 않을 자가 드물 것이다.

남편은 처첩에게 교만과 비겁한 허세를 부렸다. 이는 깜깜한 밤에 옳지 않은 방법으로 도를 구하여 환한 대낮에 사람들에게 교만한 태도를 부리는 것과 같다. 묘지에서 제를 지내고 남은 음식을 구걸하는 것만이 부끄러운 일은 아니다. 대부분의 사람들이 자신의 부귀와 영달만을 꾀하는 태도 자체도 바로 부끄러운 일인 것이다.

만장 상(萬章 上)

1

만장(萬章)이 물었다.

"순 임금은 밭에 나가서 하늘을 우러러보며 소리내어 울었는데 그 까닭은 무엇입니까?"

맹자께서 말씀하셨다.

"부모에 대한 원망과 사모 때문이다."

만장이 다시 물었다.

"부모에게서 사랑을 받으면 그것을 기뻐하여 잊지 아니하고, 부모에게서 미움을 받으면 두려워 원망하지 않는다고 했는데, 그렇다면 순 임금은 부모를 원망한 것입니까?"

맹자께서 말씀하셨다.

"장식(長息)이 공명고(公明高)에게 묻기를 '순 임금이 밭에 나가 손수 밭 갈이한 것은 내 이미 들어 알고 있지만, 하늘을 우러러 소리내어 울고는 다시 부모를 부르며 운 까닭은 모르겠습니다.' 라고 하니, 공명고가 말하기를 '그것은 네가 알 바 아니다.' 라고 하였다. 공명고가 왜 그런 말을 했는지 알겠느냐? 효자의 마음이란 이러한 근심이 없는 것이 아니기 때문이다. '나는 힘껏 밭을 갈아 자식의 직분을 다할 뿐, 부모가 나를 사랑하지 않는 것은 나에게 있는 것이 아니다.' 요 임금은 아홉 아들과 두 딸에게 하인들과 소와 양과 창고를 갖추게 하고서는 순이 농사짓는 곳에서 그를 섬기게 하였는데, 천하의 선비들마저 그를 섬기니 요 임금은 순에게 임금의 자리를 물려주려고 하였다. 이때 순은 부모에게 순종치 못하여 마치 돌아갈 곳 없는 사람과 같았다. 천하의 선비가 기뻐하는 것은 사람이라면 모두가 바라는 바이지만 이것으로 근심을 풀지는 못하였으며, 아름다운 여성은 누구나가 좋아하는 바이지만 요 임금의 두 딸을 아내로 삼았어도 그 근심을 풀지 못하였다. 사람이라면 누구나 부유하게 되기를 바라지만 부유하게 되었어도 그 근심을 풀지 못하였으며, 귀하게 되기를 누구나 원하는 바이지만 그 귀한 천자가 되었어도 근심을 풀지 못하였다. 남들이 기뻐해 주고, 아름다운 여성과 결혼을 하고, 부하고 귀하게 되었어도 순 임금은 그 근심을 풀지 못하였으니 순 임금의 근심은 오로지 부모가 기뻐해 주어야만 풀 수 있었다. 사람은 어려서 부모를 사모하고, 여자를 좋아하게 될 나이가 되면 예쁜 여자를 사모하고, 결혼을 하게 되면 아내와 자식을 사모하고, 벼슬길에 오르면 임금을 사모하는 것이다. 만약 임금의 마음을 사

지 못하면 마음이 조급해지고 초조해져서 그 마음을 사기 위해 애쓰는 것 아니겠느냐. 큰 효도란 죽을 때까지 부모를 사모하는 것을 말한다. 쉰 살이 되어서도 여전히 부모를 사모하는 사람을 나는 위대한 순 임금에게서 보았다."

온갖 부귀와 영화와 명예도 순 임금을 기쁘게 하지는 못했다. 순 임금의 기쁨은 부모가 기뻐하는 것에 있었다. 순 임금은 스스로를 결코 효도하는 사람이라 생각지 않았다. 만약 스스로 자신을 효도하는 사람이라고 생각한다면 그것은 또한 효도가 아닐 것이다. 순 임금은 대부분의 일반 사람들이 갖고자 하는 것으로 자신의 기쁨을 삼지 않았다. 부와 여자와 명예 따윈 순 임금의 근심거리도 되지 못했다. 다만 부모에게 효도하지 못할까만을 근심하였다. 맹자는 순 임금의 이러한 마음을 깨달은 것이다. 만장은 전국 시대 제나라 사람으로 맹자의 제자이다.

2

만장이 물었다.

"상(象)이라는 자는 날이면 날마다 순 임금을 죽이지 못해 안달이었는데 정작 순 임금은 천자가 되어서도 그러한 상을 죽이지 않고 내치기만 하였으니 그것은 무슨 까닭입니까?"

맹자께서 말씀하셨다.

"그것은 사실과 다르다. 사실 순 임금은 그에게 땅을 주고 제후로 봉(封)하였는데 어떤 사람이 말하기를 '내쳤다'고 한 것이다."

만장이 다시 물었다.

"순 임금이 공공(共工)을 유주에 귀양보내고, 환두(驩兜)를 숭산으로 내쫓았으며, 삼묘(三苗)를 삼위에서 죽이고, 곤을 우산에서 베어 죽이니, 이 네 가지로써 천하가 다 복종하였다고 합니다. 이는 어질지 못한 사람들을 죽였기 때문입니다. 하지만 상은 지극히 어질지 못한 사람인데 유비라는 땅의 영주로 봉하였으니, 유비 사람들이 무슨 죄가 있겠습니까? 진실로 어진 사람이라면 이렇게 하지는 못할 것입니다. 다른 사람은 다 죽이고서 아우라 하여 봉한다는 게 말이나 됩니까?"

맹자께서 말씀하셨다.

"어진 사람은 자기의 친동생에게는 노한 것을 감추지 않으며, 원망을 품지도 않는 법이다. 다만 친하게 지내고 사랑할 따름이니 친히 하는 것은 귀하게 하고자 함이요, 사랑하는 것은 부하게 하고자 함이다. 자기만 천자가 되고 동생은 필부가 된다면 어찌 형제끼리 친애한다고 할 수 있겠느냐?"

"그렇다면 감히 묻건대, 어떤 사람이 '내쳤다'고 한 것은 무엇 때문입니까?"

맹자께서 말씀하셨다.

"상은 그 나라에서 정치를 할 인물이 되질 못했다. 그래서 천자가 된 순 임금이 관리를 보내 그곳을 다스리게 하고 상에게는 단지 세금만을 바치게 했다. 그래서 내쳤다고 한 것이다. 순 임금이

어찌 그런 포악한 상에게 나라를 맡겨 그곳 백성들을 괴롭히도록 놔두었겠느냐? 비록 그러했어도 순 임금은 동생이라고 항상 보고 싶어하였으므로 물이 끊이지 않듯 늘 그를 오도록 했다. 조공할 시기가 되지 않았는데도 정사를 핑계 삼아 유비의 임금을 만나 보았다고 한 옛 글이 있는데 이것은 바로 이를 두고 한 말이다."

> 순 임금은 공정한 도리를 위해 사적인 관계를 폐하지 않았다. 그렇다고 해서 사사로운 감정 때문에 올바른 도리를 행하지 않은 것도 아니다. 올바른 도리를 다하되 동생을 지킨 것은 순 임금이 인(仁)으로써 동생에게 그 지극한 뜻을 다했기 때문이다.

3

만장이 물었다.

"요 임금이 천하를 순 임금에게 주었다고 하는데 그게 사실입니까?"

맹자께서 말씀하셨다.

"아니다. 천자가 천하를 마음대로 사람에게 줄 수 없다."

"그렇다면 순 임금에게 천하를 준 것은 누구입니까?"

"하늘이다."

"하늘도 사람처럼 이래라저래라 명령을 내립니까?"

"아니다. 하늘은 말하지 않는다. 그 사람의 행실로써 보여줄 따름이다."

“행실로써 보여준다는 것이 어떤 것입니까?”

“천자는 사람을 하늘에 천거할 수 있지만 하늘로 하여금 천하를 주라고 강요할 수는 없으며, 제후는 천자에게 사람을 천거할 수 있지만 천자로 하여금 제후를 주라고 강요할 수는 없다. 대부는 제후에게 사람을 천거할 수 있지만 제후로 하여금 대부를 주라고 강요할 수는 없다. 옛날에 요 임금이 순 임금을 하늘에 천거하자 하늘은 순 임금의 행실과 정사(政事)를 살피어 이를 받아들이고, 이를 백성에게 나타내자 백성들도 순을 받아들였다. 그러므로 하늘은 말없이 그 사람의 행실과 정사로 그것을 보일 따름이라고 하는 것이다.”

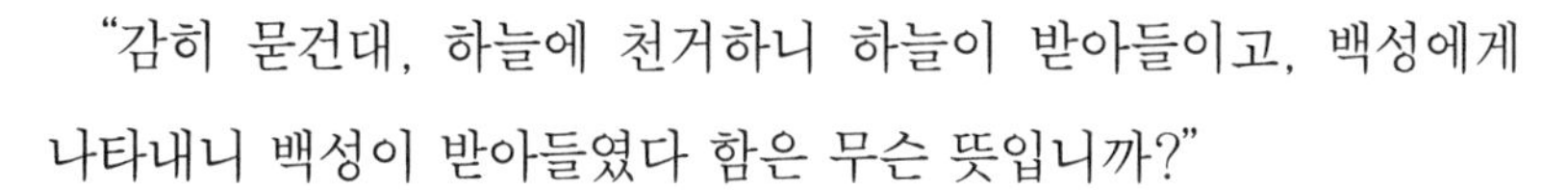

“감히 묻건대, 하늘에 천거하니 하늘이 받아들이고, 백성에게 나타내니 백성이 받아들였다 함은 무슨 뜻입니까?”

“순 임금이 제사를 주관하니 모든 신들이 이를 흠향(歆饗, 제물을 받거나 제사 음식의 향기를 맡는 것)하였다. 이는 하늘이 받아들인 것을 뜻한다. 또 순 임금에게 정사를 맡아보게 하니 모든 일이 잘 다스려지고 백성들이 편안하게 되었으니 이는 백성들이 받아들인 것을 뜻한다. 천하는 하늘이 주고 백성이 주는 것이다. 그러므로 ‘천자가 천하를 마음대로 사람에게 줄 수 없다.’고 말하는 것이다. 순 임금이 요 임금을 도운 것이 28년이니, 이것은 사람의 힘으로 할 수 있는 것이 아니라 하늘의 뜻이다. 요 임금이 죽고 삼년상을 마친 순 임금이 요 임금의 아들을 임금으로 세우기 위해 남쪽으로 피하였으나, 천하의 제후들이 요 임금의 아들에게 가지 않고 순 임금에게 조회하러 갔다. 또 송사하려는 사람들 역시 요 임금의 아들에게 가지 않고 순 임금에게로 갔으며, 노래하는 이들도 요 임금의 아들을 노래하지 않고 순 임금을 노래했다. 그러므로 이를 일컬어 다 하늘이 시킨 것이라 한다. 그러고 나서 순 임금은 중국으로 가서 천자의 지위에 오르게 된 것이다. 만약 처음부터 요 임금의 궁궐에 살면서 요 임금의 아들을 핍박하였다면 그것은 찬탈이지 하늘이 준 것이 아니다. 《서경》 태서편에 보면 '하늘은 백성이 듣는 것처럼 듣고 하늘은 백성이 보는 것처럼 본다.'고 했으니 바로 이를 두고 하는 말이다."

> 되고자 한다고 해서 되는 것이 아니요, 하고자 한다고 해서 할 수 있는 게 아니다. 그런 것이 몇 가지 있는데, 바로 천자의 자리도 그러하고 큰 부자가 되는 것도 그러하다. 작은 부자는 자기가 노력해서 이루어지지만 큰 부자는 하늘이 내린다는 말도 있잖은가.

4

만장이 물었다.

"사람들이 말하기를 '우 임금에 이르러 덕이 쇠하였다. 어진 사람에게 임금 자리를 물려주지 않고 아들에게 물려주었다.'라고 합니다. 이 말이 사실입니까?"

맹자께서 말씀하셨다.

"아니다. 그것은 사실과 다르다. 하늘이 어진 사람에게 주고자

하면 어진 사람에게 주는 것이고, 하늘이 아들에게 주고자 하면 아들에게 주는 것이다. 그 옛날 순 임금이 우 임금을 하늘에 천거하기를 17년 동안에 했다. 순 임금이 죽자 삼년상을 마친 우 임금은 순 임금의 아들을 피하여 양성으로 갔으나 천하의 백성들이 그 뒤를 좇았다. 이것은 요 임금이 죽은 후에 사람들이 요 임금의 아들을 좇지 않고 순 임금을 좇음과 같다. 우 임금이 익(益)을 하늘에 천거한 지 7년 만에 죽자 삼년상을 마친 익이 우 임금의 아들을 피하여 기산 북쪽으로 피했으나 조회하고 송사하려는 이가 익에게 가지 않고 계(啓)에게 가서 말하기를 '우리 임금의 아들이시여.' 하였고, 덕을 노래하는 이도 익을 노래하지 않고 계를 노래하며 '우리 임금의 아들이시여.' 하였다. 요 임금의 아들 단주(丹朱)도 어질지 못했고, 순 임금의 아들 역시 어질지 못했다. 순 임금이 요 임금을 돕고, 우 임금이 순 임금을 도운 햇수가 오래되어 백성들이 그 은혜를 입은 것도 오래되었다. 다행히 우 임금의 아들 계는 어질고 공경하는 마음이 있어 우 임금의 도를 계승할 수 있었다. 익은 우 임금을 도운 햇수가 얼마 되지 않아 백성들이 그 은혜를 오래 입지 못하였던 것이다. 이렇게 순 임금이 요 임금을 돕고, 우 임금이 순 임금을 도운 햇수가 긴 것과, 요 임금과 순 임금의 아들이 어질지 못하고 우 임금의 아들이 어진 것은 다 하늘의 일이라 사람이 마음대로 할 수 있는 일이 아니다. 사람이 하지 않으려 해도 저절로 되는 것이 천(天)이요, 부르지 않아도 스스로 찾아오는 것이 명(命)이다. 필부로 태어나 천하를 얻으려면

그 덕이 반드시 순 임금과 우 임금 정도는 되어야 하고 또 천자의 천거가 있어야만 한다. 공자께서 천하를 얻지 못하신 것도 바로 이러한 까닭이다. 대를 계승하여 천하를 얻은 자 중에 하늘의 폐함을 입은 자가 있으니 그들이 바로 걸(桀)과 주(紂)라 할 수 있다. 익과 이윤과 주공이 천하를 얻지 못한 것도 다 이 때문이다. 이윤은 탕왕을 도와 천하의 임금이 되었다. 탕이 죽은 후 그 맏아들 태정은 왕위에 오르기 전에 죽어 버렸고, 그 동생 외병(外丙)을 세웠더니 2년 만에 죽었으며 또 그 아우 중임은 4년 만에 죽었다. 태갑(太甲)이 탕왕의 제도와 규범을 뒤집어엎자 이윤은 그를 동(桐) 땅에 내쳤다. 그러나 자신의 허물을 뉘우친 태갑이 스스로를 원망하여 수양을 쌓은 후에 동 땅에서 인의를 행한 지 3년 되었을 때, 이윤의 가르침을 들음으로 해서 다시 도읍인 박으로 돌아오게 되었다. 주공이 천하를 얻지 못한 것은 하나라의 익과 은나라의 이윤과 비슷하다고 할 수 있다. 공자께서 말씀하시길 '요 임금과 순 임금은 남에게 나라를 물려주고, 하후와 은나라와 주나라는 아들이 계승하였으니 천명을 따른다는 점에서 그 뜻은 한가지다.' 라고 하셨다."

사람이 하려고 해도 억지로 안 되는 것은 하늘의 뜻이요, 하지 않으려 해도 억지로 되는 것 또한 하늘의 뜻이다. 인력으로는 천명을 거스를 수가 없는 것이다. 그러므로 만약 임금이 되었다면 그 나라를 훌륭히 다스리고도 남았을 공자 같은 사람도 임금이 되지 못한 것이다. 옛 성인의 깊은 뜻을 헤아린

자 중에 공자만한 인물이 없고 또 그러한 공자를 확실히 이해한 사람 중에 맹자만한 인물이 없다.

5

만장이 물었다.

"사람들이 말하기를 이윤은 요리로써 탕왕에게 벼슬을 구했다고 하는데 그게 사실입니까?"

맹자께서 말씀하셨다.

"아니다. 그렇지 않다. 이윤은 유신(有莘)이라는 곳의 들에서 밭을 갈며 요·순의 도를 즐긴 사람이었다. 그는 의(義)와 도(道)가 아니면 천하를 녹(祿)으로 준다 해도 돌아보지 않았으며, 수레에 사천 필의 말을 매어 놓아도 쳐다보지 않았다. 그는 의와 도가 아니면 지푸라기 하나도 남에게 주지 않았고 또 남에게서 받는 법도 없는 그런 사람이었다. 탕왕이 사람을 시켜 폐백(幣帛, 점잖은 사람을 만나러 갈 때 가지고 가는 물건)을 가지고 이윤을 초빙하였으나, 이윤이 아무런 욕심 없이 담담하게 말하기를 '내가 탕왕의 폐백으로 무엇을 할 것 같으냐? 나는 밭 가운데 살면서 요·순의 도를 즐기는 것이 더 좋다.' 하였다. 탕왕이 거듭 이윤에게 세 번씩이나 사람을 보내자 그가 문득 처음의 뜻을 바꾸더니 말하기를 '내가 밭 가운데 살면서 요·순의 도를 즐기는 것이 탕왕을 요·순과 같은 임금으로 만드는 것보다 낫기야 하겠느냐. 또 이 나라 백성을 요·순의 백성처럼 만드는 것보다도 낫기야 하겠

느냐. 그런 백성을 내 눈으로 직접 보는 것만 같겠느냐. 하늘이 이 백성을 내신 것은 먼저 아는 이로 하여금 후세 사람을 깨닫게 하며, 먼저 깨달은 이로 하여금 후세 사람을 깨닫게 하신 것이니 나는 하늘이 낳은 백성들 중에서 먼저 깨달은 자(先覺者, 선각자)이다. 나는 앞으로 요·순의 도로써 이 백성들을 깨닫게 할 것이다. 내가 깨닫게 하지 않으면 누가 이것을 하겠느냐?' 하였다. 그는 천하의 백성들 중에 아무리 필부필부(匹夫匹婦)라 할지라도 요·순의 은혜와 혜택을 입지 못한 자가 있으면 마치 자기 자신이 구렁 속으로 밀어넣은 것처럼 생각하였다. 그가 스스로 천하의 중책을 맡은 것은 바로 이와 같은 이유였다. 그래서 탕왕의 신하가 되어 하나라를 쳐 백성을 구원하라고 권유한 것이다. 나는 지금까지 자기를 굽히고서 남을 바로잡은 사람이 있다는 말을 듣지 못하였다. 자기를 욕되게 하면서 천하를 바로잡을 수야 없지 않겠느냐? 성인의 행동은 항상 같은 것이 아니다. 어떤 때는 물러나 살기도 하며, 어떤 때는 임금 곁에서 벼슬을 살며, 어떤 때는 나라를 버리기도 하고, 어떤 때는 버리지 않기도 한다. 하지만 어떠한 경우에도 자기 몸을 깨끗이 한다는 점에서는 같다. 나는 이윤이 요·순의 도로써 탕왕에게 벼슬을 구했다는 것은 알아도 요리로써 탕왕에게 벼슬을 구했다는 말은 들은 적이 없다. 《서경》 이훈(伊訓)편에 이르기를 '하늘의 무찌름은 걸의 궁전을 벌하는 데서부터 시작되었지만 나(이윤을 말함)는 박(땅 이름)에서부터 시작하였다.' 고 하였다."

고사성어: '先覺者,선각자' — 시대의 변화나 앞날의 일을 남보다 앞서서 깨닫고 사회적으로 훌륭한 일을 했거나 하려고 한 사람.

'匹夫匹婦,필부필부' — 보잘것없는 하찮은 사내나 여인네를 말한다.

6

만장이 물었다.

"어떤 사람이 말하기를 '백리해(百里奚)는 진(秦)나라 제사 때 쓸 희생양을 기르는 자에게 자신을 팔아 5마리의 양피를 얻고, 그 대가로 스스로 소를 먹이는 사람이 되었다. 그리고는 진나라 목공(穆公)에게 벼슬을 구하였다.' 고 하는데 그게 사실입니까?"

맹자께서 말씀하셨다.

"아니다. 그렇지 않다. 거짓으로 꾸며 대기를 좋아하는 사람이 지어낸 말이다. 백리해는 우(虞)나라 사람이다. 그런데 진(晉)나라가 괵을 치기 위해 우나라의 길을 빌리고자 하면서 수극(垂棘)의 구슬과 굴(屈)에서 생산되는 좋은 말을 보내 왔다. 하지만 궁지기(宮之奇)가 길을 빌려 주어서는 안 된다고 간하였고, 백리해는 간하지 않았다. 우나라 임금은 우둔한 자라 간해 봤자 소용없다는 것을 안 백리해는 우를 버리고 진나라로 갔는데, 그때 그의 나이가 이미 칠십 세였다. 소를 먹이면서까지 진나라 목공에게 벼슬을 구하는 것이 비굴한 행동인 것을 알지 못한다면 어찌 지혜로운 사람이라고 할 수 있겠느냐? 우공은 간할 수 없는 사람이라는 걸 알고 간하지 않은 것이니 지혜롭지 못하다고 할 수 있겠느냐? 그때 진나라에 등용된 백리해가 진목공이라면 함께 일할 만한 사람임을 알고 그를 도왔으니 지혜롭지 못하다고 할 수 있겠느냐? 진나라를 도와 그 임금을 천하에 밝히고 후세에까지 전하였으니 그가 어질지 않다고 할 수 있겠느냐? 자신을 팔면서까지 그 임금에게 벼슬을 구하는 것은 자신을 사랑하는 자들도 하지 않는 천한 일인데 하물며 백리해 같은 어진 사람이 그런 일을 하였겠느냐?"

이윤과 백리해는 모두 성현이 지녀야 할 큰 절개를 갖고 있었다. 그래서 맹자는 세상 사람들의 평가와는 다르게 그들을 변호하고 나섰다. 맹자는 성현들의 깊은 속뜻마저 깨달은 것이다.

만장 하(萬章 下)

1

맹자께서 말씀하셨다.

"백이는 악한 것은 보지 않았고 나쁜 소리는 듣지 않았으며 우러러볼 만한 임금이 아니면 섬기지 않았고 마땅한 백성이 아니면 부리지 않았다. 세상이 다스려지면 나아가 벼슬을 하였고, 세상이 어지러워지면 물러나 몸을 숨겼다. 법도에 어긋난 정사를 하는 조정이나 법도에 어긋난 백성들이 사는 곳에서는 차마 살 수가 없었던 것이다. 그는 예(禮)와 의(義)를 모르는 비루한 시골 사람과 같이 사는 것을 마치 자기가 조회할 때 입는 옷과 갓을 착용하고 진흙 구덩이에 앉아 있는 것같이 여겼다. 주(紂) 임금이 포악한 행동을 했을 때는 그것을 피해 북쪽 바닷가에 숨어살면서 천하가 깨끗해지기를 기다렸다. 그런 까닭에 백이의 소문을 들은 사람이라면 무지한 사람들도 분별이 생기게 되었고, 의지가 약한 사람도 뜻을 세우게 되었다. 하지만 이윤은 말하기를 '어떤 임금이든 섬기면 다 임금이지 섬기지 못할 임금이 없으며, 어떤 백성이든 부리면 다 백성이지 부리지 못할 백성이 없다.' 하여, 세상이 다스려져도 나아가 벼슬을 하였고, 세상이 어지러워도 또한 나아가 벼슬을 하였다. 그는 말하기를 '하늘이 이 백성을 내신 것은 먼저 아는 이로 하여금 후세 사람을 깨닫게 하며, 먼저 깨달은 이로 하여금 후세 사람을 깨닫게 하신 것이니 나는 하늘이 낳은 백성들 중에서 먼저 깨달은 자(先覺者)이다. 나는 앞으로 요·순의 도로써 이 백성들을 깨닫게 할 것이다.'라고 하였다. 이윤은 천하의 백성들 중에 아무리 필부필부(匹夫匹婦)라 할지라도 요·순의 은혜와 혜택을 입지 못한 자가 있으면 마치 자기 자신이 구렁 속으로 밀어넣은 것처럼 생각하였다. 그가 이런 생각을 한 것은 자기 스스로가 천하의 무거운 책임을 맡았다고 생각했기 때문이다. 유하혜 역시 더러운 임금을 섬겨도 부끄러워하지 않았으며, 미천한 벼슬도 사양하지 않았다. 그는 벼슬을 하면서 그 어진 것을 숨기지 않고 반드시 도로써 행했으며, 벼슬에서 쫓겨나도 남을 원망하지 않았으며, 곤궁하게 살아도 이를 근심하지 않았다. 그는 시골 사람들과 함께 살았어도 그들을 너그럽게 대하며 차마 떠나지 못하였다. 유하혜는 말하기를 '너는 너고 나는 나니, 비록 내 곁에서 발가벗고 몸을 드러낸들 네가 어찌 나를 더럽힐쏘냐.'고 하였다. 그런 이유로 유하혜의 소문을 들은 자는 아무리 마음이 좁고 고루한 사람이라도 이에 감동을 받아 너그러워졌으며 아무리 경박한 사람이라도 친절한 사람으로 변했다. 공자께서는 제나라를 떠나실 때 밥을 지으려고 물에 담가 놓았던 쌀을 건져 갈 만큼 서둘렀으며, 노나라를 떠나실 때는 '내 걸음을 천천히 하겠다.' 고 하셨으니, 그것은 노나라가 부모의 나라였기 때문이다. 속히 가야 할 때는 속히 가고, 오래 있어야 할 때는 오래 있으며, 머물러 있어야 할 때는 머물러 있고, 벼슬을 해야만 할 때는 벼슬을 하신 분이 바로 공자이시다. 다시 말해 모두들 성인이라 할지라도 백이는 성인 중에서도 청렴한 사람이었고, 이윤은 사명감 있는 사람이었으며, 유하혜는 조화를 이루어 대립하지 않는 사람이었고, 공자께서는 그때그때에 맞게 사신 분이라 할 수 있다. 이런 분을 일컬어 집대성자라고 하는 것이다. 집대성이란 무엇인가? 그것은 처음에 종으로 음악을 시작해서 마지막으로 경쇠를 쳐 음악을 그치게 하는 것과 같다. 종을 울림은 조리 있게 시작하는 것이고 경쇠로 음악을 그침은 조리 있게 마치는 것이니, 시작이 조리 있다는 것은 지(智)요, 끝이 조리 있다는 것은 성(聖)이 할 일이다. 그렇다면 지(智)란 무엇인가. 그것은 말하자면 기술이요, 성(聖)이란 힘을 일컫는다. 예를 들어 백 걸음 밖에서 활을 쏠 경우 과녁을 맞히는 것은 기술이지만, 과녁까지 화살을 날아가게 하는 것은 힘이라 할 수 있다."

성인(聖人)이란 덕과 지혜가 뛰어나 길이 우러러 받들고 모든 사람의 스승이 될 만한 사람을 뜻한다. 그렇다고 성인이라 이름 붙여진 사람들 모두가 한결같은 방법으로 산 것은 아니다.

위에서 예를 든 백이와 이윤과 유하혜와 공자만 보더라도 그 사고방식과 행동양식은 판이하게 달랐다. 다만 같은 것이 있다면 자기를 더럽히지 않았다는 것이다. 맹자는 그러한 여럿 성인 중에서도 공자를 제일 높게 평가했다.

고사성어: '집대성' — 여럿을 모아 하나로 크게 완성하는 것.

2

북궁의(北宮錡)가 물었다.

"주나라는 벼슬의 지위와 녹봉의 서열을 어떻게 구분하였습니까?"

맹자께서 말씀하셨다.

"그 자세한 것은 듣지 못했다. 제후들이 자기에게 해가 될까 봐 그 문서를 다 없애 버렸지만, 일찍이 대강 들은 바가 있긴 하다. 천하에 천자(天子)가 한 계급이요, 공(公)이 한 계급이요, 후(侯)가 한 계급이요, 백(伯)이 한 계급이요, 자(子)와 남(男)이 한가지로 한 계급이니 전부 다섯 등급이다. 또 각 나라마다 임금이 한 계급이요, 경(卿)이 한 계급이요, 대부(大夫)가 한 계급이요, 상사(上士)가 한 계급이요, 중사(中士)가 한 계급이요, 하사(下士)가 한 계급이니 전부 여섯 등급이다. 천자가 다스리는 땅은 사방 1천 리요, 공과 후는 사방 1백 리요, 백은 70리요, 자와 남은 50리니 모두 네 등급이며 그 밖에 50리가 되지 않는 것은 천자와 연루되지 못하고 제후에게 붙이게 되니 그것을 부용(附庸)이라 한다. 천자의 경(卿)은 후국에 준하는 땅을 받고, 대부는 백국(伯國)에 준하는 땅을 받으며, 상사는 자와 남국에 준하는 땅을 받는다. 사방 1백 리의 땅을 갖는 대국에서는 임금의 녹봉이 경의 10배요, 경의 녹봉이 대부의 4배요, 대부의 녹봉이 상사의 2배요, 상사의 녹봉이 중사의 2배요, 중사의 녹봉이 하사의 2배요, 하사와 평민으로서 벼슬에 있는 자의 녹봉은 같으니 농사 짓는 것으로 녹봉을 대신한다. 대국 다음가는 나라의 땅은 사방 70리니, 임금의 녹봉은 경의 10배요, 경의 녹봉은 대부의 3배요, 대부의 녹봉은 상사의 2배요, 상사의 녹봉은 중사의 2배요, 중사의 녹봉은 하사의 2배요, 하사와 평민으로서 벼슬에 있는 자의 녹봉은 같으니 농사 짓는 것으로 녹봉을 대신한다. 작은 나라는 땅이 사방 50리니, 임금의 녹봉은 경의 10배요, 경의 녹봉은 대부의 2배요, 대부의 녹봉은 상사의 2배요, 상사의 녹봉은 중사의 2배요, 중사의 녹봉은 하사의 2배요, 하사와 평민으로서 벼슬에 있는 자의 녹봉은 같으니 농사 짓는 것으로 녹봉을 대신한다. 농사 짓는 사람은 한 사람당 백 묘(1묘는 30평을 말한다)를 받는데, 백 묘의 농사를 지어 상농(上農)의 상에게 9인분을, 상농의 하에게 8인분을, 중농(中農)의 상에게 7인분을, 중농의 하에게 6인분을, 하농(下農)에게 5인분을 준다. 평민으로서 벼슬을 하는 자에게도 이와 같은 차이가 있다."

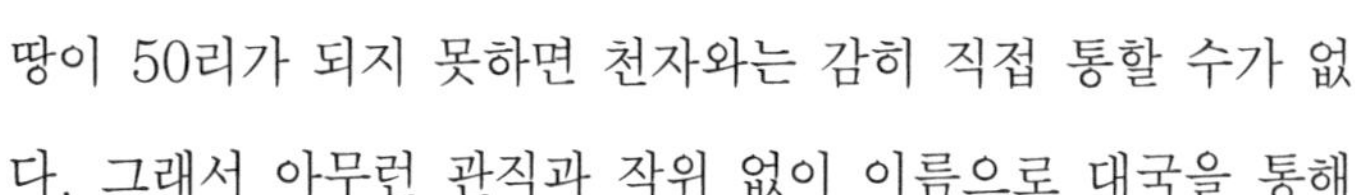
땅이 50리가 되지 못하면 천자와는 감히 직접 통할 수가 없다. 그래서 아무런 관직과 작위 없이 이름으로 대국을 통해

통할 수 있었다. 이것을 부용이라 한다. 공자가 지었다는 《춘추》에 보면 큰 나라의 임금은 3만2천 묘의 밭을 소유할 수 있었고, 그것으로 2천8백8십 명을 먹일 수 있었다. 경의 땅은 그것의 10분의 1인 3천2백 묘로 288명을 먹일 수 있었다. 하지만 자세한 기록은 불타 버려 정확히 알 수 없다.

3

만장이 말했다.

"감히 묻건대, 벗을 사귐에 있어서는 어떤 도로써 행해야 합니까?"

맹자께서 말씀하셨다.

"나이가 많다든가, 신분이 귀하다든가, 형제 중 권력 있는 자가 있다고 해서 그것을 자랑해서는 안 된다. 그런 것에 매이지 않고 벗을 사귀어야 한다. 자고로 벗이라 함은 그 사람의 덕을 벗하는 것이니, 결코 나이나 신분이나 권력 따위를 믿어서는 안 된다. 맹헌자(孟獻子)는 백승의 집안 사람으로 그에게는 다섯 명의 벗이 있었다. 그 다섯 안에 악정구와 목중이 있었고 그 나머지 세 명의 이름은 내가 기억하지 못한다. 맹헌자는 이들 다섯 명을 사귐에 있어 가문이나 신분 따위에 신경 쓰지 않았다. 마찬가지로 그 다섯 사람이 맹헌자의 집이 부유하다는 것에 신경을 썼다면 친하게 지내지도 않았을 것이다. 물론 백승의 집만 이러했던 것은 아니다. 작은 나라의 임금에게도 이러한 예가 있었으니 그가 바로 비

(費)의 혜공(惠公)이었다. 비혜공은 말하기를 '자사(子思)는 나의 스승이요, 안반(顏般)은 나의 벗이요, 왕순(王順)과 장식(長息)은 나를 섬기는 자들이다.' 라고 하였다. 이것은 또한 작은 나라만 그러했던 것은 아니다. 큰 나라의 임금에게도 이러한 예가 있으니 그가 바로 진(晉)의 평공(平公)이었다. 진평공이 해당(亥唐)을 방문했을 때의 일이다. 그는 해당이 들어오라고 하면 들어가고, 앉으라고 하면 앉고, 먹으라고 하면 먹었다. 그것이 비록 거친 밥과 야채뿐인 국이라도 늘 배불리 먹었다. 그러나 그것으로 끝났을 뿐 그 밖에 아무것도 하지 않았다. 그가 임금이라고 해서 친구인 해당에게 높은 지위를 주지도 않았으며, 많은 녹을 주지도 않았다. 그는 다만 선비로서 현자를 존경한 것이지, 임금으로서 현자를 존경한 것은 아니었다. 순 임금이 올라와 요 임금을 뵈었을 때도 요 임금은 사위인 순을 별궁에 머물게 하면서 서로 오고가고 했다. 순이 요 임금의 정궁에 가면 요 임금은 순을 대접하고, 요 임금이 별궁에 가면 순이 대접하는 등 서로 손님도 되고 주인도 되어 교제하였으니 이것이 바로 천자가 필부를 벗으로 삼은 것이다. 아랫사람이 윗사람을 존경하는 것은 귀한 사람을 귀하게 하는 것이라 하고, 윗사람이 아랫사람을 존경하는 것은 어진 사람을 존경하는 것이라고 한다. 귀한 사람을 귀히 여기는 것이나, 어진 사람을 존경하는 것이나 그 뜻은 모두 같다."

이것은 교우 관계에 관한 글이다. 벗은 인륜 중 하나이다. 천자가 필부를 벗하는 데 있어 내세움이 없고, 필부가 천자를

벗하는 데 있어 분수를 넘지 않는 것, 즉 지위 고하나 신분의 귀천을 넘어 오직 그 사람 하나를 보는 것이 참다운 교우 관계라 할 수 있다. 요 임금과 순 임금은 지위 · 신분 · 나이 등을 뛰어넘은 벗의 극치로서 맹자가 이를 예로 든 것이다.

4

만장이 말했다.

"감히 묻건대, 교제를 하는 데는 어떤 마음가짐이 필요합니까?"

맹자께서 말씀하셨다.

"공손해야 한다."

"예물을 돌려보내는 것을 공손하지 않다고 하는 것은 무슨 까닭입니까?"

"지위가 높고 귀한 사람이 보내 준 것인데 그것에 대해 의로운 것인지 아닌지를 생각한 다음에 받는 것은 그 사람에게 공손하지 못한 태도라는 뜻이다. 그러기에 돌려보내지 않는 것이다."

"청컨대 말로 거절하지 않고 마음으로 거절하되 그 제후가 옳지 못한 방법으로 백성에게 취한 것을 다른 말로 핑계 대며 받지 않는다면 그것은 옳지 않은 것입니까?"

"그 사귀는 것을 도로써 하고 그 접촉함을 예로써 하면, 공자께서도 기꺼이 그것을 받으셨다."

"만약 성문 밖에서 강도질을 한 자가 그 사귐을 도로써 하고 그

주는 것을 예로써 한다면 그가 강탈한 선물을 받는 것은 옳은 일입니까?"

"그것은 옳지 않다. 《서경》 강고편에 이르기를 '사람을 죽이고 그 재물을 빼앗으면서도 감히 그것을 두려워하지 않는다면 모든 백성의 원성을 듣는다.' 고 하였다. 그것은 훈계할 필요도 없이 사형에 처하는 것이 마땅하니 그러한 물건을 받을 수는 없다."

"그렇다면 지금 세상에서 제후가 백성에게 취하는 것은 강탈하는 것과 다를 바 없는데 진실로 그 예를 다하여 교제를 하기만 하면 군자도 그것을 받는다고 하시니 감히 묻건대, 무슨 까닭입니까?"

"자네 생각대로 여기에 왕자가 일어났다고 치세. 자네는 그 왕자가 지금의 제후의 죄를 밝히고 포악하다는 이유로 연이어 그들을 죽여야만 한다고 생각하는가? 아니면 올바로 가르친 후에 그래도 고쳐지지 않으면 죽여야 한다고 보는가? 자기 소유가 아닌 것을 취했다고 해서 그것을 도둑이라 하는 것은 너무 극단적이지 않은가? 공자께서 노나라에서 벼슬을 하실 때의 일이다. 노나라 사람들끼리 사냥을 하여 그 획득물을 서로 빼앗는 시합을 할 때면 공자께서도 이에 항상 참여하셨으니, 하물며 제후가 주는 선물을 받는 것이 사양할 일이더냐?"

"그러면 공자께서 벼슬을 하신 것은 도를 행할 목적이 아니었습니까?"

"도를 행하기 위함이었다."

"도를 행함을 목적으로 하셨다면 어찌 그런 천한 사냥 시합에 참여하셨습니까?"

"공자께서는 먼저 장부에다 제사에 필요한 그릇들을 기록해 두고 사방에서 얻기 어려운 물건은 장부에 기록하지 않으셨다."

"공자께서는 어찌하여 그런 나라를 버리고 떠나지 않으셨습니까?"

"그것은 먼저 도가 행해질 수 있는 계기를 만들기 위해서였다. 그런 계기를 만들었는데도 도가 행해지지 않으면 그때서야 공자는 그 나라를 떠나셨다. 그러므로 공자께서는 한 나라에 3년 이상 머무른 적이 없으셨다. 공자께서는 그 나라 임금이 도를 행할 인물이라 생각되면 벼슬을 하셨고, 그 임금이 신하를 예로써 대우해 준다고 생각되면 벼슬을 하셨으며, 또한 어진 인재를 양성할 만한 인물이라 생각되면 벼슬을 하셨다. 그리하여 공자께선 계환자(季桓子)가 충분히 도를 행할 인물이라 판단하여 벼슬을 하신 것이고, 위나라 영공(靈公)은 신하를 대하는 태도가 예에 맞으므로 그 밑에서 벼슬을 하셨으며, 위나라 효공(孝公)은 어진 인재를 등용할 만한 인물이라고 생각되어 벼슬을 하신 것이다."

선물이란 어떤 사람에 대한 사랑과 고마움에 대해 예로써 표시하는 물건이다. 그것에는 순수한 마음이 들어 있기 때문에 받는 것이 예에 합당하다. 그러나 이것과 구별되어야 할 것이 있다. 그것은 뇌물이다. 뇌물은 자기의 사사로운 이익을 위해 어떤 직무를 맡고 있는 자에게 넌지시 건네주는 부정한 돈이

나 물건을 말한다. 그러므로 선물은 받되 뇌물을 받아서는 안 된다. 뇌물은 예에 합당하지 않기 때문이다.

5

만장이 물었다.

"선비가 제후에게 자기 몸을 의탁하지 않는 것은 무슨 까닭입니까?"

맹자께서 말씀하셨다.

"그것은 감히 그럴 수가 없어서 의탁하지 않는 것이다. 나라를 잃은 제후가 다른 나라의 제후에게 의탁하는 것은 예에 어긋나는 것이 아니지만 선비가 제후에게 의탁하는 것은 예에 어긋나는 것이다."

"그럼, 임금이 곡식을 보내 주면 그것을 받아야 옳은 것입니까?"

"받아야 한다."

"어떤 이유로 받아야 하는 것입니까?"

"임금이 백성을 구원하는 것은 마땅한 일 아니더냐?"

"구휼하고자 함이면 받아야 하고, 녹으로 주면 받지 않아야 하는 것은 무엇 때문입니까?"

"그것은 감히 받을 수가 없기 때문이다."

"감히 묻건대, 무엇 때문에 받을 수 없는 것입니까?"

"나라 길목을 지키는 자나, 밤사이에 나라의 안전을 지키는 자는 모두가 그 떳떳한 직책으로 인해 녹을 받는 것이다. 하지만 아무런 직책도 없이 윗사람이 주는 녹을 받는 것은 공손치 못한 일이기 때문이다."

"임금이 구휼을 목적으로 보내 주는 것은 받으라 하시니, 그렇다면 그 받는 것은 계속해서 받아도 되는 것입니까?"

"옛날 노나라 목공은 자사(子思)에게 사람을 보내어 자주 안부를 전하고, 또 그때마다 잘 익힌 고기를 보내 주었으나 자사는 이를 기뻐하지 않았다. 그러다 마침내는 심부름 온 사람을 대문 밖으로 내치면서 임금이 있는 곳을 향해 머리를 숙이고는 이렇게 말했다. '이제야 비로소 임금께서 나를 개와 말을 대하듯 하신다는 것을 알았습니다.' 그리고는 사람을 시켜 보내 준 것들을 모두 거절하며 그 심부름 온 사람을 돌려보냈다. 그 다음부터 임금도 사람을 시켜 자사에게 고기를 보내는 일이 없었다. 진정으로 어진 사람을 좋아한다면 그 사람을 등용하든지, 아니면 올바른 도로써 대우하든지 해야지, 그렇지 않으면 어진 사람을 정당하게 대우하는 것이 아니다."

"감히 묻건대, 그렇다면 나라 임금이 군자를 대우함에 있어서 어떻게 하는 것이 옳은 것입니까?"

"처음엔 임금의 명으로써 전달해야 한다. 물론 이것을 받는 이는 당연히 두 번 절하고 몸을 땅에 굽히면서 받아야 한다. 그러나 그 후부터는 임금의 명으로 직접 전달하는 것이 아니라 양식을 주려면 창고지기를 시키고, 고기를 주려면 푸줏간 아전을 시켜야 하는 것이다. 자사가 임금이 보내 준 익은 고기를 받지 않음은 자기를 자꾸 죄송하게 하고 번거롭게 자주 절하도록 하니 이것은 군자를 괴롭히는 것이라 생각했기 때문이다. 요 임금이 순 임금을 도울 때는 그렇게 하지 않았다. 요 임금은 아홉 아들로 하여금 순 임금을 섬기게 하고 두 딸을 아내로 삼게 하였으며, 신하들과 소와 양, 곡식 창고를 갖추어서 시골에 사는 순의 밭 가운데서 받들게 하였다. 그뿐이더냐. 그 후엔 높은 자리에 등용하여 임금 자리를 물려주기까지 하였다. 이런 연유로 왕공 중에서 어진 이를 높인 이는 요 임금을 말하는 것이다."

구휼이란 빈민이나 이재민에게 금품을 주어 그들을 구제하는 것을 말한다. 임금이 구휼을 목적으로 베푸는 것은 얼마든지 받아도 괜찮다. 구휼의 목적이 아니더라도 처음 내린 물건이라면 받아도 좋다. 그러나 아무런 목적 없이 무조건 내리기만 한다면 이는 올바른 것이 아니다. 그것은 어진 사람을 대우하는 올바른 처사가 아니다. 어진 사람을 대우하고자 하는 뜻이라면 개나 돼지에게 먹을 것을 던져 주듯 하는 것이 아니라 그를 올바로 등용하여 씀이 진정으로 대우하는 것이라 할 수 있다.

6

맹자께서 만장에게 말씀하셨다.

"한 시골의 착한 선비라야 한 시골의 착한 선비와 친구할 수 있고, 한 나라의 착한 선비라야 한 나라의 착한 선비와 친구할 수 있으며, 천하의 착한 선비라야 천하의 착한 선비와 친구할 수 있다. 천하의 착한 선비와 친구하는 것에 만족하지 못한다면 옛날로 거슬러 올라가 옛 사람을 강구하면 된다. 옛 사람의 시를 외고 옛 사람의 글을 읽으면서 그 사람과 벗할 수 있기 때문이다. 그런 다음에는 그 시대를 논하는 것이니 이것을 가지고 '옛 사람을 벗한다.'고 하는 것이다."

벗이란 서로 마음이 통하여 친하게 지내는 사람을 말한다. 그 벗이란 같은 마을의 사람일 수도 있고, 같은 또래의 사람일 수도 있다. 그러나 넓게 확대해서 생각해 보면 시간과 공간을 초월하여 벗을 만날 수가 있다. 옛 사람 중에 자기가 배울 만하고 자기가 친할 만하다고 생각되는 자가 있다면 그 사람과도 벗할 수가 있는 것이다.

7

제나라 선왕(宣王)이 대신에 대하여 물었다.

이에 맹자께서 말씀하셨다.

"임금께선 어떤 대신을 물으시는 겁니까?"

"어떤 대신이라니요? 대신이면 다 같은 거 아닙니까?"

"그렇지 않습니다. 친척이란 이유로 대신이 된 사람도 있고, 다른 성을 가진 대신도 있습니다."

"그렇소? 그렇다면 청컨대, 친척 대신에 대해 말씀해 주시오."

"임금에게 큰 허물이 있으면 간하고, 그것을 반복하여도 듣지 않으면 임금을 바꾸게 되지요."

이 말을 들은 임금은 놀라서 얼굴빛이 변하였다. 그러자 맹자께서 말씀하셨다.

"임금께서는 이상히 여기지 마십시오. 임금께서 물으시기에 신이 감히 올바로 대답하지 않을 수가 없어서 그런 겁니다."

임금이 다시 안색을 바르게 하고 다른 성을 가진 대신에 대하여 묻자, 맹자께서 말씀하셨다.

"임금에게 허물이 있으면 간하고, 그것을 반복하여도 듣지 않으면 버리고 떠납니다."

임금에게 큰 허물이 있다면 그것은 족히 나라를 망하게 하고도 남음이 있다. 그래서 임금의 친척되는 대신은 친척 중에 어진 자를 새 임금으로 세우게 된다. 친척되는 자는 차마 나라의 종묘 사직이 망해 가는 것을 바라보고만 있을 수 없어 그렇게 하는 것이다. 그것은 자신의 이권과도 관련이 있기 때문이다. 그러나 남이면서 대신이 된 자는 임금에게 허물이 있을 때 일단 그것을 간하기는 하나 그래도 고쳐지지 않으면 그 임금을 떠나거나 그 나라를 떠나면 그만이다.

고자 상(告子 上)

1

고자(告子)가 말했다.

"인간의 성품은 땅버들과 같고, 의는 땅버들 가지로 만든 그릇과 같으니, 인간의 성품을 인과 의로 만드는 것은 마치 땅버들 가지로 그릇을 만드는 것과 같은 것 아니겠는가?"

맹자께서 말씀하셨다.

"자네는 버들의 성질을 그대로 하여 술잔을 만드는가, 아니면 그것을 상하게 한 뒤에 술잔을 만드는가? 만일 버들의 가지를 상하게 해서 술잔을 만든다면 그것은 사람을 해롭게 해서 인의를 만들겠다는 것 아닌가? 자네 말대로라면 천하의 사람들을 거느리고 인의를 상하게 하는 것일세."

인간의 성품이란 날 때부터 가지고 태어난 본성을 말한다. 위에서 고자가 말한 것은 사람에겐 본래 인의가 없으나 그것을 고쳐 인의를 갖게 한다는 뜻이다. 이것은 맹자의 사상과 대치된다. 맹자가 고자의 말에 답한 것을 해석해 보면 인간의 성품은 땅버들과 같은 것이지 그것으로 만든 그릇과 같은 것이 아니라는 뜻이다. 즉 원래 인의를 갖고 태어난 것이지 작위적으로 만드는 것이 아니다. 이것이 바로 맹자의 성선설이니, 성선설이란 '인간은 본래 착하게 타고나나 나쁜 환경이나 욕심으로 인해 악하게 된다.'는 학설을 말한다. 이것은 순자(荀子)가 말한 성악설과 반대된다. 고자는 전국 시대 제나라 사람으로 일가(一家)의 학파를 세워 맹자를 비난하고 사사건건 트집을 잡았다. 그는 맹자의 성선설에 반대하여 인간에겐 선(善)도 없고, 악(惡)도 없으며 오직 어떻게 이끄느냐에 따라 달라진다고 하였다. 또한 맹자와 시를 논한 바 있는 고루한 사람으로 알려져 있다.

2

고자가 말했다.

"인간의 본성은 웅덩이에 고여 있는 물과 같아서 물길을 동쪽으로 터 주면 동쪽으로 흐르고, 서쪽으로 터 주면 서쪽으로 흐를 것이니, 사람의 본성도 이와 같아서 착하고 착하지 않음에 구분이 없다. 이것은 물이 동으로 흐르든 서로 흐르든 구분이 없는 것과 같다."

맹자께서 말씀하셨다.

"물론 물은 동쪽으로 흐르기도 하고 서쪽으로 흐르기도 하는 등 분별 없이 흐른다. 하지만 그 흐름의 위와 아래도 분별이 없는가? 물이 위에서 아래로 흐르는 것과 같이 인간의 착함도 마찬가지이다. 물이 아래로 흐르지 않는 법이 없는 것처럼 인간의 본성도 착하지 않은 것이 없다. 손으로 물을 튀기면 그것이 이마로 튀어 오르기도 하고, 흐름을 막아 역행하게 하면 산 위로 끌어올릴 수도 있겠지만 그것이 어찌 물의 본성이라 할 수 있겠는가? 단지 그 형세만 그런 것뿐 아니겠는가? 사람이 나쁜 짓을 하게 되는 것도 바로 이와 같은 것일 뿐이다."

인간의 본성은 물과 같다. 위에서 아래로 흐르는 것이 물의 본성이지 그것이 동으로 흐르든 서로 흐르든 아니면 거슬러 역행하든 그것이 물의 본성은 아니다. 사람의 본성도 이와 같은 이치다. 사람의 본성은 원래 선하나 자라면서 나쁜 영향을 받는 것이지 그 나쁜 것이 사람의 본성은 아닌 것이다.

3

고자가 말했다.

"타고난 것〔生〕을 본성〔性〕이라 하네."

맹자께서 말씀하셨다.

"타고난 것을 본성이라 함은 흰 것을 희다고 하는 것과 같다는 말인가?"

"그렇네."

"흰 깃털의 흰 것과 흰 눈의 흰 것과 흰 옥(玉)의 흰 것이 같다는 말인가?"

"그렇네."

"그러면 개의 본성이 소의 본성과 같으며, 소의 본성이 사람의 성품과 같다는 말인가?"

고자는 생(生)과 성(性)을 같은 것으로 보았다. 그러나 맹자는 이에 동의하지 않았다. 왜냐하면 생(生)은 하늘에서 얻은 이치이고, 성(性)은 하늘에서 얻은 기운이라고 생각했기 때문이다. 사람이든 물건이든 모두 그 성(性)과 기(氣)를 갖고 난다. 하지만 사람과 물건의 기는 같지 않고, 또 물건은 인의예지를 갖고 나지 않는다. 고자는 사람을 착하다고 보지도 않고, 또 착하지 않다고도 보지 않았다. 그는 사람과 사물의 움직임이 같다고 생각하고 사람의 마음속에 내재되어 있는 인의예지의 순수함을 인정하지 않았다.

4

공도자가 말했다.

"고자는 '본성은 착한 것도 아니고 착하지 않은 것도 아니다.' 라고 하고, 어떤 사람은 '본성은 착하게도 되고 착하지 않게도 될 수 있다. 문왕과 무왕이 흥했을 때는 백성들이 모두 착한 것을 좋아하고, 유왕과 여왕이 흥했을 때는 백성들이 모두 포악한 것을 좋아했다.' 라고 합니다. 또 어떤 사람은 '본성이 착한 이도 있고 착하지 않은 이도 있다. 그래서 요 임금 같은 사람 밑에 상(象)과 같은 이가 있으며, 고수 같은 아버지 밑에 순과 같은 아들이 있는 것이며, 형의 아들인 폭군 주(紂)를 임금으로 삼았으되 그의 숙부 밑에 미자계와 왕자 비간 같은 어진 이가 있는 것이다.' 라고 합니다. 그렇다면 '본성이 착하다' 고 하신 것은 틀린 말 아닙니까?"

맹자께서 말씀하셨다.

"사람은 본래 착하게 타고났으니 내가 '본성이 착하다' 고 말하는 것이다. 물론 착하지 않은 사람도 있으나 그것은 본성이 착하지 않다는 뜻은 아니다. 사람은 저마다 불쌍히 여기는 마음을 가지고 있으며, 부끄러워하고 미워하는 마음을 가지고 있다. 또한 공경하는 마음과 옳고 그름을 가릴 줄 아는 마음도 가지고 있다. 불쌍히 여기는 마음은 인(仁)이라 하고, 부끄러워하고 미워하는 마음은 의(義)라 하며, 공경하는 마음은 예(禮)라 하고, 옳고 그름을 구별할 줄 아는 마음을 지(智)라 한다. 이 인·의·예·지란 밖으로부터 나에게 들어온 것이 아니라 내가 본래 가지고 있는 것이지만 사람이 그것을 생각지 않는 것이다. 그래서 '구하면 얻고 버려 두면 잃는다.' 라고 한 것인데, 원래는 착하지만 그 착한 것과의 거리를 두 배, 다섯 배 더 나아가서는 계산하기조차 어려울 정도로 멀리하여 악한 길로 가는 사람이 있다. 이것은 타고난 것을 바르게 키우지 못했기 때문이다. 《시경》에 이르기를 '하늘이 많은 백성을 내셨으니 그 내신 것에는 법칙이 있다. 그러므로 백성들은 타고난 떳떳한 성품으로 이 아름다운 덕을 좋아하는 것이다.' 라고 하였다. 공자께서도 이 시를 보시고 평하기를 '이 시를 지은 자여, 그 도리를 알았구나. 일이 있으면 반드시 법칙이 있는 것이니 백성의 성품은 떳떳하기에 아름다운 덕을 좋아한다.' 고 하셨다."

맹자는 인간의 도덕성과 관련하여 사단설(四端設)을 주창했다. 사단(四端)이란 인간의 본성에서 우러나오는 네 가지 마음을 말하는 것으로서, 위에서 말한 '仁義禮智,인의예지' 는 사단을 이루는 네 가지 구성 요소가 된다.

5

맹자께서 말씀하셨다.

"풍년이 든 해에는 젊은이들이 믿음직스럽지만, 흉년이 든 해에는 젊은이들이 포악해진다. 그것은 하늘이 내려준 마음이 아니라 스스로의 마음을 진구렁에 빠뜨렸기 때문이다. 예를 들어 보리와 밀을 땅에 뿌려 심고 흙으로 덮었다고 치자. 그 땅이 같고, 그 심은 때가 같다면 모두 싹이 나고 익게 될 것이다. 그러나 그 익은 열매가 모두 똑같지는 않으니, 그것은 땅이 다르고, 비 내림과 가꾸는 손길이 다르기 때문일 것이다. 서로 종류가 같은 것은 다 비슷하니 사람이라고 해서 어찌 예외일 수 있겠는가? 마찬가지로 위대한 성인들도 모두 우리와 같은 종류의 사람이다. 옛날 용자(龍子)가 말하기를 '발의 치수를 알지 못하고 신을 만들어도 나는 그것이 삼태기처럼 되지 않을 것을 안다.' 고 하였으니, 신이 비슷한 것은 이 세상의 발이 같기 때문이다."

풍년에는 먹을 것이 풍부하므로 사람들이 착해지고, 흉년에는 먹을 것이 부족하므로 사람들의 마음이 물욕에 잠기게 된다. 여기서도 맹자의 사상이 드러난다. 즉 본래 착한 성품을 타고난 사람들이 풍년이란 환경에 의해 그 간직한 마음을 보이는 것이고, 흉년이라는 좋지 않은 환경에 의해 악하게 된다는 것이다. 또 보리든 사람이든 각각의 종(種) 안에서 비슷한 환경에 놓인 것들은 서로 비슷한 특징을 보인다. 그것이 다르게 나타나는 것은 주어진 환경이 다르기 때문이라는 것이다.

6

맹자께서 말씀하셨다.

"우산(牛山)의 나무들은 참 아름다웠다. 하지만 읍 밖에 있음으로 해서 도끼로 벌목해 버렸으니 이제는 전처럼 아름답다고 할 수가 없다. 하지만 그곳의 나무들은 낮이건 밤이건 간에 끊임없이 생장하고 비와 이슬 덕택으로 윤택하게 되어 다시 싹이 나왔지만 소와 양이 그것이 돋아나는 대로 먹어 버려 또다시 민둥산이 되어 버렸다. 그런데 사람들이 그러한 민둥산을 보고 일찍이 나무가 있었음을 알지 못하니, 이것이 어찌 산의 본성일 수 있겠는가? 이처럼 사람에 있어서도 어찌 인의(仁義)가 없었겠느냐마는 그것을 상실함이 날마다 도끼로 나무를 벌목하는 것과 같다. 그렇게 매일 벌목하는데 어찌 아름다울 수 있겠는가? 밤낮으로 끊임없이 자라나고 그 기운이 감돌지만, 사람이 그 양심을 되찾지 못하는 것은 낮 동안에 그 자라난 싹을 해치기 때문이니, 이것이 반복되면 청명한 기운을 잃게 된다. 사람이 그 청명한 기운을 잃게 되면 금수와 다를 바 없게 된다. 그런 금수와 같은 사람을 보고 재질이 없다고 하니 그것이 사람의 본성은 아닌 것이다. 그런고로 잘 기르면 나무는 자랄 것이고, 그대로 방치해 두면 잃게 된다. 공자께서도 말씀하시길 '잡으면 있고, 놓으면 없어진다. 나가고 들어옴은 때가 없으니 그것이 있는 곳을 알 수가 없다. 그러므로 오직 마음으로만 이르는 것이다.' 라고 하셨다."

양심이란 자기가 한 행동에 대해 옳고 그름을 가리는 마음이다. 이것은 인간이 지닌 착한 마음으로 이른바 인의(仁義)라고도 할 수 있다. 사람이 비록 이러한 양심을 잃어버렸다 할지라도 벌목된 산에서 다시 싹이 자라나듯 청명한 기운과 맞닿게 되면 양심을 다시 되찾을 수가 있다. 그러나 이는 새로 돋아난 싹이 소나 양에게 먹히는 것과 같이 자꾸만 잃어버릴 수 있는 것이어서 날마다 반복하여 행하지 않으면 안 된다. 매일 반복하여 인의를 새기면 양심은 우리 안에 내재되어 어떠한 악과도 멀어질 수 있다. 위에서 맹자가 밤을 언급한 것은 밝은 낮에는 우리가 접촉하게 되는 것이 많아 양심을 잃을 기회가 높아지기 때문이다. 그렇기 때문에 그러한 것과 접촉할 수 없는 고요한 밤에 청명한 기운을 받아들여야 한다.

7

맹자께서 말씀하셨다.

"임금이 지혜롭지 못하다고 해서 이상히 여길 필요는 없다. 아무리 살아가기 쉬운 사물이라 할지라도 하루만 볕을 쪼이고 열흘을 차갑게 산다면 살아갈 수가 없는 것이다. 내가 임금을 뵙는 것은 드물게 있는 일이고, 내가 임금 곁을 물러나 있는 날은 많은데 이때 차갑게 하는 자들이 그 곁에 이르니, 임금에게서 착한 싹이 튼다 한들 내가 그것을 어찌하겠는가? 바둑 두는 재주는 작은 재주이나 마음을 다하지 않으면 그 기예를 배울 수가 없다. 혁추(奕秋)라는 자는 전국을 통틀어 바둑을 가장 잘 두는 사람이다. 만약 그가 두 사람에게 바둑을 가르친다고 가정했을 때 그중 한 사람은 마음을 다하여 혁추의 가르침을 듣고, 나머지 한 사람은 듣기는 들으나 다른 한편으론 '기러기가 오면 활에 살을 메어 고놈을 쏘아야지.' 하며 딴 생각을 한다면 그것은 같이 배워도 그 실력이 같지 않을 것이다. 이것은 재주가 같지 않기 때문일까? 결코 그렇지가 않다."

임금의 마음을 어질게 함은 그것을 어떻게 기르느냐에 달렸다. 군자가 임금을 착하게 길들이면 어질게 되고, 소인배가 악하게 길들이면 곧 어리석어진다. 하지만 군자는 멀어지기 쉽고 소인배는 아첨하여 친해지기 쉬우니, 자연 어진 임금이 적은 까닭이 여기에 있다. 그래서 예로부터 정사가 편한 날보다는 어지러운 날이 많았던 것이다.

8

맹자께서 말씀하셨다.

"나는 생선도 좋아하고, 곰의 발바닥도 좋아한다. 하지만 그 두 가지를 동시에 가질 수 없다면 나는 고기를 버리고 곰의 발바닥을 취할 것이다. 나는 내가 살기를 바라고 또 의를 지키기도 바라지만 만약 그 두 가지를 동시에 할 수 없다면 나는 삶을 버리고 의를 취할 것이다. 물론 나는 살기를 바라지만 그것보다 더 원하는 것이 있기 때문에 구차하게 삶을 구하지 않는 것이다. 나는 죽기를 원하지 않지만 죽음보다도 더 원하지 않는 것이 있다. 그러므로 기꺼이 죽음을 피하지 않겠다. 만약 사람의 욕망 중에 목숨보다도 더 소중한 것이 없다면 사람들은 목숨을 지키기 위해 그 어떠한 짓이라도 할 것이다. 또 사람이 싫어하는 것 중에 죽음보다 더 싫어하는 것이 없다면 사람은 죽음을 피하기 위해 그 어떠한 짓이라도 할 것이다. 하지만 목숨보다도 더 소중한 것이 있고, 죽음보다도 더 싫은 것이 있기에 사람은 그렇게 하지 않는 것이다. 오직 어진 자만이 살기보다는 의를 택하고, 죽음보다 더 싫은 것이 있어 기꺼이 죽음을 택하는 것은 아니다. 어진 자는 다만 양심을 잃지 않을 뿐이다. 한 그릇 밥과 한 그릇 국을 얻으면 살아갈 수 있으나 만약 이를 주는 사람이 욕을 하면서 준다면 떠돌이라 할지라도 이를 받지 않을 것이며, 만약 발로 그릇을 차며 먹을 것을 준다면 아무리 걸인이라 할지라도 이를 깨끗하다고 여기지 않는 법이다. 그러나 그것이 한끼의 식사가 아니라 만종이나 되

는 녹이라면 사람들은 예를 분별치 못하고 받으니, 만종이 자신에게 무엇을 더해 준다는 말인가? 기껏해야 아름다운 궁전과 처첩의 봉양과 궁핍한 자를 돕기 위해 필요할 뿐이다. 사람들은 자신을 위해서는 죽어도 받지 않다가 아름다운 집을 얻기 위해 예에서 벗어난 만종의 녹을 받으며, 또 자신을 위해서는 죽어도 받지 않다가 처첩을 먹여살리기 위해 예에서 벗어난 만종의 녹을 받으며, 또 자신을 위해서는 죽어도 받지 않다가 궁핍한 이를 도와줌으로써 자신의 은혜에 감동케 하고자 예에서 벗어난 만종의 녹을 받는다. 이런 것을 가리켜 본심을 잃었다고 하는 것이다."

삶과 죽음은 인간에게 있어 가장 중요한 문제이다. 그러나 맹자는 이보다도 더 중요한 것이 있다고 했으니, 그것은 바로 삶보다 의가 더 소중한 것이요, 죽음보다 더 싫은 것이 수치심이라는 것이다. 즉 살아도 의롭게 살지 않으면 차라리 살지 않는 게 낫고, 부끄럽게 사느니 차라리 죽는 게 낫다는 것이 위의 설명이다. 그러므로 군자는 늘 본심을 잃지 않기 위해 자신을 성찰해야만 한다.

9

맹자께서 말씀하셨다.

"인은 사람의 마음이요, 의는 사람의 갈 길이다. 그 길을 버리고 따르지 않으며, 그 마음을 버리고 구하지 않으니 정녕 슬픈 일이다. 만약 닭이나 개가 도망을 쳤다면 곧 그것을 찾을 줄 알거니와, 마음을 놓친 것에 대해서는 찾지를 않는다. 학문의 길은 다른 것이 아니라 놓쳐 버린 마음을 찾는 데 있을 따름이다."

마음을 놓아 버리는 것을 '放心,방심' 이라 한다. 사람이 마음을 놓아 버리면 인과 의는 멀어진다. 마음을 놓지 않으려 애쓰고, 설령 놓았다 할지라도 다시 반복하여 몸으로 들어오게 하면 인의를 다질 수 있다. 그렇게 되면 학문의 길에 도달하게 되고 스스로 위로 향하게 된다. 모든 성현들이 한결같이 말하기를 아래서 배워 위에 도달하라 하였다.

10

공도자가 물었다.

"다 같은 사람이면서 왜 어떤 사람은 대인(大人)이 되고, 어떤 사람은 소인(小人)이 되는 것입니까?"

맹자께서 말씀하셨다.

"마음을 좇는 자는 대인이 되고, 눈 · 귀를 좇는 자는 소인이 된다."

"다 같은 사람인데 어찌하여 누구는 마음을 좇고, 또 누구는 눈 · 귀를 좇는 것입니까?"

"귀와 눈은 생각이 없기 때문에 물욕에 어두워지기 쉽다. 이것이 사물에 접촉하면 현혹되기 마련이다. 그러나 마음은 생각하는 기능이 있어 사물에 접촉해도 그 참모습을 꿰뚫을 수 있다. 마음이든 이목이든 모두 하늘이 준 것이지만 마음을 바로 세우면 눈과 귀도 현혹되지 않으니 큰 것을 바로 하면 작은 것이 바로 된다. 이것이 대인이 되는 길이다."

모든 사람에겐 마음이 있다. 마음이란 곧 생각이다. 더불어 모든 사람에겐 눈, 코, 입, 귀 등 감각 기관이 있다. 이것은 감정에 치우친다. 마음이 생각을 바로 하지 못하고 감각 기관에 현혹되면 이것이 바로 금수와 다를 바 없는 것이다. 마음이 물질적 욕심에 어두워지면 그것이 곧 마음을 차지하여 생각이 흐려지게 된다. 군자는 늘 마음을 다스려 물욕이 끼어들지 못하게 해야 한다.

11

맹자께서 말씀하셨다.

"귀하게 되고자 함은 모든 사람들의 공통된 생각이다. 사람들은 저마다 이 귀함을 갖고 있지만 귀하지 않다고 여기는 것은 그것에 대해 생각하지 않기 때문이다. 다른 사람이 귀하게 여기는 것이라고 해서 그것이 본래 귀한 것은 아니다. 조맹(趙孟)이 귀하게 여김을 받고 조맹이 천하게 여김을 받은 것도 바로 그런 것이다. 《시경》에 이르기를 '취하는 것은 술로 하고, 배부르기는 덕으로 한다.'고 하였다. 이것은 사람이 인의(仁義)로 말미암아 배부르므로, 기름진 고기와 맛있는 곡식에도 마음이 끌리지 않음을 말한다. 이렇게 되면 평판이 높아지고 명예가 높아지므로 남이 아름다운 옷을 입어도 그것을 부러워하지 않는 까닭이 여기에 있다."

어떤 사람에게 벼슬을 주고 그에 따른 녹을 주면 귀하게 보일 수 있다. 그러나 다시 그것을 빼앗으면 천하게 될 수도 있으니, 귀함의 본질은 그런 것에 있는 것이 아니다. 본래 하늘이 사람에게 준 귀한 것은 사람이 천하게 할 수 없다. 사람의 귀하고 천함은 인의를 가지고 있느냐, 그렇지 않느냐에 달려 있는 것이다.

12

맹자께서 말씀하셨다.

"어진 것으로 어질지 않은 것을 이기는 것은 물이 불을 이기는 것과 같다. 하지만 지금 어진 것을 행하는 자를 보면 마치 한 잔의 물로 수레에 쌓인 장작의 불을 끄려는 것과 같다. 이때 불이 꺼지지 않으면 물이 불을 이기지 못한다고 하니, 이것은 어진 것을 행하는 것이 아니라 오히려 어질지 않은 이를 돕는 것이다. 이렇게 되면 결국 그 작은 어짊마저 잃고 말 것이다."

사람이 인을 행하는 데 있어 하긴 하되 게을리 한다면 이미 조금 한 것마저 다 잃고 만다는 뜻이다. 또 인을 행하되 그것이 잘 이루어지지 않는다면 자기 안에서 반성할 일이다.

13

맹자께서 말씀하셨다.

"예가 사람에게 활 쏘는 것을 가르칠 때는 반드시 맞히겠다는 마음가짐을 갖도록 가르쳤다. 또 그것을 배우는 자도 반드시 맞히겠다는 것에 뜻을 두었다. 목수가 기둥과 들보를 다듬는 것을 가르칠 때도 반드시 기역자 모양의 곱자와 그림쇠를 사용하도록 가르쳤고, 배우는 자도 그것을 사용하는 것에 중심을 두웠다."

일에는 반드시 법도가 있다. 가르치는 자가 그것을 버리면 가르칠 수가 없고, 배우는 자가 그것을 버리면 배울 수가 없다. 활 쏘는 기술이나 목수의 재주 같은 하찮은 것도 이러하거늘, 하물며 성인의 도를 배우는 데 있어서는 더 말해 무엇하랴.

고자 하(告子 下)

1

임(任)나라 사람이 옥려자에게 물었다.

"예(禮)와 음식 중에 어느 것이 중요한가?"

옥려자가 말했다.

"예가 중하네."

임나라 사람이 다시 물었다.

"여자와 예 중에 어느 것이 중한가?"

"예가 중하네."

"예를 지키면 굶어 죽고, 설령 굶어 죽지 않더라도 밥을 먹을 때에 예를 지켜야 하는가? 신부를 직접 맞이할 때 예를 지키면 아내를 얻지 못하고, 아내를 얻는다 하더라도 반드시 예로써 맞이해야 하는가?"

옥려자는 임나라 사람의 질문에 대답하지 못하고 다음날 추

(鄒)나라로 가서 맹자께 물으니, 맹자께서 말씀하셨다.

"그런 물음에 대답하는 것이 뭐 그리 어렵다고 그러느냐? 밑바닥은 헤아리지도 않고 그 끝만 맞춘다면 길이가 한 치밖에 되지 않는 나무도 높은 언덕보다 더 높게 할 수 있다. 쇠는 깃털보다 무겁지만 어찌 갈고리의 쇠와 수레 가득 실은 깃털의 무게를 비교할 수 있겠느냐? 먹는 것의 중요함과 예에 관한 가벼운 것을 가지고 말한다면 어찌 먹는 것이 중요할 뿐이겠느냐? 여색의 중요함과 예에 관한 가벼운 것을 가지고 말한다면 어찌 여색이 중요할 뿐이겠느냐? 가서 이렇게 답하여라. '형의 팔을 비틀어 먹을 것을 빼앗으면 먹을 수 있고, 비틀지 않으면 먹을 수 없다고 했을 때 가서 형의 팔을 비틀겠느냐? 동쪽 집의 담을 넘어 그 집 처녀를 끌어내면 아내를 얻고, 끌어내지 않으면 아내를 얻지 못한다고 했을 때 가서 그 처녀를 끌어내겠느냐?' 라고 말이다."

사람이 지켜야 할 도리와 사물에는 그 가볍고 무거움에 큰 차이가 있다. 그중에는 각각 가벼운 것도 있고 무거운 것도 있으니 가벼운 예보다는 먹는 것이 중요하고, 가벼운 예보다는 아내를 얻는 것이 중요하다. 그러나 그 근본으로 돌아가면 먹는 것보다는 예가 중요하고, 아내를 얻는 것보다도 예가 중요하다는 뜻이다. 항상 그것이 이치에 맞는가를 생각할 일이다. 옥려자는 맹자의 제자로 성은 옥려(屋廬)이고 이름은 연(連)이다.

2

조교(曹交)가 물었다.

"사람은 누구나 다 요·순 임금처럼 될 수 있다고 하는데 그것이 사실입니까?"

맹자께서 말씀하셨다.

"그렇네."

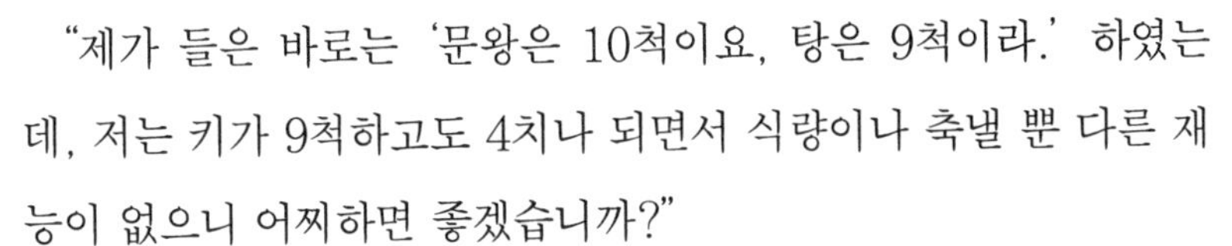

"제가 들은 바로는 '문왕은 10척이요, 탕은 9척이라.' 하였는데, 저는 키가 9척하고도 4치나 되면서 식량이나 축낼 뿐 다른 재능이 없으니 어찌하면 좋겠습니까?"

"키가 무슨 상관인가? 그저 실행만이 있을 따름이네. 한 마리의 오리 새끼를 이길 수 없는 사람이 있다면 그는 힘없는 사람이라 하고, 삼천 근을 들 수 있는 사람이 있다면 그는 힘있는 사람이라고 할 것일세. 그런즉 오획(烏獲)이 든 것을 들면 그 사람도 오획이라 할 수 있을 것이니, 사람이 어찌 감당하지 못하는 것으로 근심하겠는가? 그저 하지 않을 뿐이네. 천천히 걸어 어른의 뒤에 가는 자를 공손하다 이르고, 빨리 가서 어른의 앞에 가는 자를 공손하지 않다고 하는 것이니, 천천히 가는 것이 어찌 사람으로 감당하지 못할 일이겠는가? 그것은 다만 그렇게 하지 않는 것뿐일세. 요·순의 도도 이와 같아서 그저 효도하고 공손할 뿐일세. 만약 자네가 요 임금의 옷을 입고, 요 임금의 말을 외며, 요 임금의 행실을 따르면 반드시 요 임금이 될 것이며, 자네가 폭군 걸왕의 옷을 입고, 걸왕의 말을 외며, 걸왕의 행실을 따르면 반드시

걸왕이 되는 것일세."

"제가 추나라 임금을 만나 뵙고 관사를 빌릴 수 있으면, 원하건대 이곳에 머물러 선생님 문하에서 배우고 싶습니다."

"도(道)는 큰길과 같으므로 그것을 알기는 어렵지 않네. 다만 사람이 구하지 않으니 그것이 병일세. 그대로 돌아가서 이것을 구하면 자네는 많은 스승을 만날 수 있을 것이네."

오획은 힘이 굉장히 세어 능히 삼천 근을 들었다고 전해진다. 조교는 조(曹)나라 군주의 동생으로 추나라에 와서 맹자와 면담을 하고 그에게서 가르침을 받고자 하였다. 그러나 조교의 예가 지극하지 못하고, 또 도를 구하려는 마음이 독실하지 못하므로 맹자는 그를 돌려보냈다.

3

공손추가 말했다.

"고자가 말하기를 '《시경》의 소반(小弁)에 나오는 시는 소인의 시다.' 라고 합니다."

맹자께서 말씀하셨다.

"그가 왜 그런 말을 했느냐?"

"부모를 원망해서 그러는 것 같습니다."

"고자가 시(詩)를 그런 식으로 해석하다니 참으로 고루하구나. 가령, 월(越)나라 사람이 어떤 사람을 향해 활을 당기어 쏘려고 하는데 그러지 말라고 웃으면서 말하는 것은 다름이아니라 그가 남이기 때문이요, 만일 형이 활을 당기어 쏘려고 하는데 눈물을 흘리며 그러지 말라고 하는 것은 다름이아니라 그가 형이기 때문이다. 소반의 시가 부모를 원망하는 것은 부모를 친밀히 여기고 소중하게 여기기 때문이거늘, 고자는 참으로 고루하게 시를 해석하는구나."

공손추가 다시 물었다.

"개풍(凱風)의 시에는 어찌하여 원망함이 없습니까?"

"개풍의 어버이는 그 과실이 적고 소반의 어버이는 그 과실이 크기 때문이다. 어버이의 과실이 크되 원망하지 않으면 그것은 어버이와 멀어지는 것이요, 부모의 과실이 적은데도 원망하는 것은 사소한 일에 화를 내는 것과 같다. 어버이와 멀어지는 것도 효가 아니요, 자식이 부모의 사소한 과실에도 화를 내는 것 또한 효가 아니다. 공자께서 말씀하시길 '순 임금은 그 효가 지극하여 쉰 살이 되어도 어버이를 사모하였다.' 고 하셨다."

부모와 자식간의 관계는 하늘이 내린 관계이다. 그러므로 끊는다고 해서 끊어지는 것이 아니다. 부모의 과실이 큰데도 원망함이 없이 덤덤한 것은 부모에게 관심을 가지지 않기 때문이다. 만약 부모의 잘못을 보고도 그냥 지나친다면 그것은 부모를 위한 것이 아니다. 진정으로 부모를 위한다면 부모가 잘못을 저지를 때 그것을 막아야 할 것이다.

4

맹자께서 추나라에 머무르실 때의 일이다. 임나라의 처수(處守, 천자가 순행을 나갈 때 대신 땅을 지키는 것을 말한다)인 계임(季任)이 맹자께 예물을 보내 오며 사귀고자 하는 뜻을 비쳤다. 하지만 맹자께서는 예물만 받고 답례를 하지 않으셨다. 평륙(平陸)에 계실 때에도 제나라의 재상인 저자(儲子)가 예물을 보내 오며 사귀고자 했으나 받기만 하고 답례하지 않으셨다. 나중에 추나라에서 임나라로 가신 맹자께서는 계임을 만나 보셨으나, 평륙에서 제나라로 가셨을 때에는 저자를 만나 보지 않으셨다. 이를 본 옥려자가 기뻐하며 말했다.

"내가 선생님의 잘못을 보았다."

그리고는 다시 말하기를,

"선생님께서는 임나라에 가셨을 때 계임을 만나 보셨습니다. 하지만 제나라에 가셨을 때는 저자를 만나지 않으셨습니다. 그것은 저자가 재상이기 때문입니까?"
하였다. 이에 맹자께서 말씀하셨다.

"아니다. 《서경》에 이르기를, '윗사람에게 예물을 바칠 때는 예를 다해야 한다. 예에 어긋나고 예물이 소홀하면 이는 바치지 않은 것만 못하다. 이는 그 예물을 바치는 마음이 소홀하기 때문이다.' 라고 하였다. 나는 그의 예가 소홀하여 그런 것뿐이다."

옥려자는 맹자의 말씀을 듣고 기뻐하였다. 그리고 어떤 사람이 물으니 옥려자는 이렇게 대답했다.

"계임은 추나라에 올 수가 없었고, 저자는 평륙에 올 수가 있었기 때문이다."

계임은 천자가 순행을 나가 대신 나라를 지켜야 했으므로 추나라로 직접 올 수 있는 형편이 아니었다. 그러나 저자는 제나라 재상으로 언제든지 직접 움직일 수 있는데도 와서 보지 않았으니 아무리 예물을 보내 왔어도 그 예가 물건에 미치지 못함을 말하는 것이다.

5

노나라가 신자(愼子)를 장군으로 삼으려 하였다.

맹자께서 말씀하셨다.

"백성을 가르치지도 않고 전쟁에 쓰는 것은 백성에게 재앙을 주는 것이라 했다. 백성에게 재앙을 주는 자는 요·순 시대에는 용납되지 않았다. 한 번의 싸움으로 제나라를 누르고 남양(南陽)을 빼앗았다 하더라도 그것은 옳지 않은 일이다."

신자는 갑자기 성을 내며 말했다.

"골리는 그러한 것은 모릅니다."

맹자께서 말씀하셨다.

"내 자네에게 분명히 말해 두겠네. 천자의 땅이 사방 천 리인 것은 천 리가 되지 않으면 제후들을 상대하지 못하기 때문이요, 제후의 땅이 사방 백 리인 것은 백 리가 되지 않으면 종묘의 전적(典籍, 일종의 토지대장)을 지키지 못하기 때문이다. 주공을 노나라에 봉할 때는 사방 백 리로 하였으니 그것은 땅이 부족해서 그런 것이 아니라 백 리를 넘지 않게 하기 위함이었고, 태공을 제나라에 봉할 때도 사방 백 리로 하였으니 그것은 땅이 부족해서 그런 것이 아니라 백 리를 넘지 않게 하기 위함이었다. 이제 노나라는 사방 백 리의 다섯 배나 되는 땅을 갖고 있다. 자네는 만약 참된 왕자가 나타난다면 노나라의 땅이 줄 것이라고 생각하는가, 아니면 늘 것이라고 생각하는가? 전쟁을 하지 않고도 저쪽 것을 빼앗아 이쪽에 주는 것을 어진 자는 하지 않는 법이거늘, 하물며 전쟁으로 사람을 죽여서까지 구하려 드는가? 군자가 임금을 섬기는 것은 임금을 올바른 도로 이끌기 위함이요, 또 어진 것에 뜻을 두도록 하기 위함이다."

가질 만큼 가졌으면서도 더 갖고자 욕심을 내는 것이 바로 인간이다. 전쟁은 나라를 혼란하게 할 뿐만 아니라 민초들의 고생을 불러일으킨다. 무릇 올바른 신하라 함은 임금의 나쁜 일을 간할 수 있어야 한다. 임금의 자리든, 신하의 자리든 오로지 바른 도로써 할 뿐이다. 신자는 용병에 능했던 노나라의 신하로 이름은 골리(滑釐)다.

6

백규가 말했다.

"내가 20분의 1로 세금을 취하려고 하는데 어떻습니까?"

맹자께서 말씀하셨다.

"자네는 맥(貊)의 방법을 쓰겠다는 말이군. 일만 호나 되는 나라에서 질그릇을 구울 도공이 하나면 충분하다고 생각하는가?"

"아닙니다. 그러면 그릇이 부족할 겁니다."

"맥나라는 오곡이 나지 않고 오직 기장만 생산되니, 성곽과 궁실과 종묘와 제사의 예가 없으며, 제후의 폐백과 손님에게 베푸는 향응이 없기에 백관과 유사도 없다. 그러므로 20분의 1을 취해도 그것으로 족했다. 하지만 이제 중국에 살면서 인륜을 버리고, 군자가 없다면 그것이 옳은 일이라고 생각하는가? 도공이 적어도 나라를 다스리지 못하거늘 하물며 군자가 없다면 더 말해 무엇하겠는가? 요 · 순의 방법보다도 가벼운 세금을 받겠다는 것은 대맥이나 소맥이요, 요 · 순의 방법보다 무거운 세금을 매기겠다는 자는 대걸(大桀)이나 소걸(小桀)이다."

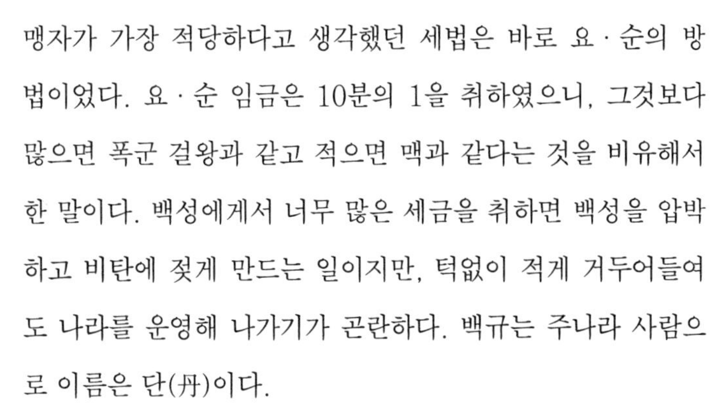

맹자가 가장 적당하다고 생각했던 세법은 바로 요 · 순의 방법이었다. 요 · 순 임금은 10분의 1을 취하였으니, 그것보다 많으면 폭군 걸왕과 같고 적으면 맥과 같다는 것을 비유해서 한 말이다. 백성에게서 너무 많은 세금을 취하면 백성을 압박하고 비탄에 젖게 만드는 일이지만, 턱없이 적게 거두어들여도 나라를 운영해 나가기가 곤란하다. 백규는 주나라 사람으로 이름은 단(丹)이다.

7

노나라가 악정자(樂正子)에게 정사를 맡기려 하자 맹자께서 말씀하셨다.

"그 말을 들으니, 내 기뻐서 잠을 이룰 수가 없구나."

이에 공손추가 물었다.

"악정자는 강직하고 굳센 사람입니까?"

맹자께서 말씀하셨다.

"아니다."

"지혜롭고 생각이 깊은 사람입니까?"

"아니다."

"그럼, 들어서 아는 것이 많습니까?"

"그것도 아니다."

"하온데 어찌하여 기쁨으로 잠을 이루지 못하셨습니까?"

"그가 착한 것을 좋아하는 사람이기 때문이다."

"착한 것을 좋아하면 그것으로 족한 겁니까?"

맹자께서 말씀하셨다.

"착한 것을 좋아하면 천하를 다스리고도 남음이 있다. 그러기에 얼마든지 노나라를 다스릴 수 있다는 뜻이다. 진실로 착한 것을 좋아하면 사해 안의 모든 사람들이 천릿길을 마다않고 찾아와 착한 것을 가르쳐 준다. 하지만 착한 것을 좋아하지 않으면 사람들은 '잘난 체하고 남의 말을 듣지 않음을 내 이미 안다.' 하고 말할 것이다. 이런 자가 하는 말과 얼굴빛과 태도는 선비를 천리 밖으로 밀어낼 것이며, 그 자리를 대신하여 아첨하고 아양떠는 자들이 몰려들 것이다. 만약 남을 헐뜯고 아첨하며 아양떠는 사람들로 바글거린다면 그런 나라를 다스리고자 한들 제대로 되겠느냐?"

착한 사람 밑에는 선비가 모여들고 저마다 그 밑에서 일하기를 원한다. 그러나 착하지 않으면 선비는 그 곁을 떠나고 대신 소인배들만이 들끓게 된다. 악정자는 선량한 사람이었으므로 그에게 정치를 맡기면 어진 선비들이 그를 도와 어진 정치를 펴 나갈 것으로 맹자는 생각했다. 악정자는 맹자의 제자로 성은 악정(樂正)이고 이름은 극(克)이다. 그는 맹자의 제자 중에서도 학문과 행실이 특히 뛰어난 제자였다. 맹자는 그를 선인(善人), 신인(信人)이라 칭하며 칭찬을 아끼지 않았다.

8

진자(陳子)가 물었다.

"옛날 군자는 어떤 경우에 벼슬을 했습니까?"

맹자께서 말씀하셨다.

"벼슬하는 것이 세 가지 있고 물러나는 것이 세 가지 있다. 즉 군자를 맞이하는 데 있어 진심으로 존경하고 예를 다하여 '앞으로 군자의 말씀대로 행하겠습니다.' 라고 하면 군자는 벼슬을 한다. 그러나 그렇게 말했으면서도 군주가 행하지 않으면 벼슬에서 물러난다. 또 '앞으로 군자의 말씀대로 행하겠습니다.' 라고까지 말하지는 않더라도 군자를 맞이하는 데 있어 예를 다하면 군자는 벼슬을 한다. 그러나 그 맞이하는 예가 쇠하면 군자는 벼슬에서 물러난다. 또 아침저녁으로 굶고 너무 곤궁하여 집 밖으로 나갈 수 없는 처지에 처해 있을 때, 임금이 그 사실을 알고 '나는 군자가 하라는 대로 행동할 수도 없고, 그 의견을 받아들일 수도 없지만 내 땅에서 굶주리는 군자가 있다는 것을 수치로 여기고 있소.' 라고 한다면 벼슬을 한다. 그러나 그것은 굶어 죽는 것을 면할 정도에서 그쳐야 한다."

모름지기 군자는 임금이 어진 정치를 펼 수 있도록 도와야 한다. 임금이 군자의 말을 따르겠노라고 하면서 군자를 등용했을 때는 기꺼이 벼슬에 응한다. 그러나 그것을 어기면 벼슬에서 물러난다. 이것은 공자가 계환자를 대한 것과 같다. 다음으로 임금이 예를 다하여 군자를 등용했으나 등용한 후에 예를 다하지 않으면 군자는 벼슬에서 물러난다. 이것은 공자가 위나라 영공을 대한 것과 같다. 마지막으로 말한 것은 이른바 공양 벼슬이라 한다. 임금이 군자의 의식주에 불편함이 없도록 보살펴 주는 것이다. 그러나 이것은 굶어 죽는 것을 면할 정도로만 받는 것이 절개 있는 태도이다. 그렇지 않으면 군자는 벼슬에서 물러난다.

9

맹자께서 말씀하셨다.

"가르치는 것에는 여러 가지 방법이 있다. 상대방이 달갑지 않아 가르치지 않는 것 또한 가르치는 것이다."

상대방이 달갑지 않아 가르치지 않겠다고 거절하는 것은 그 사람에게 '달갑게 여기지 않음'을 가르치는 것이다. 그가 이를 깨닫고 스스로 반성한다면 그것은 결과적으로 가르친 것이 된다. 이것을 이른바 '不屑之教, 불설지교'라 한다.

진심 상(盡心 上)

1

맹자께서 말씀하셨다.

"마음을 다하는 자는 자기의 본성을 알게 되며, 본성을 알게 되면 하늘을 알게 된다. 그 마음을 보존하고 그 본성을 함양하는 것이 곧 하늘을 섬기는 도리이다. 일찍 죽든, 오래 살든 그것을 의심하지 않고 자기 몸을 닦아 천명을 기다리는 것이 하늘에 순응하는 도리이다."

의심하지 않는다는 것은 천명을 안다는 것이다. 천명을 안다는 것은 이치를 깨닫는다는 것이다. 일찍 죽든 오래 살든 그것은 하늘에 달린 것이니 그런 것에 연연해하지 말고 오로지 자기 몸을 닦으며 죽음을 기다릴 일이다. 그렇게 되면 사람에게 지혜가 생기고 어짊이 생긴다. 또한 이치를 알게 되면 하늘을 헤아리게 되니, 그렇게 되면 그것에서 벗어난 행동은 하지 않게 된다. 마음과 본성과 하늘은 결국 한가지 이치인 것이다.

2

맹자께서 말씀하셨다.

"모든 것이 천명이 아닌 것이 없지만, 올바른 것을 순리로 받아들여야 한다. 그러므로 천명을 아는 자는 무너지려는 담 밑에 서 있지 않는다. 행해야 할 도리를 다하고 죽는 것은 정명(正命)이요, 죄를 짓고 죽는 것은 정명이 아니다."

정명이라 함은 올바른 천명을 말한다. 사람의 생로병사와 길흉화복은 모두 하늘에 달려 있다. 이것을 스스로 부르지 않고 조용히 자기 몸을 닦으며 기다리다가 하늘이 주는 것에 순응하는 것이 정명이다. 이러한 정명을 알게 되면 무너지려는 담장 밑에 서 있는 화를 면할 수 있다. 이것은 길한 것이요, 스스로 취한 것이다. 죄를 짓고 죽는 자는 무너지려는 담장 아래 서 있는 사람과 같다. 이것은 흉한 것이요, 스스로 취한 것이다. 길한 것은 정명이요, 흉한 것은 정명이 아니다.

3

맹자께서 말씀하셨다.

"구하면 얻고 버리면 잃는다. 내 안에 있는 것을 구하는 것은 유익한 것을 구하는 것이다. 하지만 구하는 데는 도가 있고, 얻는 것에는 천명이 있다. 내 안에 있지 않고 밖에 있는 것을 구하는 것은 무익한 것을 구하는 것이다."

내 안에 있는 것을 구한다는 것은 내게 있는 본성, 즉 인의예지를 구한다는 뜻이다. 어질고〔仁〕, 의롭고〔義〕, 예의 바르고〔禮〕, 지혜로운〔智〕 것을 구하는 것이니 그것은 유익한 것이다. 밖에 있는 것을 구한다는 것은 온갖 부귀와 이익과 명예 즉 내게 있지 않은 모든 것들을 구한다는 뜻이다. 그런 것들은 구한다고 해서 구해지는 것이 아니요, 오로지 하늘에 달려 있을 뿐이다. '구하는 데에도 도가 있다'는 것은 자기가 구하는 바를 망령되게 구해서는 안 된다는 것이고, '얻는 것에는 천명이 있다'는 뜻은 천명이 아니면 얻을 수 없다는 말이다. 그러므로 어짊을 구하는 것은 도에 맞게 구하는 것이고, 부귀를 구하는 것은 도에 맞지 않게 구하는 것이다. 도에 맞지 않는 부귀를 구할 바에야 차라리 도에 맞는 어짊을 구하는 것이 낫지 않겠는가.

4

맹자께서 말씀하셨다.

"만물의 이치는 모두 내 마음속에 있다. 나 자신을 반성해서 성실하다고 생각되면 이보다 더 큰 즐거움은 없다. 자신의 마음을 미루어 남을 생각하는 데 힘쓴다면 인을 구하는 데 있어 이보다 더 가까운 길이 없다."

임금에서 신하까지, 아버지에서 아들까지, 큰 것에서 작은 것까지, 보이는 것에서 보이지 않는 것까지 그 안에 만물의 이치가 들어 있지 않은 것이 없다. 이치란 무엇인가. 사물의 앞뒤가 정당하게 들어맞고 그 취지가 도리에 맞는 것 아닌가. 사람들이 나쁜 냄새를 싫어하고 아름다운 색을 좋아하는 것도 다 이치인 것이다. 이 만물의 이치가 모두 사람 안에 갖추어져 있으니 그것을 얻으면 도를 얻는 것이다. 또 남을 상대하는 데 있어 자기 자신을 미루어보면 모든 것을 용서할 수 있고 용납하지 않을 것이 없다. 이것이 바로 인을 얻는 방법이다.

5

맹자께서 말씀하셨다.

"행하면서도 분명히 알지 못하고, 그것을 되풀이하면서도 알지 못하며, 죽을 때까지 따르면서도 도(道)를 알지 못하는 자가 많다."

도리를 모르는 자는 도를 행한다고 행하면서도 그것이 무엇인지 제대로 알지 못하고, 도를 익히고도 또다시 알지 못한다. 그렇게 되면 죽을 때까지도 알지 못한다는 뜻이다.

6

맹자께서 말씀하셨다.

"사람이라면 부끄러움이 없지 않을 것이니, 부끄러움이 없음을 부끄러워한다면 그것은 부끄러움이 없는 것이다."

사람으로서 당연히 부끄러워할 것을 부끄러워한다면 그 부끄러운 점은 고칠 수가 있다. 그 부끄러운 점을 고치는 사람은 착한 것을 좇는 사람이니 다시는 부끄러운 짓을 하지 않을 것이다.

7

맹자께서 말씀하셨다.

"부끄러움을 안다는 것은 사람에 있어 제일 중요한 것이다. 임기응변에 능한 사람은 그것이 부끄러운 것인지도 모르는 사람이다. 사람이 남과 같지 않은 것을 부끄러워하지 않는다면 어찌 남과 같음이 있다고 하겠는가?"

'羞惡之心,수오지심' 즉 불의를 부끄러워하거나 착하지 못함을 부끄러워하는 마음은 사람이라면 누구나가 갖고 있는 본성이다. 이것은 곧 '義,의', 의로움이니 이것을 잃지 않으면 성인에게 한 걸음 나아가는 것이요, 이것을 잃으면 금수와 같게 되는 것이다. 임기응변에 능한 사람은 그때그때 상황에 따라 자신의 처세를 달리하는 사람으로 계략에 뛰어난 자다. 이런 자는 스스로를 부끄러워할 줄 모르니 사람의 본성을 잃은 것과 같다. 그러니 어찌 사람이라 할 수 있겠는가.

8

맹자께서 말씀하셨다.

"옛날 어진 임금은 착한 것을 좋아하여 권세 따위를 염두에 두지 않았다. 옛날 어진 선비도 어찌 홀로 그렇게 하지 않았겠는가? 역시 어진 선비도 어진 임금처럼 그 도를 즐기고 남들의 권세 따위는 염두에 두지 않았다. 그렇기 때문에 아무리 지체 높은 왕공(王公)이라 할지라도 공경과 예를 소홀히 하면 선비를 자주 만나볼 수가 없었다. 만나는 것도 자주 할 수 없었는데, 하물며 현명한 선비를 신하로 삼는 일이야 어떠했겠는가?"

배우기를 열심히 하여 그 학식이 높고 더불어 훌륭한 인품까지 겸비한 사람을 선비라 한다. 이러한 선비는 아무리 임금이라 할지라도 함부로 대할 수가 없었다. 선비를 신하로 삼고 싶어도 선비가 그 임금을 못마땅히 여기면 벼슬을 내주고 물러나면 그만이었다.

9

맹자께서 말씀하셨다.

"패자(覇者, 무력과 권력으로 천하를 다스리는 사람) 밑의 백성은 환우하고, 왕자(王者) 밑의 백성은 호호한다. 그래서 죽임을 당해도 원망하지 않고, 이로움을 주어도 자신의 공으로 생각지 않는다. 때문에 백성들은 나날이 착해져도 누가 그렇게 만들었는지 알지 못한다. 원래 군자가 가는 곳의 백성은 저절로 교화되고,

그가 머무는 곳은 잘 다스려진다. 위아래가 이렇듯 천지(天地)와 움직임을 같이하니 어찌 부자연함이 있겠는가. 뜯어진 곳을 깁는 것과는 전혀 다른 이야기 아닌가?"

환우는 기뻐서 흥에 겨운 것을 말한다. 호호는 대범하여 밝음을 말한다. 환우는 만들어서 된 것이니 오래 가지 못하고, 호호는 자연스레 된 것이니 오래 간다. 패자는 도를 어기면서까지 명예를 구한 것이나, 왕자는 하늘의 이치와 같은 것이다. 배고프면 밭을 갈고 목마르면 샘을 파듯 하는 것이 왕도 정치다. 왕자는 사람의 착한 성품을 조용히 도와 스스로 필요한 것을 얻게 하니 사람들은 날로 착해지면서도 왜 그렇게 되는지를 모른다. 덕이 성하면 온 세상을 교화하고 훈육할 수가 있다.

10

맹자께서 말씀하셨다.

"어진 말도 좋지만 어질다는 말이 백성들에게 깊이 파고드는 것만은 못하다. 선정(善政)을 베푸는 것도 좋지만 선한 가르침으로 백성들의 마음을 얻는 것만은 못하다. 선정은 백성들이 두려워하지만 선한 가르침은 백성들이 사랑한다. 선정은 백성들의 재산을 얻지만 선한 가르침은 백성들의 마음을 얻는다."

어진 말을 하는 것도 좋지만 그것보다는 백성들에게 어질다는 평을 듣는 것이 더 좋다. 백성들에게 그런 소문이 퍼지면 그 어짊이 더욱 밝게 빛나니 백성들을 감화시킬 수가 있다. 선정을 베푸는 것도 좋지만 선정의 정(政)은 법이요, 다스림이요, 금지하는 것이니 이것보다는 교(教)가 낫다. 교는 가르침이니 이는 곧 도를 가르침이요, 덕을 가르침이요, 예를 가르침이다. 이렇게 되면 백성들의 마음을 바로잡을 수 있다. 백성들의 재산을 얻는다는 것은 정치에 필요한 세금을 받는다는 말이요, 백성들의 마음을 얻는다는 것은 임금을 버리지 않는다는 말이다.

11

맹자께서 말씀하셨다.

"사람이 배우지 않고도 잘할 수 있는 것을 양능(良能)이라 하고, 생각하지 않고도 아는 것을 양지(良知)라고 한다. 두세 살 먹은 어린아이도 그 부모를 사랑할 줄 알고, 자라나면 그 형을 공경할 줄 알게 된다. 부모를 사랑함이 바로 인이요, 어른을 공경하는 것이 바로 의다. 이것은 다름이아니라 천하가 다 도달하는 길이다."

'良,양' 이란 선량함이다. 이것은 인간의 본성이다. 양능과 양지는 본래 하늘에서 내린 것이다. 두세 살짜리 어린아이가 부모에게 안겨 부모를 사랑하고, 자라나서 어른을 공경함은 사사로운 것이 아니다. 이것이 천하에 이르러 인과 의가 되기 때문이다.

12

맹자께서 말씀하셨다.

"덕행과 지혜, 학술과 재치가 있는 사람은 언제나 열병을 앓기 마련이다. 임금에게 버림받은 외로운 신하와 첩에게서 난 아들만이 그 마음의 위태함을 조심하고, 환난을 걱정하기 때문에 사리에 통달하는 것이다."

재앙과 환난이 일어나면 사람의 마음은 동요하게 된다. 그러나 그것을 참고 이겨 내면 능치 못할 일이 없게 된다.

13

맹자께서 말씀하셨다.

"군자에게는 세 가지 즐거움이 있다. 하지만 천하의 임금 노릇하는 것은 이 속에 들어 있지 않다. 양친 모두 살아 계시고 형제에게 아무 탈 없는 것이 첫 번째 즐거움이요, 하늘을 우러러 부끄럽지 않고 굽어 사람을 보아도 부끄럽지 않은 것이 두 번째 즐거움이요, 천하의 빼어난 인재를 모아 교육하는 것이 세 번째 즐거움이다. 군자의 즐거움은 이러하니 천하의 임금 노릇 하는 것 따위는 이 속에 들어 있지도 않다."

위의 세 가지는 사람이면 누구나가 원하는 바이지만 아무나 얻을 수 있는 것은 아니다. 그 즐거움은 그것을 얻어 본 자만이 알 수 있다. 하늘에 부끄러움이 없고 사람에 부끄러움이 없는 것은 끊임없이 인을 행하고 도를 닦으며 덕을 쌓아야만 가능한 일이다. 잠시라도 쉬게 되면 부끄럽게 된다. 그리고 인재를 양성하여 그 도를 전하면 장차 후세 사람들이 그 혜택을 입게 된다. 군자가 원하는 것은 바로 이러한 것들이지 부귀영화를 누릴 수 있는 임금의 자리가 아니다. 하지만 위 세 가지 즐거움을 얻기란 그리 쉬운 것이 아니다. 첫 번째 즐거움은 사람에게 매인 것이 아니라 하늘에 매인 것이기 때문이다. 두 번째 즐거움은 자기 자신에게 매인 것이다. 세 번째 즐거움은 사람에게 매인 것이다.

14

맹자께서 말씀하셨다.

"백이는 폭군 주(紂)를 피해 북쪽 바닷가에서 살았다. 하지만 문왕이 일어나 선정을 편다는 말을 듣고는 기뻐하여 말하기를 '어찌 그에게로 가지 않을 수 있겠는가? 서백은 노인을 잘 받든다고 들었다.' 라고 하였다. 또 태공은 주를 피해 동쪽 바닷가에서 살았다. 하지만 문왕이 일어나 선정을 편다는 말을 듣고는 기뻐하여 말하기를 '어찌 그에게로 가지 않을 수 있겠는가? 서백은 노인을 잘 돌본다고 들었다.' 라고 하였다. 천하에 노인을 잘 받드는 사람이 나타나니 어진 사람들은 모두 그리로 찾아가 자기 몸을 의지하게 되는 것이다. 오 묘의 택지에 있는 담 밑에 뽕나무를 심고 아낙네가 누에를 친다면 노인은 비단옷을 입을 수가 있다. 5마리의 암탉과 2마리의 암돼지를 제때에 새끼 친다면 노인이 넉넉히 고기를 먹을 수가 있다. 백 묘의 논밭을 남자가 일구면 8명의 식구가 굶주리지 않게 될 것이다. 서백이 노인을 잘 받들었다는 것은, 백성들의 논밭과 택지를 마련하고, 뽕나무를 심으며, 닭과 돼지 치는 것을 가르쳐 아내와 자식을 인도하고 노인을 잘 부양하도록 했다는 뜻이다. 쉰 살에는 비단옷이라야 따뜻하게 지낼 수 있으며, 일흔 살이 되면 고기를 먹어야 배가 부르게 된다. 따뜻하지 않고 배를 주린다면 이런 것을 가리켜 추위와 굶주림에 떤다고 하는 것이다. 문왕의 백성 중에는 추위와 굶주림에 떤 노인이 없었다는 것은 바로 이를 두고 한 말이다."

서백은 서쪽의 백(伯)이란 뜻으로 주(周)나라 문왕을 말한다. 문왕은 은나라의 마지막 왕인 폭군 주(紂) 밑에 있던 제후였으나 자기 땅에서 조용히 덕치를 행하며 앞으로 천하를 다스릴 준비를 하였다. 문왕의 아들 무왕(武王)은 아버지인 문왕의 뜻을 이어받아 마침내 주(紂)를 물리치고 천하를 다스리게 되었다. 그래서 말하기를 문왕이 천명을 받고 무왕이 천명을 받들었다고 한다. 위의 글처럼 백성들을 잘 가르치고 이끌면 자연 노인을 잘 모시게 되는 법이다. 집집마다 비단과 고기를 나누어주는 것이 중요한 것이 아니라 그들로 하여금 스스로 농사를 짓고 가축을 치는 법을 가르쳐 직접 처자를 먹여살리고 노인을 봉양케 하는 것이 진정으로 선정을 펴는 것이라 할 수 있다.

15

맹자께서 말씀하셨다.

"논밭을 잘 가꾸도록 가르치고 세금을 경감시켜 준다면 백성들은 부자가 될 수 있다. 먹는 것을 때에 맞게 하고 쓰는 것을 예에 맞게 한다면 재물은 필요한 만큼 쓰고도 남을 것이다. 물과 불이 없으면 하루라도 살아갈 수가 없는 법이니, 만약 백성이 날이 저물 무렵에 남의 집 문을 두드려 물과 불을 달라고 하면 누구라도 주지 않는 사람이 없을 것이다. 이는 물이나 불이 쓰고도 남을 정도로 풍부하기 때문에 가능하다. 성인은 곡식과 물과 불이 풍부하도록 천하를 다스린다. 이렇게 곡식과 물과 불이 넉넉하게 된다면 백성들 가운데 어질지 못한 자가 어디 있겠는가?"

옛말에 인심은 곳간에서 나온다고 하였다. 위의 말도 이 말과 뜻을 같이한다. 사람의 예절은 부하고 풍족한 데서 나오는 것이기 때문에 백성들이 먹고살아 갈 수 있는 생업이 없으면 그 떳떳한 마음을 잃게 된다. 당장 먹고살기도 힘든 판에 예절을 따진들 그것이 먹혀들겠는가. 그러므로 정치하는 자는 백성들이 생업에 종사할 수 있는 틀을 반드시 짜야 한다. 의식주는 인간 생활에 필요한 가장 기본적인 것이기 때문이다. 그 기본적인 것마저 해결되지 않으면 백성은 임금 곁을 떠나게 된다.

16

맹자께서 말씀하셨다.

“굶주린 사람은 무엇이든 맛있게 먹고, 목마른 사람은 무엇이든 달게 마신다. 하지만 이것으로 음식의 맛을 알았다고 할 수는 없다. 굶주리고 목마른 것이 맛을 해쳤기 때문이다. 어찌 이처럼 입과 배에만 굶주림과 목마름의 해로움이 있겠는가? 사람의 마음에도 또한 그러한 해로움이 있다. 사람이 만일 굶주림과 목마름 때문에 마음을 해롭게 하지 않을 수 있다면 다른 사람에 미치지 못하다고 해서 근심하지 않을 것이다.”

‘기갈(飢渴)이 들다.’ 라는 표현이 있다. 기갈이란 배고픔과 목마름을 뜻하는 말로 기갈이 들었다는 것은 너무 굶주려 간절히 음식을 탐내는 모양을 말한다. 이렇게 되면 그 해로움이 지나쳐 음식을 가릴 줄 모르게 되고 그 맛 또한 잃게 된다. 하지만 이 기갈은 무릇 배고픔과 목마름에만 있는 것은 아니다. 사람의 마음에도 기갈의 해로움이 있다. 마음이 가난하고 천해도 부(富)에 기갈이 듦으로 만약 이런 사람이 부자가 된다면 바른 도를 잃게 될 것이다.

17

맹자께서 말씀하셨다.

“일을 해 나가는 것은 우물을 파는 것과 같다. 아홉 길이나 우물을 파 내려갔다 하더라도 샘물에 이르지 못하면 그것은 우물

파기를 포기한 것과 마찬가지이다."

어떤 일을 해 나가는 데 있어 중도에 포기한다면 이는 시작하지 않은 것만 못하다. 무슨 일이건 포기하지 않고 끝까지 해야 한다. 성인의 도에 이르고자 하는 사람은 그 어진 것을 요 임금처럼 하고, 그 효를 순 임금처럼 하며, 그 배움을 공자처럼 해야 도에 이를 수가 있다. 배우다가 중도에서 그만둔다면 여태껏 해 왔던 모든 공이 물거품으로 돌아갈 것이다.

18

공손추가 물었다.

"《시경》에 이르기를 '일하지 않으면 먹지도 말라.'고 했는데, 군자는 농사를 짓지 않고도 먹고사니 그것은 어찌된 일입니까?"

맹자께서 말씀하셨다.

"어떤 나라에 군자가 살고 있는데 만약 그 나라 임금이 그를 등용하게 되면 나라는 편안해지고 부유해진다. 뿐만 아니라 존귀해지고 번영해져 그 나라 자제들이 그를 따르게 되니, 부모에게는 효도하고 형제간에는 우애 있게 지내며 스스로 성실하게 된다. 군자로 인하여 이렇게 되거늘 어찌 군자가 일하지 않고 먹기만 한다고 하느냐?"

일하지 않으면 먹지도 말라는 말은 우리가 흔히 쓰는 표현이다. 여기서 일이란 단순히 노동만을 이야기하는 것이 아니다. 농부가 농사 짓기를 게을리 한다면 그는 먹지도 말아야 한다.

도공이 그릇 만들기를 게을리 한다면 그는 먹지도 말아야 한다. 그러나 군자는 군자다운 것이 일하는 것이다. 군자답다는 것은 무엇인가. 학문에 힘써 배움을 넓게 하고, 덕을 쌓아 인품을 높이며, 행함에 있어 예를 다하고, 임금을 바른 길로 이끌며, 제자들을 모아 후세를 위해 가르치는 것 아닌가. 그러니 이것이 어찌 일이 아니라 할 수 있겠는가.

19

도응(挑應)이 물었다.

"순 임금이 천자의 자리에 있을 때 고요는 법관이었습니다. 그런데 만약 고수가 사람을 죽였다면 어떻게 하였겠습니까?"

맹자께서 말씀하셨다.

"고수를 체포할 따름이다."

"그렇다면 순 임금이 그렇게 하지 못하게 할 수는 없습니까?"

"순 임금이 어떻게 그것을 못하게 막을 수가 있겠느냐? 법이 있지 않느냐 말이다. 법이란 그가 만든 것이 아니라 옛날부터 이어져 오는 것이다."

"그렇다면 순 임금은 어떻게 했겠습니까?"

맹자께서 말씀하셨다.

"순 임금은 천하를 버리기를 헌신짝같이 하는 사람이다. 그러므로 몰래 아버지를 업고 달아나서 바닷가에 숨어살며 천하를 잊고 죽을 때까지 아버지와 즐겁게 지낼 것이다."

고수는 순 임금의 아버지다. 고요는 순 임금 시대의 현인으로 임금인 순을 도와 사사(士師)를 지냈다. 사사는 지금으로 말하면 법무장관이 된다. 소크라테스는 악법도 법이라 하여 무조건 지켜야 한다고 했다. 그러나 순 임금은 법도 중요하고 인륜도 중요하다고 생각했다. 천자가 법을 어기면서 백성들에게 그것을 지키라고 강요할 수는 없는 일이다. 그렇다고 법을 지키기 위해 인륜(군신, 부자, 형제, 부부 등의 인간관계)을 저버리는 것도 순 임금의 성격으로 보아 할 수 없는 일이라고 맹자는 생각했다. 그래서 맹자는 순 임금이라면 천자의 자리를 내놓고 아비와 함께 숨었을 것이라고 추측한 것이다. 법이 우선이냐, 인륜이 우선이냐는 참으로 어려운 문제라 할 수 있다. 법치국가에서는 법을 기초로 하여 나라를 다스리기 때문에 국민은 그 법을 지킬 의무가 있다. 만약 자신의 부모가 잘못을 저질러 법의 심판을 받아야 하는 상황에 처해 있을 때 자식 된 도리로 어떻게 해야 할 것인지를 물은 공손추의 질문은 배우는 자의 참된 자세라 하겠다.

20

제선왕(齊宣王)이 상(喪)을 지내는 기간을 줄이고 싶어하자, 공손추가 맹자께 물었다.

"삼년상을 줄여 1년으로 한다 하더라도 아주 그만두는 것보다 낫지 않습니까?"

맹자께서 말씀하셨다.

"그것은 어떤 사람이 자기 형의 팔을 비틀고 있는 것을 보고 '비틀려거든 좀 살살 하시오.' 라고 말하는 것과 같다. 그것이 어찌 효제를 가르치는 것이라 할 수 있겠느냐?"

어머니가 죽은 어떤 왕자가 있었다. 그의 스승은 그를 위해 몇 달만이라도 상(喪)을 입게 해주는 것이 어떻겠느냐고 왕에게 청했다. 이것을 두고 공손추가 물었다.

"이런 경우는 어떻습니까?"

이에 맹자께서 말씀하셨다.

"그런 경우는 삼년상을 입으려고 해도 되지 않는 경우이니, 하루라도 상을 더 입는다면 안 입는 것보다는 낫다. 먼저 말한 것은 못하게 하지 않았는데도 상을 입지 않는 것을 두고 한 말이다."

《논어》 양화편에 보면 이런 내용이 있다. 자공이 공자에게 묻기를 "삼년상을 치르는 것은 너무 긴 듯합니다. (중략) 1년이면 충분할 것 같습니다."라고 하자 공자가 말하기를 "여(자공)는 어질지 못하구나. 자식은 태어나서 3년 동안 부모의 품에서 자라기 마련, 그래서 삼년상을 온 천하가 행하는 것이다. 여도 3년 동안 부모의 사랑을 받았을 것 아니냐?"라고 하였다. 위에서 말한 왕자가 그의 어머니가 죽었음에도 불구하고 상을 입지 못한 까닭은 적모(嫡母, 서자가 아버지의 본처를 이르는 말)의 기세에 눌려 감히 지낼 수가 없었기 때문이다. 그래서 공손추가 그것이 옳은 일인지 아닌지를 맹자에게 물어본 것이다.

21

공도자(公都子)가 말했다.

"등갱(騰更)이 선생님의 문하에 와 있을 때 예로써 대해 주실 만하온데, 그가 물어도 대답하지 않으심은 무엇 때문입니까?"

맹자께서 말씀하셨다.

"자신의 지위를 빙자해서 묻고, 현명한 것을 빙자해서 묻고, 나이가 더 많다는 것을 빙자해서 묻고, 자신의 공로를 빙자해서 묻고, 그전부터 맺은 인연을 빙자해서 묻는 이 다섯 가지의 경우에는 대답하지 않아도 된다. 등갱은 이중에서 두 가지를 갖고 있었다."

공도자는 전국 시대 사람으로 맹자의 제자이다. 등갱은 전국 시대 등나라 사람으로 등나라 문공의 동생이다. 군자는 모름지기 사람의 묻는 말에 대해 답하고 그들의 무지를 일깨워 준다. 그러나 물어봄에 있어 정성을 다하지 않는 것을 군자는 미워한다는 뜻이다.

22

맹자께서 말씀하셨다.

"지혜로운 사람은 모르는 것이 없겠지만 그가 당면한 일에 대해서는 서둘러 먼저 알고자 해야 한다. 어진 사람은 사랑하지 않는 것이 없겠지만 현자(賢者)를 만난다면 서둘러 그를 사랑함에 힘써야 한다. 요·순 같은 임금들도 그 지혜롭기가 이루 말할 수 없었지만 우선은 해야 할 일부터 처리했다. 또한 모두를 사랑하기 이전에 우선 현자와 친해지기를 서둘렀다. 하지만 사람들은 자기는 삼년상을 제대로 지키지 못하면서도 남이 입는 시마와 소공에 대해 말하기를 좋아한다. 또 자기는 마구 밥을 퍼먹고 국물을 질질 흘리며 들이키면서도 남이 마른 고기를 이빨로 끊어 먹는 것을 문제 삼는다. 이런 것을 가지고 서둘러 먼저 해야 할 일이 뭔지를 모른다고 하는 것이다."

마지막 말은 자기 발등에 떨어진 불조차 끄지 못하는 사람이 남의 일에 사사건건 참견함을 빗댄 말이다. 아무리 지혜롭고 어질다 해도 우선은 먼저 할 일과 나중에 할 일을 알아야 한다. 전체를 꿰뚫고 있으면 마음이 협소해지지 않고, 또 일을 하는 데 있어 질서가 잡히게 된다. 그러므로 먼저 힘써야 할 것이 무엇인지를 알아야 천하를 바로잡을 수 있다. 위에서 언급된 시마와 소공은 삼년상을 치르는 동안 입는 의복 제도이다. 옛날에는 오복(五服)이라는 것이 있었는데 이는 상을 치를 때 입는 다섯 가지 상복으로 곧, 참최(斬衰)·재최(齊衰)·대공(大功)·소공(小功)·시마(緦麻)를 말한다. 참최는 아버지, 또는 아버지가 없을 때에는 할아버지 상을 당하였을 때 입는 상복으로, 거친 베로 짓되 아랫도리를 접어서 꿰매지 않았다. 재최는 조금 굵은 생베로 짓되 아래 가를 좁게 접어서 꿰맨 상복이다. 대공은 종형제, 출가 전의 종자매, 출가한 고모나 자매, 중자부, 중손, 중손녀, 질부와 남편의 백숙 부모, 남편의 질부 등의 상을 당했을 때 아홉 달 동안 입는 상복이다. 소공은 종조부모 · 재종형제 · 종질 · 종손의 상을 당했을 때 입는 것으로 가는 베로 지어졌으며 다섯 달 동안 입는 상복이다. 시마는 고조부모 · 종증조부모 · 재종숙부모 · 삼종형제 · 재종질 · 재종손 · 종증손 등의 상을 당했을 때 석 달 동안 입는 상복이다.

진심 하(盡心 下)

1

맹자께서 말씀하셨다.

"양혜왕은 어질지 못하다. 어진 사람은 그 사랑하는 마음을 사랑하지 않는 사람에게까지 미치며, 어질지 못한 사람은 그 사랑하지 않는 마음을 사랑하는 사람에게까지 미친다."

공손추가 물었다.

"무엇을 말씀하시는 것입니까?"

"양혜왕은 땅 때문에 백성을 희생시키면서까지 전쟁을 치르다가 크게 패하였다. 보복을 하려고 했지만 사랑하는 아들까지 내보내서 전쟁으로 죽게 하였다. 이것이야말로 사랑하지 않는 마음을 사랑하는 사람에게까지 미치게 한 것이 아니고 무엇이겠느냐?"

◦ 어진 사람은 그 은혜를 밖에까지 이르게 하나 어질지 않은 사

람은 그 화를 먼 데까지 이르게 한다. 어질지 못한 양혜왕을 비난한 말이다.

2

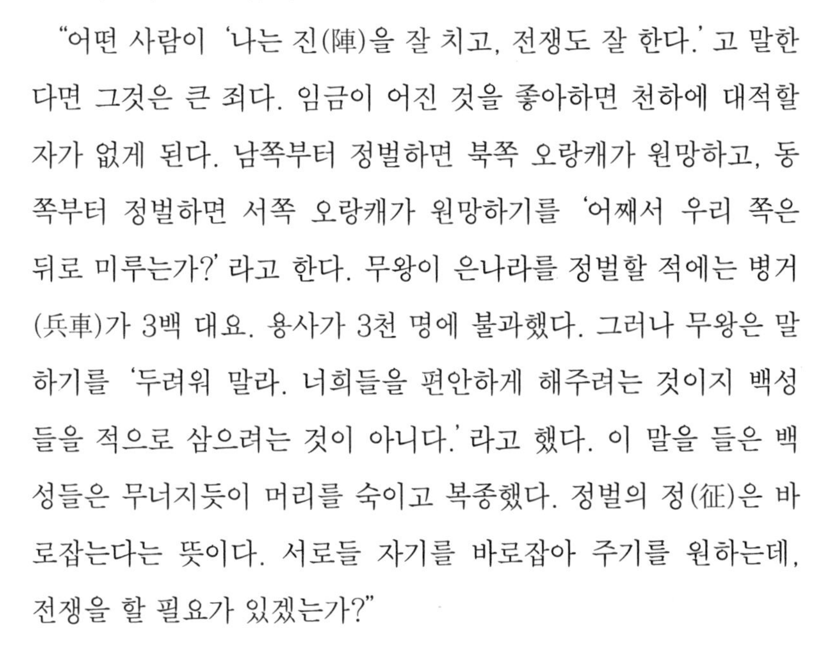

맹자께서 말씀하셨다.

"어떤 사람이 '나는 진(陣)을 잘 치고, 전쟁도 잘 한다.' 고 말한다면 그것은 큰 죄다. 임금이 어진 것을 좋아하면 천하에 대적할 자가 없게 된다. 남쪽부터 정벌하면 북쪽 오랑캐가 원망하고, 동쪽부터 정벌하면 서쪽 오랑캐가 원망하기를 '어째서 우리 쪽은 뒤로 미루는가?' 라고 한다. 무왕이 은나라를 정벌할 적에는 병거(兵車)가 3백 대요. 용사가 3천 명에 불과했다. 그러나 무왕은 말하기를 '두려워 말라. 너희들을 편안하게 해주려는 것이지 백성들을 적으로 삼으려는 것이 아니다.' 라고 했다. 이 말을 들은 백성들은 무너지듯이 머리를 숙이고 복종했다. 정벌의 정(征)은 바로잡는다는 뜻이다. 서로들 자기를 바로잡아 주기를 원하는데, 전쟁을 할 필요가 있겠는가?"

정벌(征伐)이라 함은 군사를 대동하여 적군을 치거나 죄 있는 무리를 바로잡는 것을 말한다. 그러므로 동서남북 모든 오랑캐 백성들은 어진 무왕이 나서서 자기들을 정벌해 주기를 바란 것이다. 무왕이 나서니 그곳 백성들이 먼저 알고 머리를 숙이거늘, 그런 상황에서 무슨 전쟁이 필요하겠는가.

3

맹자께서 말씀하셨다.

"나는 이제 새삼 남의 부모를 죽이는 일이 얼마나 중대한 것인가를 알았다. 남의 어버이를 죽이면 그의 아들 역시 내 아비를 죽일 것이고, 남의 형을 죽이면 그도 또한 내 형을 죽일 것이다. 그렇게 된다면 결국 자기 손으로 제 어버이와 형을 죽이는 것과 별 차이가 없는 것이다."

복수는 복수를 낳는다. 참고 인내하며 용서하고 화합하라.

4

맹자께서 말씀하셨다.

"용의주도하게 이익을 추구하는 사람은 흉년도 그를 죽일 수 없고, 용의주도하게 덕을 추구하는 사람은 사악한 세상도 그의 마음을 혼란하게 할 수 없다."

이익에 밝은 자는 쌓아 둔 곡식이 풍부하므로 흉년에도 잘 지낼 수가 있다. 이처럼 덕을 많이 쌓은 자는 세상이 혼탁하여도 그것에 흔들리는 일이 없다.

5

맹자께서 말씀하셨다.

"명예를 존중하는 사람은 천승의 나라를 준다 해도 이를 사양한다. 하지만 진정으로 명예를 존중하는 사람이 아니라면 한 그릇의 밥이나 한 대접의 국에도 그 본색을 얼굴에 드러내고 만다."

명예를 좋아하는 사람은 천승의 나라를 사양할 수 있다. 그러나 진심으로 부하고 귀한 것을 가볍게 여기는 사람이 아니고는 정작 사소한 것에서 그 거짓이 드러나게 된다. 오히려 큰 것보다는(천승의 나라) 작은 것(한 그릇의 밥)에서 자기의 본마음이 나타난다는 뜻이다. 그 사람의 됨됨이를 보려면 그 사람이 무엇에 힘쓰는가를 보지 말고, 무엇을 소홀히 하는가를 보아야 할 것이다. 그 사람이 소홀히 여기는 것으로 그 사람의 실상을 파악할 수 있기 때문이다.

6

맹자께서 말씀하셨다.

"어질고 현명한 사람을 신뢰하지 않으면 그 나라는 텅 비게 된다. 예가 없으면 위아래가 문란해지고, 올바른 정치가 행해지지 않으면 재정이 부족해진다."

어질고 현명한 자가 없으면 그 나라의 법도는 땅에 떨어진다. 법도가 땅에 떨어지면 상하 관계의 질서가 해이해지고 정사를 바로 할 수가 없다. 이렇게 되면 절제하지 않고 나랏돈을 쓰게 되므로 나라의 재정마저 부족해진다. 그러므로 어질고 현명한 사람을 믿는 것이 근본이다.

7

맹자께서 말씀하셨다.

"어질지 않으면서도 제후의 나라를 갖게 된 자는 있지만, 어질지 않고서 천하를 얻은 자는 없다."

역사적으로 볼 때 어질지 않은 자가 천하를 얻은 적이 있다. 그것이 진(秦)나라다. 그러나 1, 2대(代)에 그쳤을 뿐 계속되지 않았다. 이것은 천하를 얻은 것이 아니다. 옛말에 천하를 얻었다 함은 반드시 3대가 지난 후에야 알 수 있다고 했다.

8

맹자께서 말씀하셨다.

"가장 귀중한 것으로 말하자면 단연 백성이 으뜸이다. 사직(社稷)은 그 다음이며, 임금은 가장 가벼운 존재이다. 이런 연유로 뭇 백성의 신임을 얻으면 천자가 되나, 천자의 신임을 얻으면 제후밖에 되지 않고, 제후의 신임을 얻으면 대부밖에 되지 않는 것이다. 제후가 사직을 위태롭게 하면 그 제후를 갈아치우면 그뿐이다. 제사에 쓸 짐승을 살진 것으로 하고 그 곡식을 깨끗한 것으로 해서 제때 제사를 지냈는데도 가뭄이 들고 홍수가 지면 사직을 갈아치울 수도 있다."

사(社)란 땅을 맡은 토신이요, 직(稷)은 곡식을 맡은 곡신이니, 대개 나라를 세우면 천자나 제후가 단을 모으고 제사를 지내게 된다. 나라는 백성을 근본으로 삼는 것이니, 사직 또한 백성을 위한 것이다. 임금이 높은 것도 이 두 가지에 달려 있다. 사람들이 생각하기를 백성은 미천하고 천자는 지극히 높다고 하겠지만 그러한 천자도 백성들의 마음을 얻지 못하면 천하를 얻을 수가 없다. 지극히 존귀한 천자의 마음을 얻어도 제후밖에는 되지 않고, 제후의 마음을 얻어도 대부밖에는 되지 않으니 백성이 단연 으뜸일 수밖에 없는 것이다. 그런데 제후가 어리석어 가뭄이나 홍수 등 환란을 막지 못하면 백성들이 다른 임금을 세우게 된다. 그러니 임금은 사직 다음인 것이다.

9

맹자께서 말씀하셨다.

"성인은 오랜 세월 동안 후세 사람들의 스승이 된다. 백이와 유하혜가 그 한 예이다. 그러므로 백이의 풍격을 들은 사람이라면 아무리 탐욕스런 사람이라도 청렴해지고, 나약한 사람이라도 뜻을 세우게 된다. 유하혜의 풍격을 들은 사람이라면 야박한 사람도 후해지고, 속 좁은 사람이라도 너그러워진다. 백대(百代) 전에 일어났던 사실로 인해 백대 이후의 사람을 감동시키니 성인이 아니고서야 어찌 이것이 가능하겠는가? 하물며 직접 가까이에서 모신 사람들이야 오죽하랴."

성인(聖人)이란 그 덕과 지혜가 뛰어나 길이 우러러 받들고 모든 사람의 스승이 될 만한 사람을 말한다. 그러므로 백세

(百世)를 거쳐 스승이 될 수 있는 것이다. 하물며 성인 곁에 서 직접 모신 사람은 성인으로 하여금 감화되고 감동받은 것이 얼마나 많았겠는가. 맹자는 군자를 성인과 동일시하였다.

10

맥계가 말했다.

"저는 남한테 비난을 받고 있습니다."

맹자께서 말씀하셨다.

"마음 상해할 필요 없다. 원래 선비는 많은 사람에게서 미움을 받는 법이다. 《시경》에 이르기를 '근심이 마음에 차 있고 하찮은 무리에게서 성냄을 받는다.' 라고 하였으니, 바로 공자께서 그러하셨다. 또 《시경》에 이르기를 '비록 그들의 성냄은 끊지 못하였으나 내 명예를 떨어뜨린 적은 없었다.' 라고 하였으니, 문왕이 바로 그러하였다."

선비는 원래 소인배의 모략을 받기 마련이다. 그러나 스스로를 돌아보건대 반성할 점이 없으면 남이 비방하는 말에 신경 쓸 필요가 없고 자기에게 있는 것을 다하면 그뿐이다.

11

맹자께서 고자(高子)에게 말씀하셨다.

"산속의 오솔길이라도 계속해서 다니게 되면 길이 되고, 잠시 다니지 않으면 띠풀이 우거져 막혀 버리게 되네. 지금 자네 마음은 띠풀로 막혀 있군."

마음의 수양은 계속해서 쌓아야지 쌓다가 그만두면 쌓지 않은 것과 같다.

12

제나라에 기근이 들자, 진진(陳臻)이 맹자에게 말했다.

"지금 이 나라 백성들은 선생님께서 임금께 권하여 당읍의 곡식을 풀어 주게 할 것이라고 믿고 있습니다. 선생님께서 다시 한 번 그렇게 해주시면 안 되겠습니까?"

맹자께서 말씀하셨다.

"그것은 풍부(馮婦) 같은 짓을 하는 것이다. 진(晉)나라에 풍부라는 사람이 살았는데, 그는 범을 잘 때려잡았다. 하지만 나중에는 좋은 선비가 되었다. 어느 날 그가 들에 나갔는데 사람들이 범을 쫓고 있었다. 범이 산골짜기를 등지고 버티고 서 있자 사람들은 감히 가까이 다가가지를 못했다. 그러다가 풍부를 보고는 달려가서 그를 맞이하였다. 풍부가 팔을 걷어붙이고 수레에서 내리자 사람들은 기뻐하였으나, 이를 본 다른 선비들은 비웃었다."

진진이 다시 한 번 그렇게 해주면 안 되겠느냐고 물은 것은 아마 전에 한 번 그런 적이 있는 모양이다. 그러나 맹자가 풍부의 비유를 들며 말하는 것을 보면 이미 맹자는 제나라에서 마음이 떠난 것으로 추측된다. 진진은 맹자의 제자로 진자(陳子)라고도 한다.

13

맹자께서 말씀하셨다.

"입은 맛있는 것을, 눈은 아름다운 것을, 귀는 좋은 소리를, 코는 향기로운 냄새를, 사지는 편안하기를 바라는 것이 사람의 본성이다. 그러나 뜻대로 되지 않는 것이 천명이므로 군자는 이를 본성이라 말하지 않는다. 아버지와 아들 사이의 인(仁)과 임금과 신하 사이의 의(義)와 주인과 손님 사이의 예(禮)와 현자의 지혜(智)와 성인의 도(道)는 천명이나, 이것들은 모두 사람 안에 들어있는 것이므로 군자는 이를 천명이라 하지 않는다."

인의예지야말로 인간의 본성에서 우러나오는 진정한 마음씨이다. 이것은 사람의 마음속에 있는 것이므로 사람이 마음대로 할 수 있다. 맹자가 이것을 천명으로 보지 않고 본성으로 본 것은 천명이라 하면 사람들이 좌지우지할 수 있는 것이 아니므로 구하려고 노력하지 않을 것이기 때문이다. 앞에서 말한 다섯 가지를 본성으로 보지 않은 것은 만약 이것이 본성이라면 사람들은 감각 기관의 쾌감만을 구하는 데 힘쓸 것이기 때문이다. 그러므로 맹자는 사람들로 하여금 앞의 다섯 가지를 누르고, 뒤의 다섯 가지를 펴게 하는 데 애썼다.

14

맹자께서 말씀하셨다.

"제후에게는 세 가지 보물이 있으니, 그것은 토지와 백성과 정사(政事)이다. 주옥만을 보물로 여기는 자는 재앙이 반드시 그 몸에 미친다."

금은보화만이 보배는 아니다. 금은보화만을 보배로 여기면 반드시 재앙이 따르게 된다. 진정한 보배는 땅과 사람과 올바른 정치이다. 이것의 보배로움을 알 때 비로소 제후는 편해진다.

15

맹자께서 등나라에 가시어 이궁(離宮)에 거처를 정하셨는데 그 방 창틀 위에 삼다가 만 짚신이 놓여 있었다. 이때 여관 주인이 그 짚신을 찾고 있었으나 보이질 않았다. 그러자 어떤 사람이 말했다.

"그런 짓을 하다니, 아마 선생을 따라 온 사람이 훔쳤을 것이오."

이에 맹자께서 말씀하셨다.

"자네는 내 제자들이 그깟 짚신을 훔치러 여기까지 온 줄 아는가?"

"그렇지는 않겠지요."

맹자께서 말씀하셨다.

"나는 가르칠 것을 정해 놓고 제자를 가르치되, 가는 사람을 붙잡지도 않고 오는 사람을 거절하지도 않네. 진실로 배우고자 하는 마음으로 찾아오면 그를 받아들일 따름일세."

짚신이 왜 창틀 위에 얹어져 있는지는 맹자도 모른다. 맹자의 제자 중 누군가가 짚신이 탐이 나서 그랬는지 아닌지 그 사실 여부는 모른다. 다만 맹자는 가르칠 뿐이다. 진실로 배우겠다고 오면 가르칠 뿐이요, 떠나겠다면 잡지 않을 뿐이다.

16

맹자께서 말씀하셨다.

"사람은 누구나 참지 못하는 면이 있다. 하지만 이것을 참아 내는 데까지 이르는 것이 인(仁)이다. 사람은 누구나 하려고 하지 않는 것이 있다. 하지만 이것을 나서서 하는 데까지 이르는 것이 의(義)다. 사람이 남을 해치지 않는 마음을 넓혀 나가면 인을 쓰고도 남음이 있을 것이요, 사람이 벽을 뚫거나 담을 뛰어넘지 않는 마음으로 가득 차게 되면 의는 쓰고도 남음이 있을 것이다. 남에게 너니, 나니 하며 싸우는 것을 없이 하게 되면 무슨 일을 하든 의(義)에 어긋나지 않게 된다. 선비가 말을 해서는 안 될 때 말하는 것은 말함으로써 남의 것을 빼앗아 오는 것이요, 말해야 할 때 말하지 않게 되면 그것은 말하지 않음으로써 남의 것을 빼앗아 오는 것이 된다. 이런 것들은 모두가 담을 넘거나 벽을 뚫는 것과 같다."

참기가 힘든 일이지만 참는 것이 옳은 것이라면 참아 내야 하고, 하기 싫은 것이나 하는 것이 옳은 것이라면 해야 하는 것이 군자다. 남을 해치지 않고, 남의 것을 탐하지 않으며, 남과 다투지 않는 것이 군자다. 꼭 해야 할 말만을 하고 하지 않아도 될 말은 입을 다무는 것이 군자다.

17

맹자께서 말씀하셨다.

"누구나 알아들을 수 있는 말이 좋다. 뜻은 헤아릴 수 없이 깊은 것이 좋다. 지키는 것은 간략한 것이 좋다. 베푸는 것은 넓게 하는 것이 좋다. 이것이 바로 좋은 도(道)이다. 군자는 마음속에 있는 그대로를 말하되, 그 속에는 깊은 진리가 들어 있다. 그러므로 군자는 자기 몸을 수양함으로써 저절로 화평하게 된다. 사람의 병폐는 자기 밭은 돌보지 않으면서 남의 밭을 매 주는 데 있다. 이는 남에게 요구하는 것은 엄하고 자기의 책임은 소홀히 다루기 때문이다."

남에겐 엄하고 자기에겐 관대한 것이 바로 사람의 병이다.

18

맹자께서 말씀하셨다.

"요 · 순 임금은 사람의 본성을 그대로 간직한 사람들이다. 탕왕과 무왕은 본성으로 돌아간 사람들이다. 몸을 움직여 하는 모든 짓이 저절로 예에 맞는 것은 덕의 극치이다. 죽은 사람에 대해 곡을 하고 슬퍼하는 것은 산 사람을 위해서가 아니다. 덕을 행하여 어김이 없는 것은 녹을 받고자 함이 아니다. 말하는 것을 믿음 있게 하는 것은 억지로 행동함으로써 남의 인정을 받으려는 것이 아니다. 다만 군자는 하늘의 법대로 행하고 천명을 기다릴 따름이다."

군자는 예를 바르게 하고, 자신의 이익을 구하지 않으며, 법도를 따르고, 공을 드러내지 않는다. 다만 군자는 법대로 행하고 명을 기다리니, 이는 《논어》의 이인편에 나오는 '朝問道夕死可矣,조문도석사가의' 이른바 '아침에 도를 깨달으면 저녁에 죽어도 좋다.'는 뜻과 상통한다.

19

맹자께서 말씀하셨다.

"대인을 설득할 때에는 그를 가볍게 여기되, 그의 높은 위세를 보지 않는다. 집의 높이가 여러 길이나 되고 서까래가 여러 자가 되는 집은 내가 뜻을 이루어 출세한 경우라 할지라도 살지 않겠다. 사방 열 자나 되는 상에 음식을 차려 놓고 시중드는 첩을 수백 명이나 두는 짓은 내가 뜻을 이루어 출세한 경우라 할지라도 하지 않겠다. 술을 마시며 즐기고, 말을 달리며 사냥하는 데 천 대의 수레를 뒤따르게 하는 짓은 내가 뜻을 이루어 출세한 경우라 할지라도 하지 않겠다. 그런 권세 있는 자들이 하는 짓을 나는 하지 않는다. 내가 하는 것은 모두 옛 사람들의 제도이니 내가 무엇 때문에 그들을 두려워하겠는가?"

권세를 어리석게 보는 맹자의 호연지기가 돋보인다.

20

맹자께서 말씀하셨다.

"마음을 기르는 데는 욕심을 적게 하는 것보다 더 좋은 것이 없다. 욕심이 적은 사람은 양심을 잘 보존할 수 있다 설령 보존하지 못하는 일이 있다 하더라도 그것은 극히 드문 일일 것이다. 또 욕심이 많은 사람은 설령 양심을 보존하고 있다 하더라도 그것은 극히 드문 일일 것이다."

사람이 욕심에 빠지지 않더라도 그것을 향하는 것만으로도 욕심이라고 했다. 물욕을 절제하지 않으면 모두 선량한 마음을 잃게 되니 이는 군자가 필히 경계해야 할 일이다.

21

맹자께서 말씀하셨다.

"요 · 순 임금부터 탕 임금에 이르기까지 5백여 년의 세월이 흘렀다. 우 임금과 고요 같은 이는 요 · 순을 보고 성인임을 알았고, 탕왕은 요 · 순의 덕을 듣고 성인임을 알았다. 탕왕으로부터 문왕까지는 5백여 년의 세월이 흘렀다. 이윤과 내주 같은 이는 탕왕을 보고 성인임을 알았고, 문왕은 그의 덕을 듣고 성인임을 알았다. 문왕으로부터 공자까지 또 5백여 년의 세월이 흘렀다. 태공망이나 산의생 같은 이는 문왕을 보고 성인임을 알았고, 공자는 문왕의 덕을 듣고 성인임을 알았다. 공자부터 지금까지는 백여 년의 세월이 흘렀다. 성인이 살던 시기와 그리 멀지 않건만 공자의 도를 아는 사람이 없다. 그러니 앞으로는 그 도를 들어도 알 사람이 없겠구나!"

역사적으로 각 시기마다 끊이지 않고 성인이 출현했다. 맹자 역시 여러 사람이 칭송하는 성인임에도 불구하고 차마 자신이 성인의 도를 전하는 자라고는 표명하지 않았다. 그러나 스스로는 그렇게 생각한 듯하다. 그와 함께 앞으로 성인의 도를 이을 후세가 반드시 있을 것임을 기대하는 마음이 엿보인다.

독후감 길라잡이

《맹자》는 총 7편으로 구성되어 있습니다. 양혜왕편 · 공손추편 · 등문공편 · 이루편 · 만장편 · 고자편 · 진심편이 그것입니다. 각각의 편은 다시 상하로 나뉘어 총 14권으로 되어 있는데, 이중 양혜왕 · 공손추 · 등문공 세 편은 맹자가 각국을 돌며 제후들과 민본 정치의 중요성에 대해 이야기를 나눈 내용이고, 나머지 네 편은 고향으로 돌아온 맹자가 제자들과 함께 정치에 관한 토론을 벌인 내용으로 이루어져 있습니다.

이러한 《맹자》의 구성은 조기(趙岐)라는 학자가 정리한 방식입니다. 각 편마다 첫머리의 두 자 내지 석 자를 따서 그 편의 이름으로 삼은 이러한 편찬법은 본래의 주제를 확실히 해 두고자 함에 그 뜻이 있었습니다. 하지만 여기에는 조기 나름대로의 주관이 들어 있고 또한 순서가 일정치 못하다는 이유로 후대에 와서 주자(朱子)의 비판을 받게 되었습니다. 그럼에도 불구하고 이 체계는 여전히 현재까지 전해져 내려오고 있으므로 그 순서에 따라 각 편의 내용을 살펴보겠습니다.

양혜왕(梁惠王)편

상편은 국가 경제에 관심이 많았던 양혜왕(梁惠王)이 맹자와 함께 나라를 강하게 만드는 방법에 대해서 주고받은 대화 내용입니다. 나라의 이익에만 급급해하는 양혜왕과는 달리 맹자는 나라에 우선적으로 이익이 되는 것보다는 백성들의 최소 생활을 보장해 주고, 사람들의 마음에 내재해 있는 선한 마음을 계발해 주는 통치자의 역할을 강조했습니다. 즉 맹자는 군주가 덕으로 나라를 다스림으로써 백성들을 교화하는 덕치주의를 주장한 것입니다. 이것이 이른바 인의(仁義)를 바탕으로 한 왕도 정치(王道政治)입니다. 그러나 당시의 양혜왕은 이익을 얻는 데만 눈이 어두워 맹자의 말을 듣지 않습니다. 그렇다고 맹자 역시 이익(利益)의 실용성을 이해하지 못한 것은 아닙니다. 다만, 인의(仁義)가 앞서지 못하고 이익만을 추구하다 보면 나라의 근본이 흔들리고 말 것이라며 우려한 것입니다.

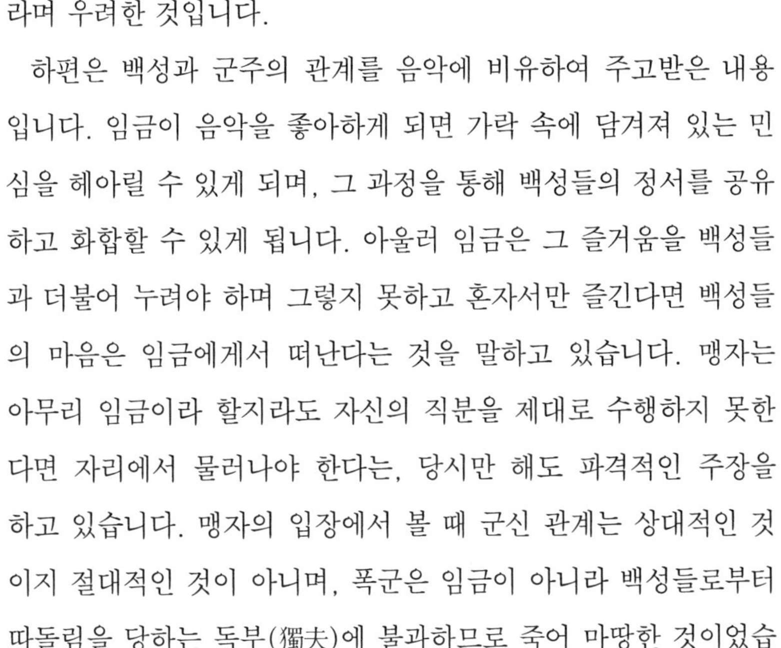

하편은 백성과 군주의 관계를 음악에 비유하여 주고받은 내용입니다. 임금이 음악을 좋아하게 되면 가락 속에 담겨져 있는 민심을 헤아릴 수 있게 되며, 그 과정을 통해 백성들의 정서를 공유하고 화합할 수 있게 됩니다. 아울러 임금은 그 즐거움을 백성들과 더불어 누려야 하며 그렇지 못하고 혼자서만 즐긴다면 백성들의 마음은 임금에게서 떠난다는 것을 말하고 있습니다. 맹자는 아무리 임금이라 할지라도 자신의 직분을 제대로 수행하지 못한다면 자리에서 물러나야 한다는, 당시만 해도 파격적인 주장을 하고 있습니다. 맹자의 입장에서 볼 때 군신 관계는 상대적인 것이지 절대적인 것이 아니며, 폭군은 임금이 아니라 백성들로부터 따돌림을 당하는 독부(獨夫)에 불과하므로 죽어 마땅한 것이었습니다.

양혜왕(梁惠王) · 제선왕(齊宣王) · 추목공(鄒穆公)의 순서로 이어지는 대화를 통해 맹자는 그의 사상의 근본인 인의(仁義)를 바탕으로 한 왕도 정치와 백성을 중시하는 민본 사상을 제시하고 있는데, 이 양혜왕편에서는 맹자의 유창한 말솜씨와 더불어 《맹자》 전편을 통하여 가장 문학적이라는 평가를 받고 있습니다.

공손추(公孫丑)편

공손추(公孫丑)는 만장(萬章)과 더불어 맹자의 뛰어난 제자 중 한 사람입니다. 이 편은 공손추의 질문으로 시작하여 공손추의 질문으로 끝나고 있습니다. 대체로 맹자가 제나라에 왔다가 떠날 때까지의 일들이 차례대로 배열되어 있으며, 맹자의 성선설이 언급되어 있습니다. 즉 인간의 본성에서 우러나오는 네 가지 마음씨인 사단(四端)을 비롯하여 그 유명한 호연지기(浩然之氣)의 내용이 수록되어 있으며, 하권의 끝부분은 맹자가 제나라를 떠날 때의 내용으로 이루어져 있습니다.

맹자는, 갑자기 어린아이가 우물 속으로 빠지려는 것을 보게 되면 누구나가 놀라움과 가엾은 마음이 생기기 마련인데, 이것이 바로 인간이 갖고 있는 본성이며 그 본성이 바로 성선설의 바탕이 된다고 주장하였습니다. 또 호연지기(浩然之氣)에 대해서도 언급되어 있는데 호연지기란 천지간에 가득 찬 넓고 큰 원기(元氣)로, 이는 갑작스럽게 형성되는 것이 아니라 행동하는 바가 도리에 맞고 마음에 거리끼는 바가 없어야 체득되는 것이라고 했습니다. 사람이 이 호연지기를 기르면 의로운 일을 앞에 두고 두려움이 없으며, 어떤 유혹 앞에서도 굴하지 않는 참된 용기를 지닐 수 있다고 합니다.

한편 맹자는 공손추편에서 부국강병의 실현을 위해 인화(仁和)를 제시하고 있는데 이는, 통치자가 덕을 갖추면 민심을 얻을 수 있고, 민심을 얻으면 천하를 경영할 수 있다고 믿었기 때문입니다. 자고로 백성들이 효제충신(孝悌忠信)의 덕을 쌓으면 고정불변의 도덕심(恒心)이 생겨 사회 질서를 바로잡을 수 있다고 생각했던 것입니다.

등문공(滕文公)편

등나라는 노나라 옆에 있는 작은 나라이며, 문공(文公)은 세자 시절 때부터 맹자를 존경하여 인의(仁義)에 힘쓴 현명한 군주였습니다. 등문공편은 상권과 하권의 내용이 아주 다른 구성으로 되어 있습니다.

상권은 주로 맹자와 등나라 문공의 문답으로 이루어져 있으며 등나라와 관련된 이야기가 많습니다. 맹자는 여기에서 임금이 어떻게 나라를 다스려야 하는지에 대해 밝히고 있는데, 그 한 예로 등문공이 나라를 잘 다스릴 수 있는 방법을 묻자 맹자는 백성들의 일이 안정되지 못하면 도의심이 사라지니 백성들이 기본적인 경제력을 갖추어 살아갈 수 있는 여건을 마련해 주어야 한다고 답합니다. 여기에서 그의 유명한 '정전법(井田法)'이 나옵니다.

'정전법' 이란 토지를 우물 정(井)자의 모양으로 나누어 중앙은 조세용 공전(公田)으로 하고 그 주위의 토지는 균등하게 분배한다는 개념인데, 후대의 정전제 · 균전제 등의 토지 제도에 영향을 미쳤습니다.

하권에는 유가에서 가장 중요시 여기는 인륜(人倫)에 대해 나와 있습니다. 이것은 상하 간의 질서 유지를 위해 긴요한 역할을 하는 것으로 맹자 자신의 계급적 기반이 여기에 근거하기 때문이라고 생각됩니다. 맹자는 인륜에 따라 자신의 도를 지키고 마땅한 부름이 아니면 아무리 귀한 자리라도 나아가지 않는 것이 군자의 도라는 것을 밝힙니다.

이루(離婁)편

이루편은 제1장 첫머리인 '이루지명(離婁之明)'의 두 글자를 따서 편명으로 삼은 것입니다. 이루(離婁)는 눈이 비상하게 밝았던 상고 시대의 사람입니다.

앞서 설명한 세 편의 글에서는 주로 대화 형식으로 이루어졌으나, 이루편은 대부분 맹자의 말씀을 그대로 서술한 형식으로 구성되어 있습니다. 특히 하권에서는 짤막한 격언적(格言的)인 문장이 많아 '진심편(盡心篇)'과 비슷한 체재로 되어 있습니다. 이렇게 모아진 어구는 그 배열과 순서에 있어 통일성이 결여되어 있으므로 제자들이 편집한 것으로 보여집니다. 내용상으로 보면 《중용》이나 《대학》과 비슷한 말들이 많아 유교(儒教)의 정통적 사상을 담고 있다고 하겠습니다. 이는 유교의 근본 사상을 이해하는 데 있어 아주 적절하다고 할 수 있습니다.

맹자는 고대 중국의 요순(堯舜) 시대의 규범을 인간 행위의 준칙(準則)으로 삼았습니다. 도(道)는 근본적인 것이요, 누구나 구할 수 있으며, 인의(仁義)는 자신을 안심하고 맡길 수 있는 바른 길이라고 맹자는 말합니다. 하지만 이러한 '도'와 '인의'를 알고 행하는 자는 무척이나 드물다고 맹자는 한탄합니다. 맹자는 자신에게 내재한 도를 잘 지키고 바르게 하며, 자신의 행위에 대해 타인이 반응하지 않으면 남보다 먼저 자신의 행위를 돌이켜보라고 말하는데 이것을 현대적 의미로 해석한다면 내적 모순을 먼저 발견하라는 뜻이 될 겁니다. 세상의 모든 일은 자신에게서 비롯되는 것이기 때문입니다.

또한 맹자는 옳지 못한 도로 부귀 영화를 추구하는 사람들을 비판합니다. 염치도 모른 채 부귀 공명을 추구하는 제나라 사람의 우화를 통해 당시의 세태를 꼬집고 있는 것입니다.

만장(萬章)편

만장편에서는 맹자의 또 다른 수제자인 만장(萬章)과의 문답이 중심을 이루고 있습니다. 여기에서 맹자는 순 임금과 우 임금, 백이와 이윤 등 여러 성인들의 경지와 공자에 대해 설명하고 있는데 특히 공자를 중심으로 한 성인들의 나아가고 물러남에 대한 이야기로써 자신의 거처를 밝히고 있기도 합니다. 대체로 긴 문장이 많으나 맹자의 시원스런 말에 이끌려 흥미 있게 읽을 수가 있습니다.

상편에서는 맹자가 제자 만장(萬章)에게 인(仁)의 도(道)를 행할 것을 말하고 있습니다. 즉 덕이 하늘의 도와 합치되면 하늘의 복도 그에게 귀속될 것이고, 어진 행위를 하면 천하 사람이 그에게 귀속될 것이니, 인(仁)의 도를 행해야 한다는 것입니다. 맹자는 민심(民心)은 곧 천심(天心)이라 하여, 백성은 하늘의 의지를 대변하는 존재라고까지 표현했습니다. 이는 피지배자에 대한 지배자의 처신을 경각시킨 것이라 할 수 있습니다.

하편에서는 성인을 예로 들어 여러 종류의 처세술에 대해 설명하고 있습니다. 아울러 신하로서의 처세에 대해서도 언급하고 있는데, 관직에 나아갈 때에는 시의적절(時宜適切)하게 하여야 하고, 마땅한 부름이 아니면 그것이 설사 죽음을 초래한다 하여도 거절할 줄 알아야 한다고 했습니다.

고자(告子)편

여기에서는 맹자의 성선설에 대한 고자와의 논쟁이 언급되어 있습니다. 두 사람이 모두 비유를 써 가며 팽팽한 논쟁으로 맞서고 있으나, 종국에는 맹자의 주장을 우위에 두고 설명합니다.

상편에서 맹자는 인간의 본성이 선한 것은 물이 위에서 아래로 흐르듯 당연한 것이라고 주장합니다. 간혹 악한 행동을 할 수도 있으나, 이것은 인간의 본래 모습이 아니라 주변 환경 때문이라고 말하고 있습니다. 또한 자신에게 내재한 선한 본성을 계발하여 인의와 덕성이 조화를 이룬 사회를 이룩해야 한다는 주장을 펼치기도 합니다. 맹자는 밤낮으로 자신을 수양하여 양심을 지킬 수 있도록 노력하고, 환경의 자극에 따라 악으로 달리기 쉬운 관능욕을 자제하라고 요청하고 있습니다.

하편에서는 의리의 중요성과 올바른 도에 관해 논합니다. 여기서는 구차스러운 삶보다는 의리를 중시하는 삶을 권하고 있습니다. 또 왕도가 점차 쇠퇴한 것은 제후나 대부가 도를 숭상하지 않았기 때문이며, 지배자가 백성에게 예의를 가르치지 않았기 때문이라고 합니다. 결국 올바른 뜻을 가지고 모든 일에 임할 때 결과도 목적에 합치됨을 맹자는 주장하고 있습니다.

진심(盡心)편

진심편은 앞의 이루편과 같이 짤막한 문장으로 구성되어 있습니다. 여기에서 맹자는 요순 이래 500년을 한 시기로 보는 성현 계보에 대해 언급한 뒤, 열렬한 기백과 자신감으로 스스로를 공자 다음 가는 왕도 제창자라고 규정하고 있습니다. 널리 알려진 '인생삼락(人生三樂)'이 여기서 그려집니다. 즉 삶에 있어 세 가지 즐거움이 있는데 그것은 첫째, 부모 형제가 안녕한 것 둘째, 하늘을 우러러보고 땅을 굽어보아도 부끄러움이 없는 것 셋째, 천하의 영재를 얻어 교육하는 기쁨입니다. 이 세 가지 외에 천하를 얻는 것은 인생의 즐거움에 포함시키지 않았습니다.

또한 맹자는 앞에서 누차 이야기하던 대로 백성이 나라의 근본임을 다시금 강조합니다. 한편 성인의 도를 꾸준히 행하면 잘 진행되어 나갈 것이며, 경(經)에 근본을 두고 바르게 행하면 백성은 자연 군주에게 귀의(歸倚)할 것이라고 이야기합니다. 마지막으로 여러 성현의 도통(道統)을 언급한 후 전승(傳承)의 소재를 밝히고, 후세에도 끝까지 이어지기를 바라는 것으로 글을 매듭짓고 있습니다.

2 작품 분석하기

공자의 유가 사상은 맹자와 순자에 의해 계승되어 하나의 학파로 발전되었습니다. 맹자와 순자는 모두 공자로부터 사상적 영향을 받았으나 그 주장은 서로 판이하게 다르고, 후세에 미친 영향 또한 각기 다릅니다. 그들의 학문적 계통을 좀더 자세히 살펴보면 맹자의 경우는 '인의(仁義)'를 강조한 공자의 손자 자사(子思)의 계통이고, 순자는 '예(禮)'를 강조한 공자의 제자 자하(子夏)의 계통이라고 할 수 있습니다.

맹자의 사상은 두 가지 핵심으로 요약될 수 있는데 그것은 윤리 사상과 정치 사상입니다. 윤리 사상의 측면에서 볼 때는 성선설이요, 정치 사상의 측면에서 볼 때는 혁명론입니다. 전자는 개인적인 측면에서 도를 이루는 것이고, 후자는 사회적인 측면에서

도를 이루는 것이라고 할 수 있습니다. 이러한 맹자의 사상을 큰 축으로 나누어 분석해 보겠습니다.

맹자의 인성론

맹자는 유학파의 거두로서 당연히 '인(仁)'을 사상의 구심점으로 삼았습니다. 그는 덕을 닦기 위해서는 '인'이 '이(理)'나 '의(義)'와 연결되어야 한다고 주장함으로써 공자의 사상에서 한 걸음 더 나아간 발전된 이론을 제시하였습니다.

"사람이 마음속에서 지키는 것이 인(仁)이요, 행위 속에서 지키는 것이 의(義)다."

이러한 윤리적 이념을 발전시키려는 노력의 일환으로 그가 주장했던 것이 바로 인간의 본성은 선하다는 것이었습니다. 이것은 중국 사상사에 많은 영향을 끼쳤습니다. 그동안 사람의 본성에 대해서는 공자를 따르는 사람들 가운데서도 상당한 논쟁이 벌어져 왔던 것이 사실입니다. 당시에는 인간 본성에 대해 세 가지 각각 다른 이론이 있었는데 그것은 다음과 같습니다. 맹자와 여러 차례 논쟁을 벌인 고자(告子)는 인성은 선한 것도 악한 것도 아니라고 주장하였으며, 또 다른 이론은 사람의 본성은 환경에 따라 좋아질 수도 있고 나빠질 수도 있다는 것이었습니다. 세 번째 이론은 일부 사람의 본성은 선하지만 일부 사람의 본성은 악하다는 것이었습니다. 하지만 맹자는 인간의 본성은 선하다는 입장을 명백히 밝혔습니다.

공손추 상편 제6장을 보면 성선설에 대한 맹자의 입장이 종합적으로 집약되어 있는 것을 볼 수 있습니다.

"측은히 여기는 마음이 없다면 그는 사람도 아니요, 부끄러워하고 미워하는 마음이 없어도 사람이 아니며, 사양하는 마음이 없어도 사람이 아니요, 옳고 그름을 분별하지 못하는 것도 사람이 아니다. 측은히 여기는 마음은 인의 시초요, 부끄러워하고 미워하는 마음은 의의 시초요, 사양하는 마음은 예의 시초요, 옳고 그름을 분별하는 마음은 지의 시초이다. 사람은 본래 나면서부터 사지를 갖고 태어나듯 위의 네 가지(四端, 사단)를 갖고 태어난다. 그런데 이 인 · 의 · 예 · 지를 포기하는 것은 스스로를 해치는 자요, 자기 임금에게 이를 실행하지 못하게 하는 자는 임금을 해치는 자이다. 이로 말미암아 본다면, 측은한 마음이 없으면 사람이 아니며, 부끄러워하고 미워하는 마음이 없으면 사람이 아니며, 사양하는 마음이 없으면 사람이 아니며, 옳고 그름의 마음이 없으면 사람이 아니다. 무릇 이 네 가지가 자신에게 있다는 것을 알고 그것으로 마음을 채우면 불이 타오르듯 하고, 샘물이 솟듯 할 것이다."

맹자는 인 · 의 · 예 · 지란 밖에서부터 안으로 불어넣어 주는 것이 아니라 본래 인간의 본성 안에 내재되어 있는 것이라고 말합니다. 그러나 신중하지 않은 우리 인간이 그러한 사실을 잊어버리는 까닭에 선하지 않은 행동을 하게 되는 것이라는군요.

맹자가 성선설에 대해 적극적으로 피력한 부분은 고자와의 논쟁에서도 발견할 수 있습니다. 고자가 "인간의 본성은 웅덩이에 고여 있는 물과 같아서 물길을 동쪽으로 터 주면 동쪽으로 흐르고, 서쪽으로 터 주면 서쪽으로 흐를 것이니, 사람의 본성도 이와 같아서 착하고 착하지 않음에 구분이 없다. 이것은 물이 동으로 흐르든 서로 흐르든 구분이 없는 것과 같다."라고 말하자 맹자는 다음과 같이 응대했습니다.

"물론 물은 동쪽으로 흐르기도 하고 서쪽으로 흐르기도 하는 등 분별 없이 흐른다. 하지만 그 흐름의 위와 아래도 분별이 없는가? 물이 위에서 아래로 흐르는 것과 같이 인간의 착함도 마찬가지이다. 물이 아래로 흐르지 않는 법이 없는 것처럼 인간의 본성도 착하지 않은 것이 없다. 손으로 물을 튀기면 그것이 이마로 튀어 오르기도 하고, 흐름을 막아 역행하게 하면 산 위로 끌어올릴 수도 있겠지만 그것이 어찌 물의 본성이라 할 수 있겠는가? 단지 그 형세만 그런 것뿐 아니겠는가? 사람이 나쁜 짓을 하게 되는 것도 바로 이와 같은 것일 뿐이다."

맹자는 이렇듯 인간의 본성이 외부 환경에 의해 비뚤어지는 것으로 보았습니다. 맹자는 산의 나무를 벌목하여 산이 황폐해졌다면 그것은 자연스런 산의 본성이 아니라는 비유를 통해, 인간 역시도 본래는 아름다운 존재라고 주장했습니다.

맹자가 말한 성선설에서 이미 보아온 것처럼 그는 인간에게는 인간을 선하게 만드는 덕을 의미하는 어떤 본능적인 지각이 있다고 보고 있습니다. 그는 이러한 지각을 측은(惻隱), 수치(羞恥),

혐오(嫌惡), 겸양(謙讓), 시비(是非)로 요약했습니다. 여기서 측은하게 여기는 마음은 인(仁)의 근본이요, 수치를 알고 악을 미워하는 마음은 의(義)의 근본이요, 사양하는 마음은 예(禮)의 근본이요, 시비를 가리는 마음은 지(智)의 근본이라는 사단설(四端說)이 정립됩니다. 그는 이 사단(四端)이 본래 인간에게 내재되어 있다고 말하며, 이것을 크게 키우도록 노력해야 한다고 주장했습니다.

고자 상편 제11장에는 다음과 같은 말이 있습니다.

"인은 사람의 마음이요, 의는 사람의 갈 길이다. 그 길을 버리고 따르지 않으며, 그 마음을 버리고 구하지 않으니 정녕 슬픈 일이다. 만약 닭이나 개가 도망을 쳤다면 곧 그것을 찾을 줄 알거니와, 마음을 놓친 것에 대해서는 찾지를 않는다. 학문의 길은 다른 것이 아니라 놓쳐 버린 마음을 찾는 데 있을 따름이다."

놓쳐 버린 마음을 찾는다는 것은 바로 우리가 타고난 선(善)을 되찾는다는 것을 뜻합니다. 이것이야말로 인간의 최고 의무라고 생각했기에 맹자는, 이러한 인간의 본성을 회복하여 발전시키고 확대시켜야 한다고 주장했습니다. 맹자는 착한 마음씨를 다른 사람이 본보기로 삼을 수 있게끔 하라고 요구하였으며, 그렇게 하는 것이 궁극적으로 인(仁)을 발전시키는 길이라고 보았습니다.

맹자의 정치론

진심편 하 제14장에는 이런 말이 있습니다.

"가장 귀중한 것으로 말하자면 단연 백성이 으뜸이다. 사직(社稷)은 그 다음이며, 임금은 가장 가벼운 존재이다. 이런 연유로 뭇 백성의 신임을 얻으면 천자가 되나, 천자의 신임을 얻으면 제후밖에 되지 않고, 제후의 신임을 얻으면 대부밖에 되지 않는 것이다."

백성이 가장 귀중하고 임금은 가장 가벼운 존재라는 것이 바로 맹자 정치론의 핵심입니다. 이러한 맹자의 주장은 공자 이래 유가 정신(儒家精神)을 계승한 것으로, 이것은 당시 대다수의 평민들이 전쟁과 포학한 정치에 무참히도 시달리고 있는 데 반해, 군주를 위시한 극소수의 특권자들은 사치와 횡포를 자행하고 있는 것을 목격한 데서 생겨난 것이라고 할 수 있습니다. 맹자의 이러한 주장은 18세기 서양의 계몽주의자 존 로크가 말한 '인민의 동의(同意)'에 관한 이론과 '인민의 혁명권'에 대한 이론보다 약 2천 년이나 앞선 것입니다. 군권지상(君權之上) 시대였던 당시에 맹자가 이러한 주장을 내세웠다는 것은 실로 대담무쌍한 일이었다고 하지 않을 수 없습니다. 위정자(爲政者)는 국민에 대해 언제나 정치상의 책임을 져야 하므로 올바른 정치가 행해지지 않을 때에는 임금은 그 자격을 상실하게 되고, 따라서 그 자리를 내놓고 물러나야 하며, 걸 · 주(桀紂) 같은 포학한 임금인 경우는 죽임을 당해야 마땅하다는 것이 맹자의 견해였으니까요.

맹자는 통치자의 중요한 기능에 대해서도 제시했는데 첫째, 백성을 총체적으로 부유하게 하는 것이 통치자의 할 일이라고 보았습니다. 이것은 전반적인 복지 향상을 의미합니다. 맹자는 무엇보다도, 굶주리고 헐벗은 시대에는 덕과 평화가 오지 않으므로 통치자는 백성을 부유하게 해야 한다고 요구하였습니다. 백성의 부(富)가 정치의 기본적인 목표라는 것이지요. 둘째는, 제례(制禮)와 사회 질서 그리고 국가적 충성에 대한 교육을 백성들에게 실시하는 것입니다. 맹자는 친절한 말보다는 친절한 행위가 낫고, 훌륭한 정부보다는 훌륭한 교육이 낫다고 했습니다. 왜냐하면 훌륭한 정부는 백성들에게 외경심만을 불러일으키지만, 훌륭한 교육은 백성들의 마음을 부유하게 만들기 때문입니다.

맹자 사상의 의의

맹자는 공자의 사상을 계승 발전시키고 유학의 체계를 확립하였습니다. 그래서 대체로 공자 이후 가장 위대한 철학자요, 제2의 성현으로 간주되고 있습니다.

그는 인의(仁義)의 도를 확립하고 인정을 왕도의 기초로 하여 왕도 정치를 명확하게 밝히고 있습니다.

그는 사람을 끄는 화술과 도덕적 용기 그리고 깊은 신념으로 공자의 가르침을 대중화시켰고, 또한 농가(農家, 농업 경제와 농업 기술에 대하여 연구한, 제자 백가의 일파로 군신(君臣)이 함께 경작에 종사해야 한다고 주장함)나 묵가(墨家, 중앙 집권적인 체제를 지향하여 실리적인 지역 사회의 단결을 주장한 학파로 간소한 장례를 주장하고 음악을 허식으로 보았음) 등의 이단을 배격하여 수많은 사상과 파

벌이 성행했던 전국 시대에 유가 사상을 돋보이게 했습니다.

맹자는 원래 기백이 강하고 언변이 좋아서 호연지기(浩然之氣)를 설(說)하는 곳, 대장부론(大丈夫論)을 설하는 곳, 출처진퇴(出處進退)를 설하는 곳에 이르러서는 대단한 감동과 의미를 던져 줍니다. 특히 《맹자》를 읽다 보면 마치 플라톤의 〈대화〉편에서 소크라테스가 소피스트들의 궤변을 문답으로 몰고 가 물리치는 장면을 연상케 합니다. 특히 그의 웅변과 적절한 인용 그리고 교묘한 비유는 탁월하다 할 수 있습니다.

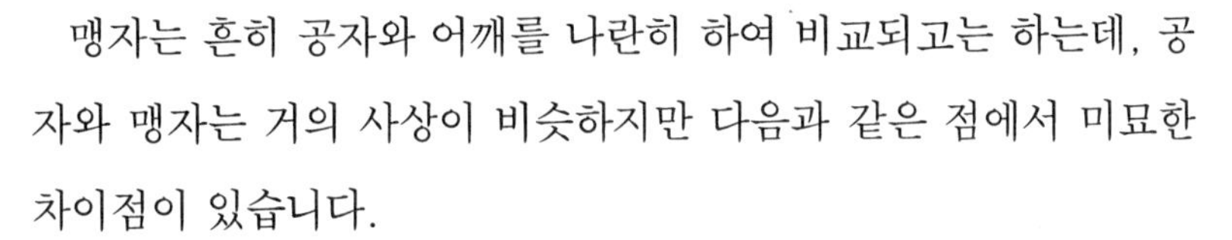

맹자는 흔히 공자와 어깨를 나란히 하여 비교되고는 하는데, 공자와 맹자는 거의 사상이 비슷하지만 다음과 같은 점에서 미묘한 차이점이 있습니다.

우선 공자는 인(仁)을 주장했지만, 맹자는 인의(仁義)를 주장하였습니다. 맹자는 인의에 대해 말하기를 "인은 사람의 마음이요, 의는 사람의 길이다."라고 규정했습니다. 공자와 맹자는 모두 훌륭한 정부에 관심을 가졌으나 공자가 '군주(君主)는 전능한 상전'이라고 인식한 데 반해, 맹자는 백성을 더욱 중요시하였다는 점에 있어 차이가 있습니다. 이로 인해 맹자는 천명을 어긴 박덕한 군주는 교체할 수도 있다는 역성혁명(易姓革命)의 가능성을 주장했던 것입니다. 공자는 '치자(治者)는 치자답게, 신하는 신하답게, 부모는 부모답게, 그리고 아들은 아들답게'라고 말하면서 그 본연의 모습을 지킬 것을 주장하고 있는데, 맹자는 이에 한 걸음 더 나아가 복지를 중시하는 정부의 역할을 자세히 제시하고 있습니다. 이는 정전법, 조세 관리, 자원 보존 등의 각 분야에서 그의 이념을 피력하고 있는 것을 통해 알 수 있습니다.

3 주요 등장 인물

《맹자》에는 역대 성인들과 전국 시대 각 나라들의 제후 그리고 많은 제자들이 등장하나 여기서는 자주 등장하는 사람들에 한해 살펴보기로 하겠습니다.

걸(桀) 중국 하나라의 마지막 왕으로 포악 무도한 학정을 일삼다가 은나라의 탕왕에게 멸망하였습니다.

경춘(景春) 맹자와 같은 시기의 사람으로 등나라 문공 밑에서 일했으며 종횡가라고도 합니다.

계(啓) 우 임금의 아들로 백성들의 뜻에 따라 임금 자리를 물려받았습니다.

고수 순 임금의 아버지로 육안(肉眼)으로만 선악을 분별하고 심안(心眼)으로 볼 줄 모르는 사람이었습니다. 순 임금을 죽이려고까지 하였습니다.

고자(告子) 전국 시대 사람으로 자기 일가(一家)의 학(學)을 세워 맹자를 얕보고 비난하였습니다. 그는 사람의 본성에 대해 말하기를, 본래 선하지도 않고 악하지도 않으며 오직 어떻게 이끄느냐에 따라 달라진다고 말했습니다.

고공단보(古公亶父) 주나라 태왕을 말합니다. 처음에는 빈 땅에 살았으나 적의 침범으로 기산 아래로 옮겼는데, 빈의 백성들이 모두 사모하며 그를 따라 왔으므로 그곳에 나라를 세운 것이 바로 주나라입니다.

공도자(公都子) 전국 시대 사람으로 맹자의 제자입니다.

공명의(公明儀) 춘추 시대 노나라 사람으로 현인이었습니다.

공손추(公孫丑) 전국 시대 제나라 사람으로 맹자의 제자입니다. 《맹자》의 편명이기도 합니다.

도응(桃應) 전국 시대 사람으로 맹자의 제자입니다.

등경 전국 시대 등나라 사람으로 등문공의 동생이며 맹자에게 배운 바 있습니다.

만장(萬章) 전국 시대 제나라 사람으로 맹자의 제자입니다. 《맹자》의 편명이기도 합니다.

맹분(孟賁) 전국 시대 위나라 용사로서 살아 있는 소의 뿔을 뽑는 용맹이 있었다고 합니다. 그래서 그가 물을 건너면 용이 피하고, 땅 위를 걸으면 호랑이가 피했으며, 소리를 지르면 하늘도 움직인다고 하였습니다.

맹시사(孟施舍) 제나라 용사로 알려져 있습니다.

맹헌자(孟獻子) 노나라의 어진 대부로 알려져 있습니다.

목공(穆公) 전국 시대 추나라 왕입니다.

무왕(武王) 주나라 문왕의 아들로 문왕이 죽은 후 폭군 주왕

(紂王)을 토벌하고 큰 덕으로 천하를 다스려 백성들을 감동시켰다고 합니다.

미자(微子) 미자계(微子啓)를 말합니다. 미(微)는 국명(國名)이고 본명(本名)은 개(開)입니다. 공자는 은나라에 어진 사람 셋이 있다고 했는데 그중 한 인물입니다. 《한서(漢書)》에는 이 삼인(三仁)이 가 버려서 은나라가 망하였다고까지 하는데 미자(微子)는 주(紂)의 포학을 간(諫)하다가 그가 듣지 않자 망명했다고 합니다.

백규(白圭) 맹자와 세법(稅法) 및 치수(治水)에 관해 논한 바 있으나, 맹자는 그의 설(說)을 비난했습니다.

백이(伯夷) 주(周)나라 사람으로 고죽군의 장자입니다. 동생인 숙제와 함께 《맹자》에 자주 언급되는 인물입니다. 그는 동생과 서로 나라를 사양하다가, 은나라 주왕(紂王)의 폭정을 피하여 숨어살았습니다. 그러다 문왕이 일어났다는 소리를 듣고 다시 돌아왔으나 문왕의 아들 무왕이 은나라 주왕(紂王)을 토벌하자 그것에는 반대를 하고 수양산으로 들어가 고사리를 캐 먹다가 굶어 죽었다고 합니다.

백익(伯益) 우나라의 현신(賢臣)으로 우 임금의 치수를 도왔습니다. 우 임금은 천하를 그에게 주려고 하였으나 기산(箕山)으로 피하여 받지 않았습니다.

북궁기(北宮錡) 위나라 사람으로 작록(爵祿)의 제도를 맹자에게 물었습니다.

상(象) 순 임금의 이복 동생으로 고수의 재취 부인에게서 난 아들입니다. 그는 성질이 오만불손하였으며 항상 순(舜)을 죽이려고 하였습니다. 그러나 천자가 된 순 임금은 그 동생을 죽이지 않고 유비 땅의 제후로 봉하였습니다.

서백(西伯) 주(周)의 문왕(文王)인 희창(姬昌)을 말합니다. 희창(姬昌)은 은나라 마지막 왕인 폭군 주(紂) 밑의 한 제후였는데, 기산현(岐山縣) 일대를 근거로 하여 덕치(德治)를 행하며 장차 천하를 다스릴 준비를 하였습니다. 이 문왕(文王)의 아들 무왕(武王)인 희발(姬發)이 부왕(父王)의 뜻을 이어 마침내는 주(紂)를 정벌하고 천하를 차지하였던 것입니다. 그래서 일반적으로 말하길 문왕(文王)때에 천명(天命)을 받은 것을, 무왕(武王) 때에 이르러 천명(天命)을 받든 것이라고 합니다.

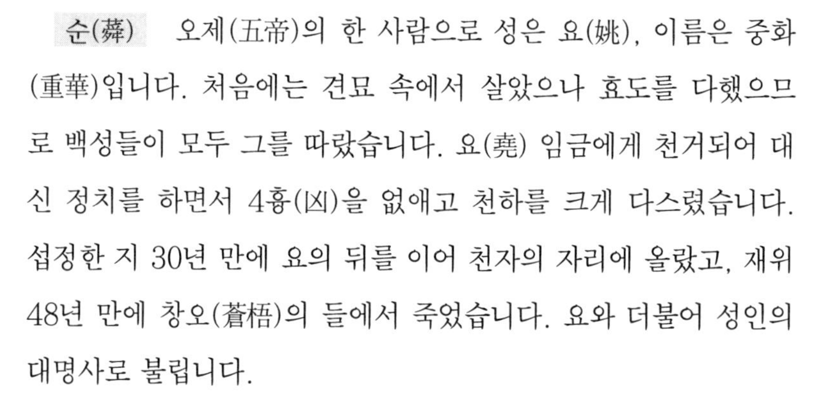

순(舜) 오제(五帝)의 한 사람으로 성은 요(姚), 이름은 중화(重華)입니다. 처음에는 견묘 속에서 살았으나 효도를 다했으므로 백성들이 모두 그를 따랐습니다. 요(堯) 임금에게 천거되어 대신 정치를 하면서 4흉(凶)을 없애고 천하를 크게 다스렸습니다. 섭정한 지 30년 만에 요의 뒤를 이어 천자의 자리에 올랐고, 재위 48년 만에 창오(蒼梧)의 들에서 죽었습니다. 요와 더불어 성인의 대명사로 불립니다.

심동(沈同) 제나라 선왕의 신하로, 맹자에게 연(燕)나라를 정벌하여도 좋은지에 대해 묻자 맹자는 좋다는 대답을 하였습니다.

악정자(樂正子) 학행이 뛰어난 맹자의 제자로 악정(樂正)은 성이고 이름은 극(克)이며 노(魯)나라에서 벼슬을 하였습니다. 맹자는 공손추(公孫丑)와의 문답에서 악정자는 선(善)을 좋아하는 사람이라고 칭찬했습니다.

안자(晏子) 제나라 대부로 절약하고 검소함이 지나쳐 한 장의 호구로 30년을 지냈다는 고사(故事)가 있습니다.

양혜왕(梁惠王) 전국 시대의 위나라 혜왕으로 무후(武侯)의 아들입니다. 조(趙)나라와 한(韓)나라를 공격하였으나 제(齊)나라에 패(敗)하였고, 또 진(秦)나라에도 패하였습니다. 도읍을 대양(大梁)으로 옮겼기 때문에 양왕(梁王)이라 칭하였고, 예(禮)를 지극히 하여 많은 현사(賢士)를 초청하였습니다.

예 하나라 말엽 유궁(有窮)이라는 나라의 왕으로 활을 잘 쏘기로 유명하였습니다. 태강(太康)을 좇아내고 그의 왕위를 빼앗았으나 끝내는 신하인 한착에게 살해당했습니다.

오획(烏獲) 무왕(武王) 때의 사람으로, 삼천 근을 들 수 있을 정도로 힘이 세었다고 합니다. 그가 달리는 소의 꼬리를 잡으니 꼬리가 끊어지기도 하고, 혹은 소가 앞으로 나아가지 못했다고 합니다.

옥려자(屋廬子) 맹자의 제자로, 옥려(屋廬)는 성(姓)이고 이름은 연(連)입니다.

유하혜(柳下惠) 노나라 대부로 덕행이 뛰어났다고 합니다. 본명은 전금(展禽), 자(字)는 계(季), 혜(惠)는 시호입니다. 유하

(柳下)에 살았다고 하며 그의 행동에 혜덕(惠德)이 있었던 까닭에 유하혜(柳下惠)라고 불렸습니다. 공자와 교우하기도 하였습니다.

윤공지타(尹公之佗) 위나라 대부로, 윤공지타(尹公之他)라고도 합니다. 윤공(尹公)이라는 복성(複姓)이 그로 인해 생겼다고 합니다.

윤사(尹士) 제나라 사람으로 맹자를 비판하였습니다.

이루(離婁) 상고 시대 황제(黃帝) 때의 사람으로 시력이 백보(百步) 밖을 볼 수 있는 정도여서 가을 짐승의 가느다란 털끝까지 볼 수 있었다고 합니다. 한서(漢書) 고금(古今) 인물표(人物表)에는 공수반(公輸般)과 더불어 춘추 시대 사람으로 나열되어 있기도 합니다.

이윤(伊尹) 은나라 현인(賢人)으로, 이름은 지(摯)입니다. 신야(莘野)에서 밭을 갈고 있던 그는 탕왕(湯王)의 부름으로 인해 아형(阿衡, 국무총리)이 되었습니다. 탕(湯)이 죽은 후 탕의 손자 태갑(太甲)이 무도(無道)하게 굴었으므로 그를 동궁(桐宮)으로 추방하였다가 3년 후 그가 뉘우치자 다시 돌아오게 했습니다.

자공(子貢) 위나라 사람으로 공자의 제자입니다. 언변이 뛰어났고 위나라와 노나라에서 벼슬을 하였으며 집에 천금을 쌓아둘 만큼 부유하였습니다. 그러나 부유해도 교만하지 않았고, 가난했을 때도 아첨하지 않았다고 합니다.

자로(子路) 노나라 변방의 사람으로 이름은 중유(仲由)이며 공자의 제자였습니다. 용맹으로 이름이 높았습니다.

자유(子遊) 오나라 사람이라고도 하고 노나라 사람이라고도 합니다. 이름은 언언(言偃)으로 공자의 제자입니다.

자장(子張) 진나라 사람으로 공자의 제자입니다. 용모가 수려하고 사람들과 잘 사귀었다고 합니다.

장식(長息) 전국 시대 사람으로, 증자의 제자인 공명고(公明高)의 제자입니다. 일찍이 순(舜)이 하늘을 부르며 운 까닭을 그가 묻자 공명고는 네가 알 바 아니라고 하였습니다.

장포(莊暴) 제나라 대부로, 일찍이 맹자를 방문하여, 왕이 음악을 좋아하는 것이 마땅한 것인지 아닌지를 물었습니다.

조교(曹交) 조나라 군주의 동생으로 추나라에 와서 맹자와 면담을 하고, 사람이 다 요·순같이 될 수 있는지에 대해 맹자에게 물었습니다.

주(紂) 은나라 마지막 왕으로 이름은 제신(帝辛)이며 주(紂)는 시호입니다. 달기를 총애하여 주색을 일삼고 폭정 끝에 주(周)의 무왕(武王)에게 멸망되었습니다. 하나라 왕 걸(桀)과 함께 폭군의 대명사가 되었습니다.

주공(周公) 문왕의 아들이자 무왕의 동생입니다. 노나라 시조(始祖)가 되었습니다.

직(稷) 주(周)나라의 시조로 후직(后稷)을 말합니다. 그의 어머니 강원(姜嫄)이 거인의 발자취를 보고 임신하였기 때문에 상스럽지 못하다고 하여, 이름을 기(棄)라 짓고 그를 버렸다고 합니다. 요 임금 때는 농사(農師)라는 벼슬을 지냈으며 순 임금 때에는 후직의 관(官)을 맡았기 때문에 후직이라고 일컫게 되었습니다. 무왕의 15대 조(祖)입니다.

진중자(陳仲子) 제나라 명문가의 자제로, 의롭지 못한 것과 타협하기 싫어한 탓에 집을 버리고 나와 숨어살았습니다.

진진(陳臻) 맹자의 제자로 진자(陳子)라고도 합니다. 《맹자》의 공손추 하편과 진심 하편에 등장합니다.

탕(湯) 은나라 왕으로 이름은 리(履), 또는 천을(天乙)입니다. 하나라 걸왕(桀王)을 내쫓고 천자의 자리에 올랐습니다.

태갑(太甲) 상(商)의 태종(太宗)을 말합니다. 은나라 왕 중임(仲壬)이 죽자 이윤(伊尹)이 태갑을 왕으로 하였으나, 즉위하자 도리에 어긋난 짓을 하고 덕을 어지렵혔으므로 이윤이 동궁으로 내쫓았습니다. 하지만 자신의 잘못을 뉘우치고 3년 만에 다시 돌아와 좋은 정치를 펼쳤습니다.

팽경(彭更) 전국 시대 사람으로, 맹자의 제자입니다.

풍부(馮婦) 진나라 사람으로, 풍(馮)은 성(姓)이고 부(婦)는 이름입니다. 호랑이를 잘 잡았다고 합니다. 그가 어느 날 들에 나갔는데 때마침 많은 사람들이 호랑이를 쫓고 있었습니다. 하지만 사람들이 감히 호랑이 앞에 다가서지 못하고 그에게 청하자, 팔을 걷어붙이고 수레에서 내린 그를 보고 사람들이 기뻐했습니다. 그러나 이를 본 뜻 있는 선비들은 그를 비웃었다는 내용이 본문에 나옵니다.

해당(亥唐) 진나라의 현인으로 숨어살며 벼슬을 하지 않았다고 합니다. 하지만 진나라 평공이 그의 현명함을 듣고 예(禮)를 갖추어 그를 만나 보았다고 합니다.

4 작가 들여다보기

맹자는 지금의 산동성 추현(鄒縣)에서 기원전 372년에 태어났습니다. 성은 맹(孟)이고 이름은 가(軻)이며 자(字)는 자거(子車) 혹은 자여(子輿) 등으로 불렸습니다. 집안은 선비 계급이었다고 하나, 어렸을 적의 생활은 서민들과 별차이 없이 가난했다고 합니다. 이렇게 가난한 시절을 보내는 동안 그는 서민들에 대한 동정과 천하의 안정을 도모하려는 사명감이 마음속 깊이 뿌리내렸던 것으로 추측됩니다.

맹자는 공자와 마찬가지로 아버지를 일찍 여의었는데 그때가 그의 나이 겨우 네 살이었습니다. 하지만 그는 현명한 어머니의 헌신적인 배려와 지도 속에서 자라났습니다. 어렸을 때의 맹자를 말하는 것으로 유명한 말이 있으니, 그것이 바로 '맹모삼천지교(孟母三遷之敎)'와 '단기지계(斷機之戒)'입니다.

맹자가 어머니와 처음 살았던 곳은 공동묘지 근처였습니다. 놀 만한 벗이 없던 맹자는 늘 보던 것을 따라 곡(哭)을 하는 등 장사 지내는 놀이를 하며 놀았습니다. 이 광경을 목격한 맹자의 어머니는 안 되겠다 싶어서 이사를 했는데, 그곳이 하필이면 시장 근처였습니다. 그랬더니 이번에는 맹자가, 시장에서 물건을 사고 파는 장사꾼들의 흉내를 내면서 노는 것이었습니다. 맹자의 어머니는 이곳도 아이와 함께 살 곳이 아니구나 하여 이번에는 글방 근처로 이사를 하였습니다. 그랬더니 맹자가 제사 때 쓰는 기구를 늘어놓고 절하는 법이며 나아가고 물러나는 법 등 예법에 관한 놀이를 하는 것이었습니다. 맹자 어머니는 이곳이야말로 아들과 함께 살 만한 곳이구나 하고 마침내 그곳에 머물러 살았다고 하는 일화를 가리켜 맹모삼천지교라 합니다. 즉 맹자의 어머니가 맹자에게 훌륭한 교육 환경을 만들어 주기 위해 세 번 이사했다는 뜻이지요.

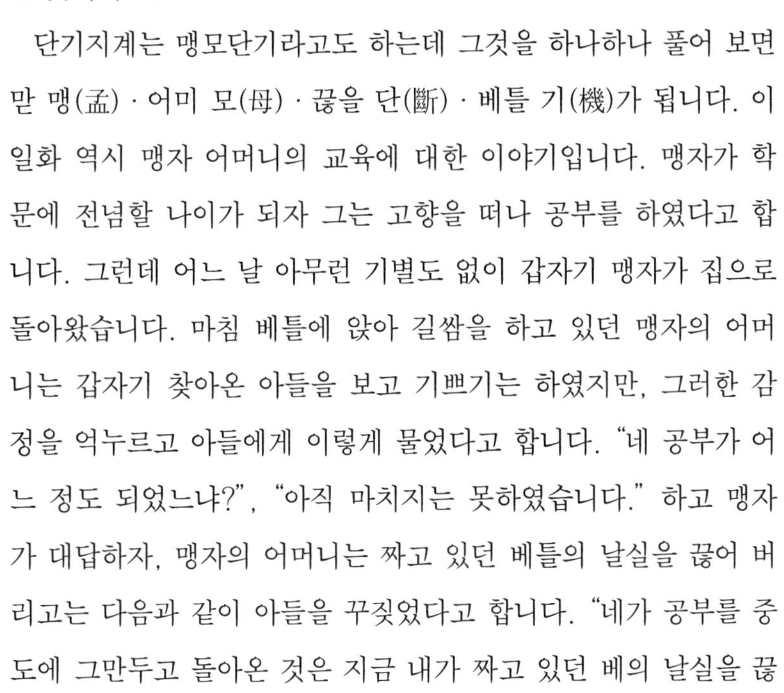

단기지계는 맹모단기라고도 하는데 그것을 하나하나 풀어 보면 맏 맹(孟) · 어미 모(母) · 끊을 단(斷) · 베틀 기(機)가 됩니다. 이 일화 역시 맹자 어머니의 교육에 대한 이야기입니다. 맹자가 학문에 전념할 나이가 되자 그는 고향을 떠나 공부를 하였다고 합니다. 그런데 어느 날 아무런 기별도 없이 갑자기 맹자가 집으로 돌아왔습니다. 마침 베틀에 앉아 길쌈을 하고 있던 맹자의 어머니는 갑자기 찾아온 아들을 보고 기쁘기는 하였지만, 그러한 감정을 억누르고 아들에게 이렇게 물었다고 합니다. "네 공부가 어느 정도 되었느냐?", "아직 마치지는 못하였습니다." 하고 맹자가 대답하자, 맹자의 어머니는 짜고 있던 베틀의 날실을 끊어 버리고는 다음과 같이 아들을 꾸짖었다고 합니다. "네가 공부를 중도에 그만두고 돌아온 것은 지금 내가 짜고 있던 베의 날실을 끊어 버린 것과 같은 것이다. 보아라, 무엇을 이룰 수 있겠느냐?"

맹자는 어머니의 이 말에 크게 깨달은 바가 있어 다시 스승에게로 돌아가 더욱 열심히 공부하였다고 합니다. 그리하여 훗날 공자에 버금가는 유학자가 되었을 뿐 아니라 아성(亞聖, '성인(聖人)에 버금가는 이'라는 뜻)으로도 추앙받게 되었으며, 맹자 어머니는 고금에 현모양처(賢母養妻)의 으뜸으로 꼽히게 되었습니다. 이 이야기는 자녀 교육에 있어서 환경이 미치는 영향이 얼마나 큰 것인가를 말해 주기도 합니다.

젊었을 때 노나라로 유학하여 공자의 손자인 자사(子思)의 문하에서 수학한 맹자는 훗날 제자들과 위나라 양혜왕, 제나라 선왕, 추나라 목공, 등나라 문공 등에게 유세(遊說, 자기의 주장을 설파하며 돌아다니는 것)를 하고 돌아다녔으나, 만년에는 향리에서 후진을 양성하는 데에만 몰두하였습니다. 《맹자》는 오랫동안 읽히지 않다가 당나라 때 한유가 이 책을 세상에 밝혔고, 그것이 북송에 계승되어 차츰 중요시되었으며, 남송의 주희(주자를 말함)가 4서의 하나로 삼게 되었습니다. 맹자는 이후 순자와 함께 유가의 정통파로 존경을 받게 되었으며, 유가의 사상을 본격적으로 일으켜 세우는 데 공헌을 하였습니다.

맹자의 연보에 대해서는 정확한 기록이 없으나, 적자기(狄子奇)의 《맹자편년》에 나온 대로 간략하게 한번 살펴볼까요?

1세(B.C.372년) 노(魯)나라 남쪽에 인접해 있는 소국 추(鄒)나라에서 태어남.

15세(B.C.358년) 노나라에서 배움.

40세(B.C.333년) 부동심(不動心)의 경지에 이름.

41세(B.C.332년) 처음 추나라 목공(穆公)을 만남.

42세(B.C.331년) 제나라 평륙(平陸)에 머무름.

43세(B.C.330년) 추나라에서 임나라로 감.

44세(B.C.329년) 제나라 평륙에서 제나라 서울로 감.

45세(B.C.328년) 제나라의 빈사(賓師)가 됨.

47세(B.C.326년) 제나라를 떠나 송나라로 감.

48세(B.C.325년) 송나라에서 추나라로 돌아옴.

49세(B.C.324년) 추나라에서 등나라로 감.

51세(B.C.322년) 등나라를 떠나 추나라로 돌아옴.

53세(B.C.320년) 양나라 혜왕의 초빙을 받고 양나라로 감.

54세(B.C.319년) 양나라 왕 영이 죽자, 양나라를 떠나 제나라로 감.

55세(B.C.318년) 제나라의 경(卿)이 됨.

56세(B.C.317년) 모친상을 당하여 제나라에서 노나라로 돌아와 장례를 모심.

58세(B.C.315년) 노나라에서 제나라로 돌아옴.

59세(B.C.314년) 제나라가 연나라를 정벌하여 횡포하자, 제나라를 떠나 송나라로 감.

60세(B.C.313년)	송경(宋徑)을 만나 인의(仁義)로 진나라와 초나라의 왕을 설득할 것을 권함.
61세(B.C.312년)	송나라에서 설나라로 감.
62세(B.C.311년)	설나라에서 노나라로 갔다가 뜻을 이루지 못하고 다시 추나라로 돌아와 후학 양성에 힘을 씀.
84세(B.C.289년)	1월 15일, 세상을 떠남.

5 시대와 연관짓기

중국의 고대 왕조인 하나라, 은나라, 주나라가 멸망하면서 중국은 춘추 시대로 접어들게 됩니다. 이때는 주나라 왕실의 세력이 점차 약해져 천자의 권위는 쇠하고 대신 제후들의 세력이 강해져 그들만의 패권 다툼이 벌어진 시대였습니다. 패권을 잡은 제후를 일컬어 흔히 오패라고 하는데 이들이 바로 제나라 환공, 진나라 문공, 초나라 장왕, 오왕 합려, 월왕 구천, 송나라 양공, 진나라 목공이라고 알려져 있습니다. 그러나 기원전 453년에 진나라가 한나라 · 위나라 · 조나라의 세 나라로 갈라지면서 전국 시대가 펼쳐집니다. 전국 시대 때는 진나라 · 초나라 · 연나라 · 제나라 · 한나라 · 위나라 · 조나라 등이 서로 패권을 두고 다투게 됩니다. 춘추 시대에는 제후들의 세력이 강했어도 명분으로나마 천자의 나라인 주나라를 존중해야 한다는 생각이 조금 있었지만 전국 시대에는 이 같은 생각마저 사라지고 오로지 힘을 앞세운 약육강식의 시대가 되어 버렸습니다. 이때는 각 나라마다 부국강병을 추구하였고 이에 편승하여 제자 백가 사상이 성행했습니다. 하지만 이들 나라 중에서 일찍부터 법을 개정하고 부국강병을 다진 진나라가 나머지 나라를 차례로 물리치면서 최초로 중국의 통일 국가를 이루게 되었습니다. 흔히 말하는 진의 시황제가 첫 통일 국가의 임금 자리에 오르게 된 것이지요.

맹자는 바로 이 전국 시대를 살았던 사람입니다. 전국 시대는 다음과 같은 특징을 갖고 있습니다.

첫째, 모든 나라마다 패권을 쥐기 위해 전쟁으로 혈안이 되어 있던 시대라는 것입니다. 그리하여 한편에서는 큰 나라들이 황제 자리를 노리며 싸우고, 다른 한편에서는 약소한 나라들끼리 자위와 생존 투쟁을 벌여야 될 형세가 되어 갔습니다.

둘째, 상황이 이러하다 보니 전쟁은 백성들에게 병역의 의무를 지게 하였고, 뿐만 아니라 많은 세금을 거두어들이게 하였습니다. 그러니 백성들은 풍년에도 굶주림에 허덕여야 했고, 흉년에는 굶어 죽는 자가 속출하였습니다.

셋째, 이때는 방랑하는 외교가와 정치가의 시대였으며, 각 나라의 왕은 성공하기에 급급하여 닥치는 대로 인재를 모으고자 하였습니다.

넷째, 수많은 학파와 학자들이 생겨 정통적인 유교를 위협할 만

큼 열광적인 지적 활동을 펼치던 시대였습니다. 맹자는 이단에 속하는 이러한 학설의 어지러움을 비판하고 공격하였습니다. 특히 양자와 묵자, 그리고 신농의 가르침을 따르는 남쪽의 농가 등을 신랄하게 비판하였습니다.

이렇게 어지러운 시대에는 새로운 질서와 안정을 마련할 수 있는 계몽된 군주가 필요함은 두말할 필요도 없겠지요. 그리하여 맹자는 "대개 500년이 지나는 가운데 한 사람의 현군(賢君)은 배출되어야 할 것이다. 햇수로 친다면 이미 지나쳤다. 시대의 형편을 따진다면 그러한 현인들이 나올 것을 기대할 법하다."라고 말하며 새로운 군주의 출현을 고대하였습니다.

6 작품 토론하기

1 인간의 본성은 선하다고 보는 맹자의 성선설(性善說)과 인간은 본디 악한 존재라고 규정하는 순자의 성악설(性惡說)을 비교하여 봅시다. 이렇게 인간의 본성에 대해 맹자와 순자가 각각 다른 의견을 주장하게 된 배경은 어디에 있는지 시대적 상황과 연관지어 이야기해 봅시다.

➔ 맹자는 사람의 본성이 본래부터 선하다는 성선설(性善說)의 세계관으로 이야기를 시작합니다. 선천적으로 사람은 착한 성질

을 타고난다는 주장의 근거로 맹자는 사단(四端), 즉 인의예지(仁義禮智)를 들고 있습니다. 사단이란, 인간의 본성에서 우러나오는 네 가지 성질을 말합니다. 다른 사람의 불행이나 고통을 그냥 보지 못하고 안타깝게 생각하는 마음이 측은지심(惻隱之心)이요, 이는 곧 인(仁)의 근본이 됩니다. 옳지 않은 것을 미워하고 부끄러워하는 것은 수오지심(羞惡之心)이요, 이는 곧 의(義)의 바탕이 됩니다. 어른을 공경하고 다른 사람에게 겸손한 태도를 가지는 것은 사양지심(辭讓之心)이요, 이는 곧 인간이 예(禮)를 가지기 때문입니다. 마지막으로 옳고 그름이 무엇인지 판별할 수 있는 것은 시비지심(是非之心)이요, 이는 곧 지(智)의 바탕이 됩니다. 이렇듯 인 · 의 · 예 · 지의 사단에 입각한 인간의 본성은 공통적인 것이기 때문에 인간은 본래 선한 존재일 수밖에 없다는 것이 맹자의 견해입니다. 이러한 맹자의 생각은 맹자가 살았던 그 시대적 상황과도 매우 밀접한 관련이 있습니다. 그가 살았던 전국 시대는 각 나라들간의 싸움으로 세상이 혼탁해져 있었고, 도(道)가 희미해져 일찍이 없었던 혼란이 세상을 지배하고 있던 시절이었습니다. 맹자는 이러한 혼란을 극복하고자, 그가 생각하는 이상론(理想論)을 제시함으로써 세상을 구제하고자 했습니다. 서로에 대한 불신과 불안이 팽배해져 가는 시대 상황 속에서, 맹자는 인간에 대한 끝없는 믿음을 설파함으로써 어려움을 극복하고자 하였던 것입니다. 따라서 이러한 맹자의 생각은 인간에 대한 무한한 신뢰를 바탕으로 하는 것이며, 현실 속에서 보여지는 인간의

모습보다는 인 · 의 · 예 · 지를 갖춘 본래적인 인간을 믿어야 한다는 조금은 이상적인 견해를 갖고 있었습니다. 시대와 상황이 달라지면서 조금씩 생각이 바뀌긴 하였지만, 인간의 선한 본성을 믿고, 그로의 회귀를 주장하는 견해는 맹자 이후 오늘날까지 계속되고 있습니다.

맹자보다 후대에 살았던 순자는 맹자보다는 현실 세계를 조금 더 냉철하게 바라보았습니다. 순자는 인간의 본성은 결코 선하지 않으며, 본래적으로 악하게 태어난 존재라고 규정하고 있습니다. 이는 맹자의 견해와 정반대되는 주장으로, 성선설(性善說)과 대비하여 성악설(性惡說)이라고 합니다. 따라서 이것은 인간 본성에 대한 또 한 갈래의 물줄기를 형성합니다. 순자의 성악설은 맹자 이래로 정설처럼 굳어져 온 성선설의 입장에 정면으로 도전하고 있습니다. 순진하게 인간을 믿을 수만은 없다는 것이 순자의 생각이었으니까요. 순자의 모든 사상은 이 성악설에서 시작되고 있습니다. 그는 사람은 선천적인 본성에 지배되기보다는 후천적인 인위(人爲)에 의해서 그 본성이 지배를 받는다고 생각했습니다. 즉, 교육과 학문을 통하여 악한 본성을 변화시키고 인위적으로 선(善)이 발로(發露)하도록 해야 한다는 것이지요. 그래서 이것을 통해 선이 절로 모아지고, 덕이 이루어져 성인의 길을 걷게 될 것이라고 말합니다. 그렇다면 인간에 대한 교육을 귀하게 여기고, 본성을 귀하게 여기지 않는 것으로 해석될 수 있고, 유전보다는 환경에 주안점을 둔 사상이라고 볼 수 있습니다. 순자는 이러한 환경의 변화가 예(禮)를 통하여 이루어진다고 말합니다. 그리하여 예를 중심으로 정치론과 교육론을 펼쳤습니다. 이러한 그의 생각은 앞서 맹자가 살았던 시대와 순자가 살았던 시대가 조금 달랐기 때문에 가능했던 것으로 보입니다. 그가 살았던 시대는 맹자가 살았던 시대보다 사회가 좀더 확대되었으며, 인간의 본성을 믿고 그것을 바탕으로 대중을 교화하는 데 한계가 있었기 때문입니다. 따라서 이러한 시대의 흐름에 맞는 또 다른 사상이 발아(發蛾)해야 할 필연적 요구가 있었는지도 모릅니다. 순자의 성악설은 이에 부응하여, 민중을 통치하고, 교화하기에 적합한 이론이었습니다.

2 혁명이란 하늘의 명을 받아 채찍으로써 부패한 권력을 징벌한다는 것을 의미합니다. 서양에 마르크스가 있다면, 동양에서는 맹자가 그 위치를 대신한다고 할 수 있습니다. 맹자의 사상을 중심으로 혁명에 대해 생각해 봅시다.

➡ 맹자와 마르크스는 아무리 강력한 권력을 갖고 있다 하더라도 백성의 안위와 행복을 짓누르는 세력은 하늘의 뜻에 따라 백성의 심판을 받을 수밖에 없다는 진리를 공통적으로 말하고 있습니다. 제자 백가 중 한 사람인 맹자는 그 정치 사상이 진보적인 것으로 유명합니다. 바람직한 권력 이동은 하늘의 뜻과 백성의 뜻의 합심으로 가능하다고 하는 그의 정명론은 혁명론이라 불릴

만큼 진보적인 색채를 띠고 있습니다. 맹자는 정명론에 기초하여 왕답지 못한 통치자는 더 이상 왕이 아니며, 백성들에게는 그런 부당한 통치자인 왕에게 저항하고 반란을 일으킬 권리가 있다고 말합니다. 더 나아가 필요하다면 반란 과정에서 그를 죽일 수 있는 권리까지 있다고 선언하고 있습니다. "하늘은 백성이 듣는 것처럼 듣고 하늘은 백성이 보는 것처럼 본다."고 함으로써 맹자는 백성을 통치에 대한 판단의 궁극적 기준으로 삼았을 뿐만 아니라 인간을 하늘 그 자체의 기준으로 삼았습니다. 맹자가 살았던 전국 시대는 유력한 제후들이 스스로 왕을 자칭하고 무력으로 천하의 패권을 장악하려 했습니다. 그들의 목표는 제나라 환공이나 진나라 문공과 같은 패자가 되는 것이었습니다. 이러한 상황에서 맹자는 그의 이상주의적인 사상을 제후에게 유세하고 다니면서 패도를 부정하고 왕도를 제창했습니다. 이는 힘으로 다스리는 패도 정치로는 사람의 마음을 얻을 수 없으며, 인애(仁愛)에 의한 왕도(王道)로써만이 백성의 마음을 얻고 천하를 다스릴 수 있다는 정치 철학입니다. 맹자는 덕의 유무에 따라 천명이 따른다고 보아, 덕이 없는 악덕 군주를 신하들이 몰아내는 것이 혁명이며, 이는 민심이 천심을 따라서 행하는 일이라 하여 후세 왕조 교체에 있어서 그 이론적 근거가 되었습니다. 맹자가 추구하는 인의(仁義) 정치, 왕도(王道) 정치는 바로 민의(民意)에 바탕을 둔 정치입니다. 맹자는 역사의 한가운데 있는 평민의 의미를 소중히 여겼습니다. 민심을 좇아 민생을 도모하고 천하의 인심을 얻는 것이 바로 왕도의 기본이라 생각했던 것입니다. "가장 귀중한 것으로 말하자면 단연 백성이 으뜸이다. 사직(社稷)은 그 다음이며, 임금은 가장 가벼운 존재이다. 이런 연유로 뭇 백성의 신임을 얻으면 천자가 되나, 천자의 신임을 얻으면 제후밖에 되지 않고, 제후의 신임을 얻으면 대부밖에 되지 않는 것이다."라고 선언한 맹자의 민본 사상은 평민의 목숨은 한낱 가랑잎과도 같았던 춘추 전국 시대에 혁명적인 선언이었으며, 오늘날 국민이 주인이라는 민주주의 사상의 본보기가 되고 있습니다.

 독후감 예시하기

▌독후감 1▐ 오늘날까지도 많은 사상적 영향을 끼친 맹자

아직 나이 어린 나에게 《맹자》를 비롯한 유교의 책들은 무척이나 어렵게 여겨지는 것이 사실이다. 그러나 《맹자》를 읽으면서 난세를 살며 고민해야 했던 맹자의 인간적인 모습을 보고 정말 많은 감동을 받게 되었다.

《맹자》는 전부 7편의 이야기로 꾸며져 있다. 각 편마다 정연한 논리 전개와 적절한 비유, 그리고 재미있는 예증으로 까다로운 유가의 사상을 비교적 쉽게 이해할 수 있었다. 또한 이 글을 읽는 동안 내내 이것이 2천5백 년 전 사람의 말이요, 생각이라는 사실이 도무지 믿어지지 않을 만큼 깊은 사상성을 갖고 있다는 것에 대해 놀라움을 금할 수가 없었다. 서양의 지식과 사상이 숭배받고 있는 오늘날의 이 시점에서, 그 먼 옛날 동양의 한 사상가의 생각은 정말 시대를 앞서가는 것이었을 뿐만 아니라 서양보다도 먼저 학문적·사상적 고찰이 이루어졌다는 것도 알게 되었다. 뒷날에나 이루어졌던 민주주의 사상과 마르크스가 제시한 혁명론, 부의 균등 분배 등이 벌써 책 구석구석에서 싹트고 있었기 때문이다.

맹자가 살았던 시대는 중국의 전국 시대로 은나라와 주나라가 망하고, 각지의 제후들이 서로의 패권을 다투던 때였다. 이러한 난리통에 백성들은 당연히 굶주리고 피폐할 수밖에 없었을 것이다. 이러한 난세를 바라보아야만 했던 사상가 맹자는 백성을 중시해야 한다는 민본 사상을 제시하고, 서로 싸우는 패도가 아닌 왕도 정치를 행하는 인물이야말로 진정한 왕이 될 수 있다고 주장했다. 그래서 그는 포학한 정치를 하는 왕에 대해서는 혁명을 일으켜 바꿀 수도 있다는 역성 혁명을 주장했던 것이다. 이는 후에 서양의 로크가 민권주의를 말하고, 마르크스가 공산주의 혁명을 주장했던 것보다 수천 년 앞선 사상이다. 뿐만 아니라 맹자는 당시의 이단과 잡학 사상을 비판하고, 올바른 사상을 정립하기 위해 노력했다.

맹자가 주장한 성선설은 인간에 대한 믿음과 신뢰를 새롭게 복원하였다. 이러한 인간에 대한 신뢰는 그의 사상 전반에 영향을 미쳤고, 바른 인성의 신장을 통하여 그 도를 펼치는 것을 매우 중요하게 여겼다.

그에게 있어서 진정한 인의(仁義)란 눈앞의 이익이 아닌, 전체를 총괄하는 도(道)였다. 그는 위나라 양혜왕과 이야기하기를 "임금께서는 왜 하필 이익만을 말씀하십니까? 오직 인(仁)과 의(義)가 있을 뿐입니다."라고 했다. 이는 현재 실용주의 가치관에 빠져 눈앞의 이익만을 좇아 살아가고 있는 현대인들에게 정말 신선한 충격이 아닐 수 없다.

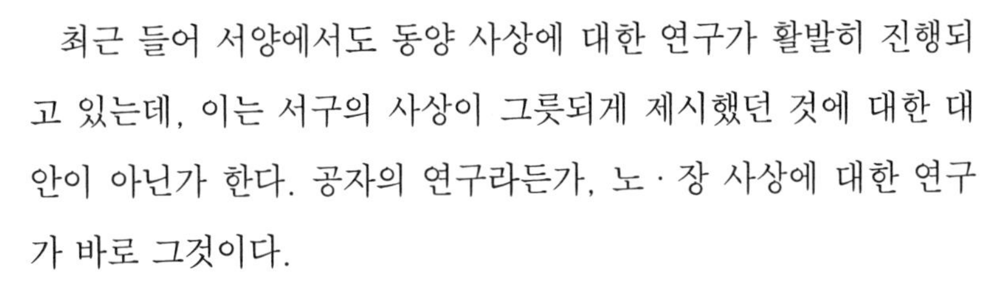

최근 들어 서양에서도 동양 사상에 대한 연구가 활발히 진행되고 있는데, 이는 서구의 사상이 그릇되게 제시했던 것에 대한 대안이 아닌가 한다. 공자의 연구라든가, 노 · 장 사상에 대한 연구가 바로 그것이다.

합리적이면서도 전체를 바라보는 맹자의 식견 역시 현대인들에게 많은 도움을 주리라는 생각을 하며 글을 맺는다.

▌독후감 2▐ 이상적 인간상인 맹자의 호연지기

영어 관련 책을 보다 보면 "Boys, be ambitious!"라는 문구를 볼 수 있다. 이를 해석하면 "청년이여, 야망을 가져라!"가 된다. 또 공자를 비롯한 각 성현들의 명언을 기록한 《명심보감》에는 "일생의 계획은 어릴 때(청소년기)에 달렸고, 1년의 계획은 봄에 달려 있으며, 하루의 계획은 새벽에 달려 있다."라는 말이 있다.

내가 《맹자》를 읽으면서 가장 마음에 와 닿았던 것은 바로 호연지기(浩然之氣)에 관한 부분이었다. 나는 이 부분을 읽으면서 위에서 말한 영어 문구와 명심보감의 말이 자연스레 떠올랐다. 이는 호연지기와 맥락을 같이하기 때문이 아닐까 한다.

그러나 맹자의 호연지기에는 위에서 말한 단순한 기상과는 다른 뭔가가 있었다. 맹자의 제자 공손추가 묻기를, "만약 선생님께서 제나라 제상이 되시어 선생님의 도(道)를 펼칠 수 있게 된다면, 그래서 이로 말미암아 패왕이 되신다 해도 별로 이상할 것이 없을 것입니다. 만약 이렇게 된다면 마음이 움직이시겠습니까?" 라고 하자, 맹자가 말하기를 "내 나이 사십이니, 결코 마음이 움직이지는 아니할 것이다."라고 하였다. 마음이 움직이지 않는다는 것이 바로 부동심(不動心)이니 어떻게 하면 마음이 움직이지 않을 수 있을까? 역시 그 해답은 맹자의 대답에 들어 있었다. 그것은 한마디로 말해 '용(勇)'이라는 것이다. 이 용은 단순한 용맹이나 용기가 아니라 자기 마음속에 부끄러움이 없으면 아무것도 두려울 게 없는 것으로, 마음을 움직이지 않게 하는 최상의 수단이 될 수 있다는 뜻이다. 하지만 이 부동심은 호연지기를 갖춘 자만이 가질 수 있다.

호연지기란 무엇인가? 그것은 천지에 가득 찬 넓고 큰 원기로 하루아침에 길러지는 것이 아니다. 호연지기는 그 뿌리를 도의에 두고 공명정대하여 조금도 부끄러울 바 없는 도덕적 용기를 말한다. 그러니 이것만 갖추고 있으면 모든 사물에서 해방되어 자유롭고 즐거운 마음을 가질 수 있다고 했다.

맹자의 호연지기는 겉으로 나타나는 용맹이나 기상만을 말하는 것이 아니다. 그것은 마음속에 내재되어 내 안에 있는 밝은 덕을 찾아내는 것이다. 맹자는 스스로 이런 호연지기를 기른 자라고 했다. 그러니 나이 마흔이 되어서 흔들림 없는 부동심을 갖출 수 있었던 것이라는 생각이 든다.

그렇다면 이 호연지기는 우리와 같은 청소년들이 갈고 닦아야 할 덕목이라고 생각된다. 그러나 요즘의 청소년들이 과연 이 호연지기를 염두에 두고 자신의 인생을 갈고 닦는지에 대해서는 회의가 인다. 친구들만 해도 TV에 나오는 연예인이나 컴퓨터 게임 등에만 빠져 자신들의 미래를 생각지 않고 살아가기 때문이다. 물론 그것이 나쁘다는 것은 아니다. 하지만 꿈도 희망도 포기한 채 너무 맹목적이라는 것이 염려될 뿐이다. 차라리 저 북한산 정상에 올라 하늘을 우러러보거나 산 아래를 굽어보면서 자신의 미래를 생각함이 더 가치 있는 것이 아닐까?

아무튼 《맹자》는 내게 있어 호연지기에 대해 생각해 볼 수 있는 좋은 기회를 준 소중한 책이었다. 아울러 진정한 용기란 힘이나 사나움에서 나오는 것이 아니라 인격의 수양에서 나오는 것이며, 이것을 연마함으로써 나쁜 것을 배격하고 도리에 맞게 행동하는 양심을 가질 수 있다는 것도 깨닫게 되었다.

독후감 제대로 쓰기

맹 자

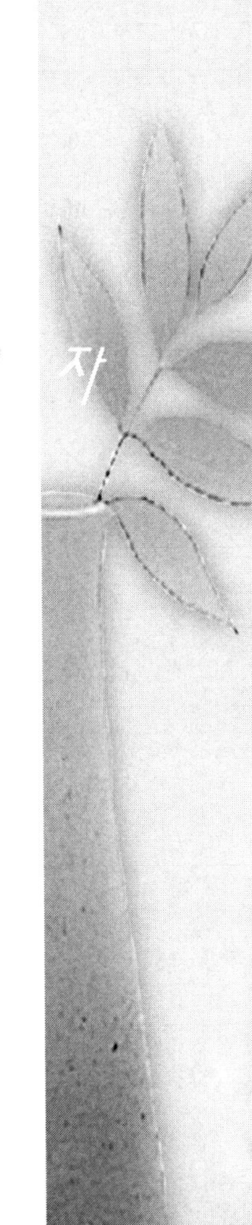

책을 읽기 전에

우리는 책을 통해서 지식을 쌓고 학문을 연마하게 됩니다. 또한 교양을 얻고 수양을 쌓게 되지요. 그리하여 즐겁고 보람 있는 생활을 할 수 있는 것입니다. 이러한 습관이 지속된다면 이것이 곧 나의 생활 자체가 되고, 책을 읽는 시간이 얼마나 가치 있고 즐거운 시간인지 깨닫게 될 것입니다.

독후감을 쓰기 위해서는 책을 읽어야 함은 말할 것도 없습니다. 그러나 아무 책이나 읽는다고 다 좋은 것은 아닙니다. 특히 중학생은 아직 양서를 구별할 만한 충분한 지식을 갖추지 못하였기 때문에 선생님 혹은 부모님, 그리고 선배들이 권하는 책이나, 이미 국내적으로나 세계적으로 잘 알려진 명작이나 명저를 찾아 읽는 것이 바른 방법이라고 볼 수 있습니다. 예컨대 사회적으로 존경받을 만한 사람들의 일대기를 그린 위인전이나 자서전 같은 것은 읽을 가치가 있으며, 명시 모음집이나 명작 소설, 특정한 분야의 관찰기, 평론집 같은 것도 좋은 읽을거리가 될 수 있습니다.

그럼 효율적인 독서를 위해서 어떤 점에 유의해야 할지 알아볼까요?

첫째, 본문을 읽기 전에 책의 앞부분에 있는 머리말이나 해설하는 글을 먼저 정독합니다. 그러면 책을 쓰게 된 동기나 평가 등에 대하여 잘 알 수 있게 되죠.

둘째, 목차를 잘 살펴봅니다. 목차에서 그 책의 내용이 어떻게 전개될 것인가에 대해 미리 파악할 수 있기 때문입니다.

셋째, 본문을 읽기 시작하면, 그 중에 잘 모르는 단어나 문구가 나오기 마련입니다. 그런 것은 곧 사전을 찾아 뜻을 알아두어야 합니다. 그런 것을 무시하였다가는 자칫 전체를 이해하지 못하는 오류를 범할 수 있거든요.

넷째, 각 문단별로 소주제가 무엇인지를 파악하고, 그 줄거리를 요약하는 습관을 길러야 합니다. 특히 필자가 표현하려는 것과 그 뒷받침되는 내용이 무엇인지 알아내는 것이 필수겠지요.

다섯째, 글의 배경은 무엇인지, 앞뒤 맥락이 어떻게 이어지고 있는지를 잘 생각하면서 읽어야 합니다. 그리고 소설일 경우에는 주인공과 등장인물들의 성격이나 특성을 파악하는 것이 무엇보다 중요하겠지요.

여섯째, 다 읽은 다음에는 줄거리를 만들어 보고, 전체적인 주제가 무엇인지 정리하는 작업도 필요합니다.

 책을 감상하는 방법

책을 읽을 때에는 내용을 진지하게 파고들어 가며 읽어야 합니다. 즉 자기의 현재 생활과 비교해 가면서 생각의 폭과 사고를 넓혀 나가는 것이 중요하답니다. 그리고 작품의 문체 · 제목 · 주제 · 논제 등도 염두에 두고 읽으면 나중에 독후감을 쓰기가 좀더

수월해집니다.

그리고 저자가 강조하고 있는 내용과 사건들이 현재 우리 사회에 어떤 의미를 가지고 있으며 어떻게 발전시켜 나가야 할 것인가를 생각하며 읽습니다. 더불어 저자가 작품에서 강조하려고 하는 것이 무엇인가를 파악하며 읽을 필요가 있습니다. 그렇다고 굉장한 부담을 느끼면서 책을 읽을 필요는 없습니다. 책 읽는 것 자체를 즐긴다면 그리 깊게 생각하지 않아도 작가가 말하려는 바를 깨닫게 될 테니까요.

그렇다면 각 문학 장르에 따라 어떤 점에 유념하여 책을 읽어야 하는지 알아볼까요?

▌소설▐ 작품의 주제를 파악하고 작중 인물의 성격과 배경을 생각하며 주인공이 어떻게 변화되어 가고 있는가를 염두에 두고 읽습니다. 자신의 생각이나 현실과 결부시켜 보는 것도 재미를 배가시켜 줄 거예요.

▌시▐ 선입견을 갖지 않고 그대로 느낌을 받아들이며 읽습니다.

▌희곡▐ 무대 상연을 전제로 하여 쓰여진 것이기 때문에 시간적 · 공간적 제약을 받는다는 것을 염두에 두어야 합니다.

▌역사 소설▐ 인물 · 사건 등을 작가가 상상력에 의존하여 구성한 글로서, 항상 계몽사상이나 민족의식 고취 등 어떤 목적이 들어 있는지를 파악하며 읽어야 합니다.

▌역사▐ 역사는 역사 소설과는 구분지어야 합니다. 이것은 정

확한 기록으로 글쓴이의 주관적 해석이 들어 있을 수 없으며, 시간의 흐름에 따라 사건을 나열한 것임을 생각해야 합니다.

▌**수필**▌ 지은이의 인생관이 들어 있습니다. 심리적 부담감이 적으므로 편안한 마음으로 읽을 수 있습니다.

▌**전기문**▌ 인물의 정신, 자취, 시대적 배경과 사회적 환경을 먼저 파악해야 합니다.

▌**과학 도서**▌ 미지의 세계에 대한 탐구심, 합리적 사고력 배양, 지식과 정보의 입수, 창의력을 기르는 데 도움이 되므로 평소 이에 대한 흥미를 갖는 것이 중요합니다.

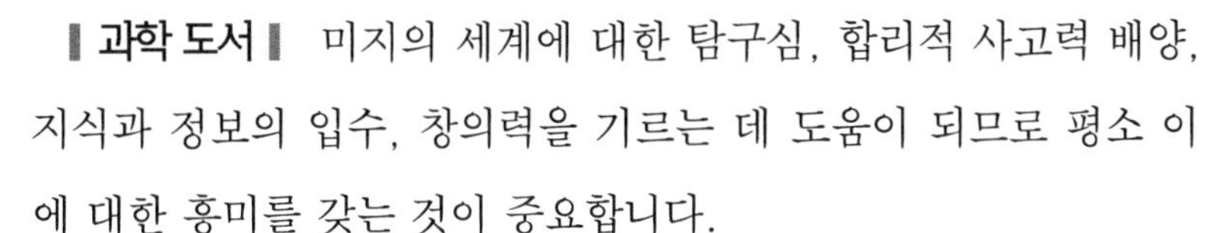

3 독후감이란 무엇인가?

독후감은 말 그대로 어떤 글이나 책을 읽고, 그에 대한 느낌이나 생각을 쓰는 것입니다. 좋은 책을 읽고 그것을 정리해 두지 않는다면 곧 그 내용을 잊어버려, 독서를 한 만큼의 가치를 얻지 못할 수도 있으니까요. 그러므로 한 권의 책을 읽으면 곧 그 책의 내용을 정리하고, 느낌이나 생각을 적어 두는 것이 좋습니다.

독후감은 느낌이나 생각을 거짓 없이 써야 하지만, 그렇다고 아무렇게나 써도 되는 것은 아닙니다. 즉 독후감도 글이므로 수필의 형식으로 쓰든, 논술의 형식으로 쓰든, 정확하게 읽고 주제와 내용에 맞게 써야 함은 물론이죠. 아무리 좋은 글이나 책이라도,

잘못 읽어 실제와 맞지 않는 생각이나 느낌을 쓰면 좋은 독후감이라고 할 수 없거든요. 그러므로 좋은 독후감을 쓰려면 독서를 잘해야 한다는 것이 전제됩니다. 독서를 잘하는 방법은 따로 있는 것이 아니라, 그저 많이 읽다 보면 요령이 생기고, 이해도 쉽게 되며, 능률도 오르게 되는 것입니다.

4 독후감은 왜 쓰는가?

독후감을 쓰는 목적은 독후감을 작성함으로써 독서하는 능력이 향상되고 글 쓰는 훈련을 할 수 있기 때문입니다. 그러므로 독후감을 쓰기 위해 책을 읽으면 보다 깊은 생각을 하면서 책을 읽게 됩니다. 또한 책을 통해 생활을 반성하며, 책에서 얻은 지식과 감명을 음미하여 자기 생활에 적용시킬 수 있습니다. 문장력과 논리적 사고가 향상되는 것은 물론이고요! 그럼 독후감을 왜 쓰는지 다음과 같이 정리해 볼까요?

1. 읽은 책의 내용을 되살려 다시 음미해 볼 수 있습니다.
2. 감동을 간직하고 책 읽는 보람을 얻을 수 있습니다.
3. 책을 통해 지식을 심화시킬 수 있습니다.
4. 책을 통해 자신의 문제를 연관지어 볼 수 있습니다.
5. 글을 써 봄으로 해서 생각을 깊이 있게 할 수 있습니다.
6. 독서 목표를 확실히 할 수 있습니다.

⑦ 작품에 대한 비판력과 변별력을 기를 수 있습니다.

⑧ 자신의 생각을 조리 있게 쓸 수 있는 작문력을 향상시켜 줍니다.

⑨ 사고력과 논리력, 추리력을 기를 수 있습니다.

⑩ 바르게 책을 읽는 습관을 형성할 수 있습니다.

 독후감을 쓰기 전에 생각하기

독후감은 수필의 형식이든 논술의 형식으로든 쓸 수 있다고 했는데, 사실 이 둘의 차이는 모호합니다. 다만, 수필이 자유롭게 붓 가는 대로 쓰는 것이라면 논술은 논리 정연하게 쓴다는 점이 다르다고 할 수 있습니다.

붓 가는 대로 자유롭게 수필의 형식으로 쓰는 독후감이라도 글의 앞뒤가 맞지 않는다든지, 주제가 통일되지 않으면 좋은 평가를 받을 수 없습니다. 논리 정연하게 쓰는 독후감이라면, 서론 · 본론 · 결론으로 나누어 서술해야 함은 물론이구요.

서론에 해당되는 부분에서는 그 책에 대한 소개나 쓴 사람의 생애, 또는 특기할 만한 일화 같은 것을 적는 것이 일반적입니다.

본론에 해당하는 부분에서는 그 책을 읽고 특별히 다루려는 내용을 체계적이고 구체적으로 써야 합니다.

결론에서는 본론에서 다룬 내용을 요약하거나, 자신이 읽은 후의 감상, 그 책의 좋은 점, 나쁜 점 등을 들어서 마무리를 해야 합니다.

독후감은 짧게 쓰는 것이 상례이므로, 작품 전체를 거론하기보다는 특정한 주제를 잡아서 쓰는 것이 좋습니다. 보편적으로 다룰 수 있는 몇 가지 주제를 제시해 보면 다음과 같습니다.

첫째, 작가의 의식이나 주인공의 언행, 성격과 연관지어 주제를 구현시키는 방법입니다. 문학 작품이라면 주제가 애정이나 애국, 의리나 배반일 수 있으므로 이러한 점에 초점을 두고 써야겠지요. 또한 과학에 관계된 것이라면, 그 발명의 의의나 연구자의 노력과 관련시켜 서술해야 하겠지요.

둘째, 저자의 이념이나 생애, 업적에 관심을 두고 쓰는 방법입니다.

그 작품을 통하여 알 수 있는 저자의 철학이나 사상 또는 저자가 그 작품을 남기기까지의 역경이나 작품을 쓰게 된 동기, 작품의 가치나 다른 작품에 미친 영향 등 작품과 연관시켜 쓰는 것이지요.

셋째, 작품의 내용을 중심으로 기술합니다

예컨대, 작품 속 주인공의 성격을 분석하거나 다른 사람과 비교해 볼 수도 있고, 그 작품의 사건이나 시대적 배경을 논의하거나, 작품의 구성 같은 것에 초점을 두고 이야기할 수도 있습니다.

이와 같이 작품을 읽기 전에 먼저 어떤 점에 중점을 두고 독후감을 쓸 것인가를 염두에 둔다면, 그렇지 않은 경우보다 훨씬 이해가 쉽고, 나중에 독후감을 쓰는 데에도 도움이 될 것입니다.

6 독후감의 여러 가지 유형

1. 처음에 결론부터 쓴 다음 왜 그러한 결론이 도출되었는지 자기의 감상을 자세하게 쓰거나 또는 감상을 먼저 쓰고 결론을 씁니다.

2. 책을 읽게 된 동기부터 설명하고 글 중간에 자기의 감상을 씁니다.

3. 저자나 친구에 대한 편지 형식으로 감상을 쓰거나 주인공에게 대화 형식으로 씁니다.

4. 시(詩)의 형태로 감상문을 씁니다.

5. 대화문(對話文) 형식으로 씁니다.

6. 줄거리부터 요약한 다음 자기의 느낌이나 생각을 씁니다.

7 독후감을 구체적으로 쓰는 방법

어렵게 쓰겠다는 생각은 하지 말고 쉽게 써야겠다는 마음가짐을 가져야 좋은 글이 나올 수 있습니다. 그리고 무엇보다 감상문을 쓰기 전에 무엇을 어떻게 쓸까 조목별로 골자를 먼저 쓰고, 이 골자에 살을 붙이는 방법으로 쓰려고 노력해야 합니다. 이 때 의도적으로 아름답게 잘 쓰려고 하지 않는 것이 좋습니다. 자, 그럼 더 자세하게 알아볼까요?

1. 먼저 제목을 붙입니다.

2. 처음 부분(머리글)을 씁니다.

- 책을 읽게 된 이유나 책을 대하였을 때의 느낌을 씁니다.
- 자신의 생활 경험과 관련지어 써 봅니다.
- 제일 감동받은 부분을 씁니다.
- 지은이나 주인공을 소개하는 글을 씁니다.

3. 가운데 부분을 씁니다.

- 자기의 생활과 견주어 씁니다.
- 주인공과 나의 경우를 비교해서 씁니다.
- 시시비비를 분명히 가려야 합니다.
- 가장 극적이었던 부분을 소개합니다.

4. 끝부분을 씁니다.

- 자신의 느낌을 정리합니다.
- 자신의 각오를 씁니다.

독후감을 쓴 다음에는 다음과 같은 추고의 과정이 필요합니다.

첫째, 쓴 글을 다시 한 번 읽으면서 맞춤법이나 표준어 규정에 어긋나는 것은 없는지 살펴보아야 합니다.

둘째, 문장이 잘 구성되어 있는지, 또 문단이 잘 짜여져 있는지 알아보아야 합니다. 한 문단에는 소주제문과 보조문들이 있어야 하는데, 그런 점이 잘 지켜져 있는지 유의해야 합니다.

셋째, 글 전체의 구성이 잘 이루어졌는지 살펴봅니다. 예를 들어 서론에 해당하는 부분이 지나치게 길다든지, 결론에 해당하는 부분이 너무 짧다든지, 전체적인 구성이 균형을 잃고 있다면 다시 고쳐 써야 하겠지요.

우리가 시간을 들여 열심히 책을 읽고 난 후 독후감을 잘 쓰기 위해서는 책을 읽고 있는 동안의 느낌을 잊지 않고 글로써 표현할 줄 알아야 하며, 책을 읽고 가장 감명받은 부분을 기억하고 있어야 합니다. 또한 다른 사람들은 어떻게 독후감을 썼는지 남의 것을 읽어 보고, 자신의 것과 비교해 보며 자주 글을 써 보는 것이 중요합니다. 그렇게 하다 보면 자신만의 개성 있는 필치로 독특한 감상문을 쓸 수 있게 되지요. 학교에서 아무리 독후감 숙제를 내주어도 부담없이 즐거운 기분으로 끝낼 수 있을 겁니다!

8 그 밖에 알아두면 유익한 것들

독후감 쓰기 10대 원칙

1. 자신의 수준에 맞는 책을 선택합시다.

2. 독후감 쓰는 형식이 있기는 하지만 너무 거기에 구애받을 필요는 없습니다.

3. 자신이 작가라면 어떻게 글을 이끌어갈지를 생각하며 읽어 봅시다.

4. 평소 음악 평론이나 영화 평론을 많이 읽어 봅시다.

5. 읽으면서 마음에 와닿는 것이 있다면 따로 적어 둡시다.

6. 현대 사회의 문제점과 비교하면서 읽어 봅시다.

7. 모르는 것이 있으면 적어 두는 습관을 기릅시다.

8. 신문 사설이나 칼럼을 스크랩해서 필요할 때 사용합시다.

9. 요약하는 데에만 집착하지 말고 제대로 책을 읽읍시다.

10. 읽은 후에는 꼭 독후감을 직접 써 봅시다.

▌책을 읽는 10가지 방법▐

1. 아주 어릴 때부터 책과 친하게 지내는 습관을 기릅시다.

2. 너무 속독하려 하지 말고 담겨진 내용을 충실히 읽는 습관을 기릅시다.

3. 항상 작품이 나와 어떠한 상관 관계가 있는지 체크를 해 가며 읽읍시다.

4. 무조건 책장을 넘길 것이 아니라 시시비비를 가려 가면서 읽읍시다.

5. 매일매일 조금씩이라도 책을 읽는 습관을 들입시다.

6. 책 속에 담긴 뜻을 음미하고 되새기면서 읽읍시다.

7. 너무 자신의 취향에 맞는 책만 읽지 말고 다양한 장르의 책을 골고루 읽도록 합시다.

8. 책 속에 담겨진 교훈을 깊이 생각하고 생활에 적용시킵시다.

9. 책에 따라 읽는 방법을 달리하는 습관을 들입시다. 모든 책이 만화책은 아니기 때문이죠.

10. 바른 자세로 앉아 눈과의 거리를 30센티미터 두고 밝은 곳에서 읽읍시다.

 원고지 제대로 사용하기

▌제목 및 첫 장 쓰기▐

1. 제목은 석 줄을 잡아 둘째 줄 가운데에 씁니다.

2. 1행 2칸부터 글의 종별을 표시합니다. 가령 수필이면 '수필'이라고 씁니다. 간혹 글의 종별을 표시 없이 비워 두는 경우가 많은데 이는 적는 것을 잊었거나, 원고지 사용법에 무관심하기 때문입니다.

3. 제목을 쓸 때에는 마침표를 찍지 않고, 물음표와 느낌표는 붙이지 않는 것이 좋습니다.

4. 제목에 줄임표는 사용하지 않는 것이 상례입니다.

5. 이름은 넷째 줄 끝에 두 칸 정도를 남기고 씁니다. 특별한 경우에는 서너 칸을 남겨도 됩니다.

6. 성과 이름은 붙여 씁니다. 다만, 성과 이름을 분명히 구별할 필요가 있을 경우에는 띄어 쓸 수 있습니다. 예) 임채후(○), 남궁석(○), 남궁 석(○)

7. 본문은 여섯째 줄부터 쓰는 것이 좋습니다. 단, 특수한 작문인 경우는 적절히 올려 넷째 줄부터 본문을 시작해도 상관없습니다.

8. 학교 이름이나 주소가 길 경우에는 세 줄을 잡아 쓸 수 있습니다.

9. 주소는 보통 표제지에 기재하고 원고지 첫 장에는 제목과 성명만 간단하게 적는 것이 상례입니다.

10. 성명의 각 글자는 시각적 효과를 위해 널찍하게 한두 칸씩 비워 써도 무방합니다.

11. 학교 앞에 지명을 기입할 때에는 학교명을 모두 붙여 써서 지방을 표시하는 지명과 학교명의 구분을 명확히 해 주는 것이 좋습니다.

▌첫 칸 비우기 ▌

1. 각 문단이 시작될 때에는 첫 칸을 비우고 씁니다.

2. 대화체의 경우에는 첫 칸을 비우고 씁니다.

3. 인용문이 길 때에는 행을 따로 잡아 쓰되, 인용 부분 전체를 한 칸 들여서 씁니다.

4. 첫째, 둘째, 셋째 등으로 이야기를 전개해야 할 때에는 시작할 때마다 첫 칸을 비울 수 있습니다. 단, 그 길이가 길거나 제시된 내용을 선명하게 하고자 할 때 비워 둡니다.

5. 시는 처음 두 칸 정도 줄마다 비우고 씁니다.

▌줄 바꾸기 ▌

1. 문단이 바뀔 때에는 줄을 바꾸어 씁니다.

2. 대화는 줄을 새로 잡아 씁니다.

3. 인용문을 시작할 때에는 줄을 바꾸어 씁니다. 단, 그 길이가 길 때 한해서입니다.

4. 대화나 인용문 뒤에 이어지는 지문은 글이 다시 시작되는 것이므로 한 칸을 들여 씁니다. 단, 이어 받는 말로 시작되는 지문은 첫 칸부터 씁니다.

▌문장 부호 및 아라비아 숫자, 영문자▐

1. 문장 부호는 한 칸에 하나씩 넣는 것이 원칙입니다.

2. 아라바아 숫자는 한 칸에 두 자씩 넣습니다.

3. 한자(漢字)로 쓸 때에는 띄어 쓰지 않습니다. 그러나 한자와 한글이 함께 쓰이면 띄어 쓰기를 합니다.

4. 마침표(.)와 쉼표(,) 다음에는 통례상 한 칸을 비우지 않으며, 느낌표(!), 물음표(?) 다음에는 통례상 한 칸을 비웁니다.

5. 행의 첫 칸에는 문장 부호를 쓰지 않습니다. 첫 칸에 문장 부호를 써야 할 경우에는 그 바로 윗줄의 마지막 칸에 글자와 함께 씁니다.

6. 영문자의 경우, 대문자는 한 칸에 한 글자, 소문자는 한 칸에 두 글자씩 넣습니다.

10 문장 부호 바로 알고 쓰기

1. 마침표 : 문장을 끝마치고 찍는 문장 부호로 온점(.), 물음표(?), 느낌표(!)를 이르는 말입니다.

2. 쉼표 : 문장 중간에 찍는 반점(,) 가운뎃점(·) 쌍점(:) 빗금(/)을 이르는 말입니다.

3. 따옴표 : 대화, 인용, 특별어구를 나타낼 때 쓰는 문장 부호로 큰따옴표(" ")와 작은따옴표(' ')를 씁니다.

4. 그 밖의 문장 부호 : 물결표(~)는 '내지(얼마에서 얼마까지)' 라는 뜻에 씁니다. 줄임표(……)는 할말을 줄였을 때와 말이 없음을 나타낼 때 씁니다.

11 마치며

초등학교나 중학교에서는 독후감이라는 말을 사용하지만 고등학교에 가게 되면 독후감이라는 말보다는 아마 논술이라는 말을 더 많이 쓰고 더 많이 듣게 될 것입니다. 논술이란 말 그대로 어떠한 논제를 가지고 논리적으로 서술하는 것을 말하는데, 이는 하루아침에 이루어지는 능력이 아니랍니다. 다양한 분야의 많은 것을 폭넓고 깊이 있게 알고, 자기의 주관을 뚜렷이 할 때만이 논술을 잘 쓰게 되는 것이지요. 그러기 위해서는 중학교 시절부터 많은 책을 읽어 보고 스스로 글을 써 보는 훈련을 하는 것이 중요합니다.

실제로 고등 학교에 가면 교과목 공부에도 시간이 모자라 제대로 책을 읽을 시간이 없거든요. 무엇을 알아야 글을 쓸 것이고, 자신의 주장을 피력할 것 아니겠어요? 그러니 조금이라도 시간이 더 있는 중학생 시절에 좋은 책을 많이 읽어 보고, 생각해 보며, 글을 써 보는 노력을 하는 것이 여러분의 미래를 더욱 밝게 해 줄 것입니다. 시간도 절약이 되고요. 아마 그렇게 한 사람은 그렇지 않은 사람보다 10리쯤 앞서 나가지 않을까 생각되는데, 여러분 생각은 어떠세요?

▌유 의 종▐
신일중학교 교사, 고려대학교 졸업, 한국교원대학교 대학원 수료.

▌조 현 숙▐
제천여자중학교 교사, 한국교원대학교 졸업, 동 대학원 수료.

▌전 용 근▐
한국교원대학교 부속중학교 교사, 충북대학교 졸업, 한국교원대학교 대학원 수료.

중학생이 보는

맹 자

초판 1쇄 발행 2001년 12월 15일
초판 5쇄 발행 2009년 7월 30일

엮 은 이 유의종 · 조현숙 · 전용근
편 역 자 성 낙 수
펴 낸 이 신 원 영
펴 낸 곳 (주)신원문화사

주 소 서울시 강서구 등촌1동 636-25
전 화 3664-2131~4
팩 스 3664-2130

출판등록 1976년 9월 16일 제5-68호

* 잘못된 책은 바꾸어 드립니다.

ISBN 89-359-0999-8 43820